從田園騎往港邊的自行車

田園発　港行き自転車

(上)

宮本輝

Miyamoto Teru

劉姿君——譯

台灣版序

宮本輝

現今的世界隨著經濟貧富懸殊，人類也陷入了精神性貧富差距的漩渦之中。愈來愈多的人被膚淺的東西吸引，卻厭惡深刻的事物；過度評價無謂小事，卻蔑視真正重要的大事。

而我想，這個傾向將會日益嚴重吧。

然而，在精神性這個重要問題上，其實無關學歷、職業與年齡。因種種原因無法接受高等教育的無名大眾中，還是有許多人擁有深度的心靈；反觀更有無數從優秀大學畢業的人，做著令人欽羨的工作，仍無法擺脱幼稚膚淺的心智，任由年華虛長。

我二十七歲立志成為作家，至今已經四十年。這段時間以來，我總秉持著，想帶給那些含藏著深度心靈、高度精神性的市井小民幸福、勇氣與感動的信念來創作小説。

四十年來，我所引以為豪的，是我努力在小說——這個虛構的世界裡，展示了對人而言，何謂真正的幸福、持續努力的根源力量、以及超越煩惱與苦痛的內心。

因此，那些擁有高學歷、經濟優渥，卻心智膚淺、精神性薄弱的人，應該不會在我的小說面前佇足停留。

而有這麼多台灣讀者願意讀我的小說，我感到無上光榮也十分幸福。衷心希望今後能將作品與更多的朋友分享。

二〇一五年

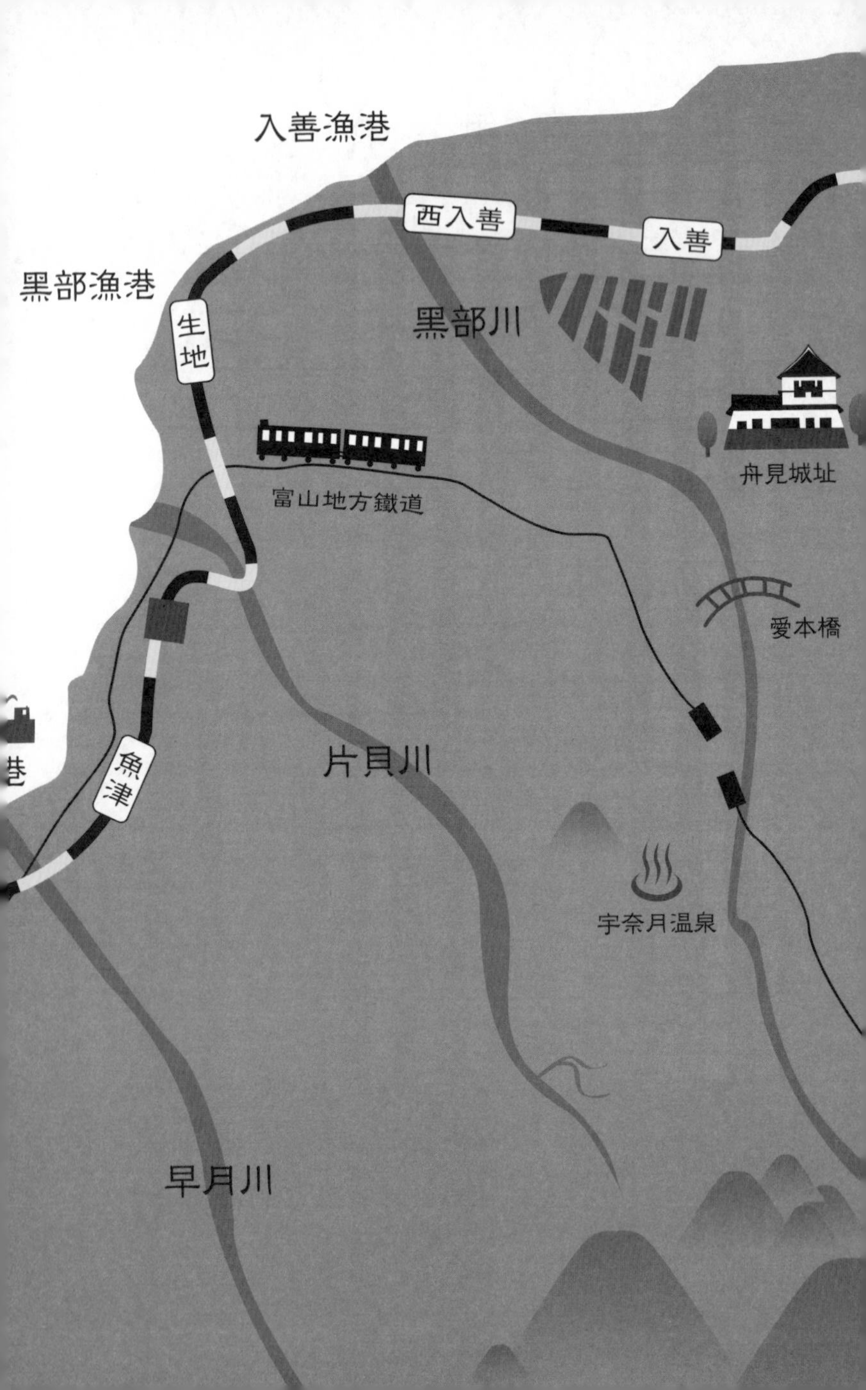
入善漁港
黑部漁港
西入善
入善
生地
黑部川
舟見城址
富山地方鐵道
愛本橋
魚津
片貝川
宇奈月温泉
早月川

富山縣略圖
N
富　山　灣
魚津
滑川
神通川
北陸本線
常願寺川
富山
富山城

人物介紹——

川邊康平　上班族
脇田千春　上班族，富山人
賀川真帆　繪本作家
賀川直樹　真帆之父，賀川單車社長
甲本雪子　京都茶屋風格酒吧的經營者
夏目海步子　美髮師
夏目佑樹　海步子之子

第一章

——我愛我的故鄉。故鄉是我的驕傲。身為一名毫無優點可言的二十歲女性，我唯一能夠自豪的，便是生長於那麼美麗的故鄉。

一天一次，我會在心裡想像自己背對富山灣、面向黑部川上游，站在那裡，遙望搭建在深谷與肥沃的扇狀田園地帶交接處的那道紅色的弧——愛本橋。

就算是一整天都沒有發生半件好事，回到三坪老公寓的套房，累得直接趴在榻榻米上甚至懶得呼吸，我心中也一定會浮現那座佇立於湍急的清流彼方的紅橋。

像是望眼欲穿的人含笑走來般，根本不必努力回想，便自然而然從內心深處出現。

而那時我所背對的，大體而言是富山灣，但精確地說應該是位於富山縣下新川郡入善町的一座小漁港——入善漁港。而黑部川的清流就在緊鄰這入善漁港的西南邊，閃閃發亮地奔流入海。

我來到東京之後，才知道大多數的人都以為立山連峰是東西走向與富山灣相望。

但這是錯的。大概是因為富山灣很像從日本海朝內陸大大剜了一塊，彎度太深造成了方位的錯覺。立山連峰是由富山縣東側好幾座三千公尺以上的山所形成，幾乎可以算是南北縱貫。

我所生長的家，就位於從漆成朱紅色的愛本橋沿著黑部川右岸騎腳踏車十二、三分鐘的田園裡。

黑部川西側一帶是黑部市。那裡也和入善町一樣，是一片田園。當初，市町村合併的計畫中，黑部川兩側本來應該都併入黑部市的，但很多人堅決反對，於是入善町和東邊的朝日町便照舊畫為下新川郡。

黑部川左右兩側廣大的田園地帶，自古便稱為黑部川沖積扇。因為形狀就像一個打開的扇形。

紅色的愛本橋就在這把扇子的扇眼部位，從那裡展開一個完美的扇形，一直延伸到富山灣。從愛本橋往山區走，很快就會到達宇奈月溫泉鄉，峽谷會越來越深，與黑部峽谷相連。

黑部川沖積扇曾是讓農民叫苦連天的貧瘠之地。險峻的黑部峽谷和發源於此的黑部川，經常襲擊入海前那一小段距離上的平原，淹沒田地，再整片填入沙土。農民只能任由氾濫的河川擺布，當時的水利權之爭仍影響至今。

但，在治水成功之後，黑部川沖積扇得到了肥沃的土壤，過去的災害搖身一變成為恩賜——我們有了清澈的地下水。

來自立山連峰、黑部峽谷各處的優質礦泉水在黑部川流域地底深處伏流，以沖積扇的砂地作為通道，於市街各處湧出。

現在，黑部市的生地、入善町和朝日町，都是出了名的好水之鄉，我也是喝這些湧泉長大的。

我的驕傲之一，便是這湧泉又多又好喝。但我還有另一項驕傲。

那就是黑部川河邊一點垃圾也沒有。

菸蒂、零食空袋、速食品的空碗、吃剩的便當、書報雜誌……。我從來沒在河邊看過這些。要是大家以為我說謊，請務必到我的故鄉來親眼看看。

並不是附近的人定期清掃。也沒有人呼籲不要在河邊亂丟垃圾。就是沒有人會把垃圾丟在黑部川邊。

從六月到九月底，會有很多人來溪釣。但我也從來沒看過那些人留下打結的釣魚線，或是各種廢棄的釣具殘骸。

國道上雖然有小鋼珠店和量販店，但沒有那種大到讓人懷疑會不會比店鋪還大的招牌來破壞景觀。請各位務必要來我的故鄉親眼看看。

再半個月就是割稻的時期了。請來到這裡，當西沉入海的夕陽照耀結實累累的稻穗時，在美麗的日光中好好散個步吧。雖然這片田園地帶的交通實在不方便。——

說幾句便想一想，再吶吶接著說，然後又想半天才繼續說——在這種情況一再重複之後，脇田千春後頸流下兩道汗水，紅著臉，為今晚的歡送會道謝，結束了她的致辭。

聽到一半便面露厭煩之色的三名女職員，配合著川邊康平的鼓掌輕輕拍了幾下手，從連鎖居酒屋的包廂探出頭，不約而同地向店員問時間。快十點了。

小野建設機械租賃的業務一部共十名職員當中，次長以外的九人都參加這場為了千春舉辦的歡送會，接下來要移師新宿南口的另一家店續攤。

川邊康平認為自己身為部長，最好不要參加續攤，於是走出狹窄的包廂，邊穿鞋邊笑著對千春說：

「我搞不好真的會去喔，千春自豪的故鄉。我會記得認出黑部峽谷和田園地帶交界的那座紅色的橋。」

主任平松純市以「剩下的交給我」的表情微微頷首，然後又追過來向康平説道：

「續攤取消了。」

「因為她不會喝酒嘛。往富山的長途客運預計幾點發車？也沒多少時間了吧？」

「是啊，這是原因之一，不過我是想如果千春有什麼想要的東西，可以用收來續攤的錢買給她，問了之後，她説想要折疊式腳踏車，可以雙載的。所以，我就決定不續攤，用這筆錢買腳踏車。大家也都同意了。」

「續攤的費用一共收了多少？」

走出一樓是拉麵店的大樓，康平在狹窄的路上邊走邊從上衣胸口的口袋取出錢包。

「三萬圓整。我在網路上找過，還缺一萬左右。」

所以你才跟上來啊——康平這麼想，笑著把一萬圓遞給平松。

「媽的，少瞧不起人！」

一個年輕人從後面跑過來，一把抓住平松的肩，把他拖到電線桿那裡。事出突然，平松仰天而倒。

「你認錯人了！他一直在跟我說話。我們才剛從那家居酒屋出來而已。惹你的人不是他啦。」

康平提防著介入那人與平松之間。

小路上，不知從何處傳出瓦斯味，加上密密麻麻的餐廳招牌燈飾，使年輕人的臉活像假人。

沒有表情，臉呈鼠灰色，東一塊西一塊像是塗了藍色顏料似的。

這傢伙是所謂的毒蟲。

川邊康平這麼想，說道：

「犯冒你的是別人，真的。」

然後抓住還倒在柏油路上的平松純市的手臂，拉他起來，注意力全部集中在年輕人插進牛仔褲後口袋的右手上。

年輕人放開了抓住平松西裝肩頭的手，對康平喃喃說了些聽不懂的話，在轉角的便利商店左轉後，便不知去向。

「部長看到了嗎？他口袋裡有刀。刀柄都露出來了。那可不是普通的小刀，光刀柄就有這麼粗。」

平松比著刀柄粗細的手正在發抖。

「又遇到他就不好了，我們走別條路吧。這是哪裡？我是阿横帶我來的，不知道怎麼走才能到新宿西口。」

聽康平這麼説，平松回「從這邊」，走回到來時的路，經過他們剛剛出來的複合式大樓前方，轉進通往車站方向、斜斜的暗巷。

「一下就會到大馬路了。只有這一段總是很暗。因為一家店也沒有。」

平松的聲音還在抖。只見他以匆促的腳步走在充滿廚餘味的巷子裡，還不時惶恐地回頭看。注視著平松的背影，康平心想，要是一個陰錯陽差，好好一個人就會在那種地方死於非命。

從膠囊旅館後側來到行人很多的大馬路上，康平總算認出自己是在靖國通靠近車站的地方。

「我看到那個人眼睛的時候，心裡想著啊啊，完蛋了……，我會被殺……。我真的好怕。」

平松像個剛跑到終點的長距離跑者般，上身痛苦地向前彎，雙手撐在雙膝上，深深低下頭這麼說。

康平心想，他可能在哭，便輕拍他的背好幾下。

「今天是我生日。沒想到偏偏在生日這天，差點被一個素不相識的毒蟲樣的人殺死。」

「你也覺得他可能是毒蟲？」

「看他的臉色和手臂上靜脈浮起來的樣子，在毒蟲裡也算末期的。他肚子上的靜脈也浮出來，像蜘蛛網一樣整片都是。」

「你好清楚啊。」

「我在網路上看過。」

大概是有人在路上打翻了罐裝果汁吧，平松的西裝外套濕了，沾得康平的手黏黏的。

康平告訴他後，平松連忙脫下外套，四處張望著要找地方丟。

他們剛走過的巷子，在膠囊旅館後面那邊有裝垃圾的大塑膠桶。平松拿出口袋裡的東西，把外套丟進去說：

「這件夏天的西裝外套我才剛買沒多久。」

「要不要找個安靜的地方喝一杯？我幫你慶生，雖然跟我喝是無聊了點。不過如果有人在等你，也不用勉強。」

「才沒有那種人呢。」

平松總算露出笑容回答，但看看自己的錶後，他說想送脇田千春一程。

千春的行李很多，沒辦法提著走到歌舞伎町附近的居酒屋，所以分別存放在新宿車站的三個投幣式寄物櫃裡。即使是久居東京的人，在新宿車站內部也會一個不小心就走成迷宮。實在沒把握千春能不能順利走到寄物櫃那裡，也擔心她一個人拖著四件大行李走不走得到客運轉運站。

我們課的女生都住得很遠，沒辦法陪著千春直到客運開車的時間。所以沒辦法，只好自己幫忙拿一半行李一起到客運轉運站。

千春很客氣，說她自己一個人就可以，但看著她，實在不覺得她辦得到。

平松純市做了這番說明，康平便說：

「說的也是。要是在偌大的新宿車站迷了路，沒趕上車就糟了。幫我問候她一聲。」

說完後，康平便搭上計程車。他想去道玄坂上的「Lucie」，好一陣子沒去了。

冷氣開得很足的計程車啓動時，康平請司機先停一下，搖下後座車窗，大聲問要折回居酒屋的平松：

「你今天滿幾歲？」

聽到他回三十六歲的聲音。

今天是二〇〇八年九月一日。十月一日我就五十歲了。所以今天起就是四字頭的最後一個月。

康平這麼想著，關上後座車窗。他覺得一到五十歲，自己心裡一定會發生什麼很棒的事。

他並不是現在才突然有這種感覺，而是一、兩年前開始，便沒來由地有這個預感。

康平想起平松發抖的手，思考著他在工作上雖有缺點，總是少了臨門一腳，但有沒有什麼辦法能更加發揮他備受客戶窗口疼愛的特質？

原來，他是要去送脇田千春啊。剛才驚險萬分，搞不好就被那個疑似毒蟲的年輕人捅一刀。想來恐懼不會輕易消退，他卻為了幫千春提行李而打起精神走進人群之中。也算是有優點啊。也許平松的強韌連他本人也沒發現。

脇田千春也是一個很努力的人。她和洗練這個詞相距十萬八千里，說起來算是歸在「棉花糖女孩」那一類，在她身上要找出吸引年輕男子的要素很難，但一雙黑多於白的大眼睛，清澈得還是只能以美麗來形容。

千春提離職的理由，只說是個人因素，康平並沒有多問。身為上司，我是不是應該稍微多關心一點？

她高中畢業立刻就離開富山縣的入善町隻身來東京，工作了一年半，準備搭今晚的長途客運回鄉。

儘管這就要回自豪的美麗故鄉了，但一個人上客運，沒有人送別，在離開轉運站的那一剎那，雖然只是片刻，不也會被孤單和寂寞包圍嗎？

如果平松是擔心千春，才以幫忙提行李為由送她，那麼，他還是有優點的。好，我也要認真逼平松純市這個部下更上一層樓，讓他負責一些靠老辦法已經行不通的工作。

川邊康平扭身，在超高樓層飯店和華廈間，視線追尋著東京都廳大樓那好似骨節粗硬外露的巨人般忽隱忽現的身影，心裡這麼想。

交代司機下一個紅綠燈左轉，遇到十字路口右轉，在道玄坂彎彎曲曲的坡道中途下了計程車，康平推開位於五層樓老辦公大樓地下室的「Lucie」厚實的木門。

拉赫曼尼諾夫的「鋼琴協奏曲」低聲流洩，吧檯座有一對中年情侶，在老闆看不見的地方牽著手，正喝著紅茶色的雞尾酒。

標準的地下情侶，雙方各有家庭，一隻手握著對方的手，唯有那裡散發出令人想別過視線的淫猥氣息，但他們應該正在談分手吧。

康平如此估量著，向老闆日吉京介示意要去洗手，先進了廁所。

平松外套背部沾到不知是罐裝果汁還是其他更髒的液體，康平用「Lucie」洗手台的蓮娜·麗姿香皂反覆洗了雙手好幾次。

拿手帕擦了手，正望著自己那張再一個月就要滿五十歲的臉，便聽見日吉京介輕輕敲門問道：

「怎麼了？沒事吧？」

「手沾到噁心的東西。」

康平走出廁所，邊說邊在吧檯右端坐下，剛點了杯琴蕾，便來了五位三十四、五歲的女客人，坐進入口旁唯一的一張桌位。看來是事先預約的。

「現在喝琴蕾還太早，老兄。」

日吉邊擠切半的萊姆邊說。

「開口就是菲利普·馬羅，有年紀了喔。」

大學二年級就認識的朋友日吉京介聽了康平這句話，苦笑一下，將琴蕾的酒杯推過來，便走去女客們的桌位點單。

在千春的送別會上，康平僅僅喝了一杯中生啤，吃了一點毛豆和豆腐沙拉而已。

突然覺得一陣餓而打開手寫菜單時，想起平松說「雙載的腳踏車」云云。

「怎麼可能有那種東西。」

不禁低聲說著笑了。

坐在三張椅子外，那對貌似四十五、六歲左右的情侶同時向他投以嚴厲的視線。

「啊，不好意思。我自言自語想起好笑的事。」

康平向情侶這麼說，一口氣喝掉一半琴蕾以忍住笑意。

無論在網路上怎麼找，都不可能有雙載用的腳踏車。腳踏車禁止雙載，在日本雙載是違反交通規則的。

說想要這種腳踏車的千春很有事，但照著要求去找雙載腳踏車的平松也不遑多讓。

不過，他說找到了四萬圓的折疊式雙載腳踏車。這又是怎麼回事……。

在酒吧昏暗的吧檯想起這件迷糊事，獨自發笑，這對今晚的我是非常有效的精神療法。這十天工作上淨是些耗神費力的事，走出居酒屋，竟然還遇上持刀的年輕人，搞不好可能就沒命了。

不是我的安撫有說服力。一切全都看那個毒蟲心中細微的動向。

忘了吧。就是為了忘記才來「Lucie」。但是，雙眼深處自千春的歡送會中途就開始的悶痛卻一直未消。

夜晚，回家上床時就不痛了吧，但這沉沉的痛，自三個月前便隨著日落而起，中元假期前已去看了眼科。

醫師的診斷是眼睛疲勞。吩咐除了工作以外不要看電腦、滑手機。盡量抽出時間遠望天空。

醫師交代完，開了眼藥水。既沒有視網膜剝離的徵兆，眼底的血管也很乾淨，其他檢查也沒有異常，所以不必擔心。話雖如此，這悶痛就是不饒人。

東京這個我所生活的大都市，無謂的光與色彩四處橫溢，舉目所見沒有任何東西是靜止不動的。

不僅是光與色。聲音和味道，也遠遠超過人類五感的承受力。

眼、耳、鼻、舌、身是為五感，據說加上「意」便是六感，當一切超過了五感的承受力，難怪「意」也疲乏無力支撐……。

邊這麼想邊喝完琴蕾，康平內心說：

「真是累人啊。」

這句無聲的低語正好與中年情侶站起來同時發生。

「不不不，不是在損你們。」

內心又這樣暗自說，盯著回到吧檯內的日吉京介加熱燉牛肉，那手法實在不太熟練。

「Lucie」本來是一間只提供堅果類作為下酒小點的純酒吧，但這棟大樓的屋主夫人建議「何不多想想能賺錢的方法」，日吉便將自己的店改成餐酒吧。

雖說有餐點，也只提供四道菜。

「南法風燉牛肉套餐」、「三種手工香腸套餐」、「艾登起司季節蔬菜沙拉」、「香辣蕃茄筆管麵」。

每一道都是力勸日京供餐的屋主夫人所設計，無不符合不易腐壞的條件。燉牛肉是以大鍋燉煮，只要一天加熱兩次便能放四、五天不會壞。香腸來自距離酒吧十分鐘的火腿香腸專賣店，荷蘭人老闆每天親自送貨。起司也是荷蘭產的硬質起司，經得起放。蕃茄筆管麵所用的蕃茄醬汁，乾辣椒與大蒜風味十足，一次大量製作，放在保存用的容器冷凍。

搭配的醋漬高麗菜是Zuurkool，這也是荷蘭師傅自己做的。同樣的東西，在德國叫作Sauerkraut，法國叫作Choucroute，波蘭叫作Kapusta kiszona，這是一種發酵食品，可長期保存。

「那個燉牛肉哪裡南法風了?」

康平小聲問。

「盛盤之後會多淋一點鮮奶油。然後，上面再放用橄欖油稍微炒過的切半蘑菇。」

日吉也小聲回答，拿著兩瓶紅酒到桌位區去。

感到琴蕾開始舒舒服服放鬆神經，康平將上半身靠在椅背，閉上雙眼，以手指輕按。

暫時保持這個狀態。

就連東京土生土長的我都受不了燈光、聲色二十四小時的疲勞轟炸，泥水都快從內心的堤防氾濫而出。一名從富山縣入善町這個湧泉豐富的田園來都會工作的十八歲女孩，下了班回到三坪公寓套房，累到懶得呼吸，趴在榻榻米上動彈不得，也只是剛好而已。累的原因並不是工作。

千春說，她在那樣累趴的時候，心中也會浮現搭建在黑部川清流彼端的紅橋。那是一座什麼樣的橋？

記得她好像有說那座橋是地標，以北是稱為黑部川沖積扇的田園地帶，以南是黑部峽谷的深山。

從黑部川注入富山灣的地方看得見那座紅色的橋嗎？

看得見紅色的橋彼端，立山連峰聳然而立嗎？

沒有任何垃圾的河畔？聽的時候不以為意，但我沒走過那樣的河畔。
落海的夕陽灑在結實累累的稻穗上，那美麗陽光？我沒看過那種光……。
康平的三根手指頭仍輕按著眼睛，努力回想千春臨別致辭的明確內容。
他覺得自己剛剛所回想千春的話中，有些她似乎沒有實際說過。
千春好像是以那些人望穿秋水、含笑而來形容，但她那時候是用來形容什麼呢？
立山連峰嗎？黑部川的湍流嗎？鎮上四處冒出來的優質天然地下水嗎？
還是她沒有說出哪個特定的人？不，是紅色的橋嗎？
康平對自己的模糊記憶有點洩氣，他向回到吧檯切起蘑菇的日吉京介點了第二杯琴蕾。
「抱歉，等我十分鐘。這邊的香腸要燙，那邊的要煎。同時還得把蕃茄醬隔水加熱。我只有一張嘴一雙手，你先喝這個。不過只能喝一杯喔。」
日吉把一瓶還有三分之一的百齡罈二十一年放在康平面前，再遞給他一只烈酒杯。
「給我冰塊啦。」

「你要稀釋這麼好的蘇格蘭威士忌？不喝就進來幫忙。」

「兩個笨手笨腳的中年大叔擠在那麼小的地方，動作反而更慢。」

說完，康平自己在小小的杯裡倒了二十一年的蘇格蘭威士忌。日吉把煮筆管麵的鍋子放上瓦斯爐，然後在一個玻璃杯裡加了冰、倒了礦泉水，放在康平面前。

雖事先告知過妻子，自己要參加女職員的歡送會會比較晚，吃過飯再回家，但還是想向最近為了女兒的事煩惱得失眠的妻子說一聲，於是康平在喝了半杯蘇格蘭威士忌後，又喝了同樣多的冰水，走出「Lucie」上樓來到大樓外。

這棟大樓雖建於二十八年前，但基於屋主「討厭像電影布景似的單薄建築」的主張，使用了堅固的建材，以致於各樓層訊號都不好。「Lucie」位於地下室，幾乎每位客人的手機畫面都顯示為「沒有服務」。

來到大樓前沒有行人的人行道，立刻響起收到簡訊的信號聲。是平松純市傳的，發訊時間是二十三點四十二分。

——客運剛剛離開新宿西口了。千春說自己深受部長照顧卻沒有好好道謝，顯得很過意不去。屬下要和資材部長搭明天七點多的新幹線去濱松，所以回家喝個啤酒就要睡了。點下面的網址會連到富山縣地圖。——

看了簡訊，康平才想到，對喔，和濱松的S土木建設之間可能會發生有點麻煩的問題，便站在路邊，打訊息回覆給平松。

——謝謝你幫忙送千春一程。明天的事，明明白白錯全在對方，渡邊先生想必抱定了不惜一戰的覺悟，但對方是十多年的老客戶，現在生意也做得很辛苦，你要居中調解，下定決心，不找到雙方都能接受的折衷點不回來。至於要選哪裡作為折衷點，你自己看著辦。那個折衷點也得讓渡邊先生的面子過得去才行。其他的我來想辦法。——

把自己打的簡訊看了兩遍，康平按下傳送鍵。

然後立刻撥電話給妻子。但想到要是她已經吃了醫師開立的抗憂鬱藥和安眠藥反而會吵到她，連忙要掛斷時，電話裡傳來妻子的聲音。

沒續攤，但和屬下們在酒吧喝酒。大概再一個鐘頭就會搭計程車回家。你先睡吧。

康平刻意裝出愉快的口氣說完，仔細聆聽妻子的反應。因為妻子幾代服用了兩種藥仍睡不著時，說話會口齒不清。

「嗯，我正想上床。麻裕說要在令子家過夜。」

聽她說話如常，康平放了心，問道：

「令子，大磯那個？」

「嗯，不過是騙人的。一天到晚說謊她一定也累了卻還是要說。等到她累壞了、苦透了、心碎了，終於清醒的時候，早就遍體鱗傷了。我已經死心不想管她了。」

「女兒已經二十三了。爸媽不能把她綁在身邊。就看她是笨還是聰明了。」

「你可是麻裕的父親呀！說得像別人家的女兒似的。」

「作為一個父親該說的我全都說了，還說了不止一次。所以，再來就只能看她是笨還是聰明了。不是嗎？」

康平邊後悔自己打電話給妻子，邊控制自己的情緒別讓嗓門變大，平靜地這麼說。

「麻裕在二十歲的時候認識那男的，才大二呀！一個有妻有子的四十五歲男人，一直瞞著他有家室的事，到最近才終於說破，還叫她等他跟妻子分手……。會相信那種人的話，不就是笨嗎！」

妻子的聲音變得高亢嘶吼，康平便匆匆說會針對此事和麻裕再談一次，掛了電話。

我一樣也是氣急敗壞。父親對女兒的愛，老婆哪裡懂得。

正這麼想著準備下樓回「Lucie」時，簡訊聲又響了。是平松純市發來的，

——了解。我會努力的。——

這樣的內容。

折衷點啊……。麻裕和有家室的四十五歲男子一定也有折衷點。找出來，不也是我身為父親的任務嗎？我女兒雖然一時被愚蠢的戀愛沖昏了頭，但她不笨。她是個聰明的孩子。只是被劣酒灌醉，失去理智而已。

要如何讓她從那劣酒裡醒來呢……。

康平打開「Lucie」的門時，決定和男子當面談。

應該早點這麼做的，但我有心避免這樣直接對決，麻裕也堅決不肯讓我們見面。男方也是，說他隨時都可以拜見父母，但那只是胡謅的吧，麻裕自己應該也感覺得到他其實在逃避。

一旦決定見面就要開戰了。他要嘛早點和妻子離婚、跟麻裕結婚，辦不到，

就告他、要他負起法律責任。就這兩條路。

我就是認為這兩條路都無法給痲裕帶來幸福的結局，才一直靜觀其變。

但我搞錯了。一個涉世未深的二十三歲女孩，不過是位小姑娘，而一個有妻有子、自行創業達十五年的四十五歲男子，自然深諳人情世故。要臨機應變以甜言蜜語留住一個小姑娘易如反掌。

他和痲裕相識時，或許與妻子關係不睦，正處於認真談離婚的狀況。所以也不能一口認定他存心欺騙一位年輕女孩。

但是，他拋不下妻兒。或許他有他的苦衷，更何況有兩個孩子。沒辦法。終究是要老爸出馬了……。

康平邊想邊回到吧檯。日吉將隔水加熱好的蕃茄醬汁倒進鍋裡輕輕拌了拌，盛好三人份的筆管麵，再從小烤箱裡取出塗了大蒜奶油的法國麵包薄片。

「那是燉牛肉的附餐？」

「嗯，這也是屋主夫人的主意。」

回答之後，日吉將五名女客人點的餐全都送上桌，在吧檯深處、客人看不見的椅子坐下，抽起了菸。

「你好不容易能坐下來抽一口菸，可是不好意思，也給我來份那個南法風燉牛肉吧。」

說完，康平點了平松傳來的手機訊息裡的連結。

「啊，對喔。這裡沒訊號。」

聽康平這麼說，日吉京介搬來他自己的筆記型電腦。

「我們裝了第四台有線網路，這棟大樓只有用電腦連線沒問題。」

「這棟大樓，還有什麼別的非改善不可？」

「空調系統啊。這就難了。」

康平邊和日吉交談，邊在電腦裡輸入平松給他的連結。於是富山縣的地圖佔滿了整片電腦螢幕。

一如千春的說明，富山灣像大海朝陸地剜了一塊似的，西側有一座半島突出來。那是能登半島。東側的陸地則是從魚津港那邊朝灣裡突出，在尖角處，黑部川朝東南方劃出一道藍線。

「真的呢，立山連峰在富山東北部幾乎是南北相連的。啊，這裡就是入善町。入善漁港在這裡。好小的港啊。啊，有了有了，愛本橋吔。這座橋是紅色的。」

為了抹去剛才和妻子通話所留下的不愉快，康平刻意以歡快的聲音說。

「紅色的橋全日本多的是。你在看什麼？」

被日吉這一問，康平說：

「富山縣的入善町。我們公司一位二十歲的女孩子，入職做了一年半，剛才搭長途客運回這邊去了。」

這樣回答之後，他複述了千春在歡送會上最後的致辭，連她說話的方式都學了。說了一會兒便沉思，尋覓接下來的話，然後再說一會兒……。最後提到雙載的腳踏車。

日吉把電腦螢幕轉向自己，放大了地圖，說：

「我有去過魚津港。大概是這家店開第六年左右吧，所以算起來是四年前囉。三月中旬的時候。小雪一連下了三天，根本看不見什麼立山連峰，等於是去看一大堆黑漆漆的雲。」

「入善町呢？」

「沒去。我搭電車從魚津回富山站，再搭計程車去富山機場，坐飛機回羽田。我可是穿著雨衣，在雪中從岩瀨這個地方走到魚津。我還滿喜歡滑川漁港的。真想再去。」

日吉轉動電腦螢幕讓康平也看得到，指著說這就是神通川。

「河口有個叫岩瀨的地方對吧？從這裡，有一條舊北陸街道沿著海通到魚津。以前，加賀藩若要履行參勤交代[1]都走這條街道，是說以前要去江戶也只有這條路啦。因為是舊街道，很窄呢，就一般汽車勉強可以會車的寬度，不過兩邊整排都是古民宅古寺的，很有味道。不過，要從岩瀨這裡冒雪走到魚津港可是千辛萬苦啊，畢竟有二十公里。」

說著，日吉輸入「北陸街道」搜尋。

網路上說明那段街道始於中仙道的關原一帶，沿琵琶湖東岸北上，經鯖江和福井，再經小松、金澤、高崗，從富山越過沿海的天險「親不知」到達新潟，全長約五百公里。

「親不知？以前是險之又險的難關不是嗎？」

對於康平這個疑問，日吉答說他沒去過所以不知道。

「你幹嘛三月跑去魚津港受凍？」

「去港口參觀捕撈螢烏賊，吃螢烏賊全餐。是客人約我去的，不好意思推辭……」

「那你怎麼會冒著雪從岩瀨這邊走到魚津港？」

康平把地圖放得更大，讓黑部川沖積扇和愛本橋位於螢幕中心，一邊問日吉京介。

日吉為了再抽一根菸，坐在吧檯深處的椅子，打開了抽風機的開關，才說只是想沿著海走走雪中的舊北陸街道罷了。

剛才日吉忙著準備餐點而無暇換CD，「Lucie」店裡的音樂停了。

康平很喜歡日吉以若有似無的音量播放他所選的音樂。爵士的話，不是邁爾斯．戴維斯就是凱斯．傑瑞。古典的話，便是拉赫曼尼諾夫的「鋼琴協奏曲」。日吉不會在自己的店裡放這三種以外的音樂。

「麻煩拉赫曼尼諾夫《第三號鋼琴協奏曲》。」

在康平要求之下，日吉走到放置CD音響的地方。

「喝琴蕾還太早這句話不是菲利普．馬羅說的。名字我忘了，不過是《漫長的告別》這本小說裡重要人物說的對白啊。」

日吉邊說邊播放了拉赫曼尼諾夫親自擔任鋼琴演奏的CD。

「能夠說喝琴蕾還太早這句話的人，就馬羅所知，這世上只有一個人。所以這句話在小說裡才具有重要的意義。」

日吉這麼說，為康平做起琴蕾。

「四分之三的苦琴酒和四分之一的萊姆汁。用搖杯搖過。沒搖的就是琴萊姆。這兩種用的萊姆汁都一樣。都是瓶裝的濃縮萊姆汁，這是有甜味的，不過我喜歡用不加糖的新鮮萊姆汁來做。所以無論是哪個客人，我端出去的琴蕾都是這種。」

「這樣啊……，原來這是杯一語道盡一切的雞尾酒啊。我倒是比較想來一杯想逃避現實時喝的雞尾酒。」

日吉對康平這番嘀咕露出笑容，說道：

「想逃避現實嗎？那就一口氣乾掉三杯辛口馬丁尼。」

「我在煩惱女兒的事。」

「麻裕啊？」

日吉朝康平看，但無意問他煩惱的原因。

大約三十分鐘後，當日吉送上燉牛肉時，坐在桌位的女性走了三人。還留著的兩位向去整理桌面的日吉說了什麼。似乎在問能不能移到吧檯。其中一人不會喝酒，但問了能不能為另一位調一杯適合餐後飲用的清淡雞尾酒。

「digestif是吧。其中最具代表性的雞尾酒就叫作After Dinner。我為您調一杯。」

「我還以為是叫作digestif的雞尾酒。」

其中一名女子說。

她們都穿著麻質連身洋裝，身上配戴的首飾雖不至於像參加婚宴那麼隆重，卻也顯示了她們去過需要著正式服裝的場合。

「餐前酒是aperitif，餐後酒是digestif。」

日吉這傢伙，竟然賣弄起來。還digestif咧，都差點咬到舌頭了。

康平在兩名女子看不見之處偷笑，內心嘟囔著。

留下來的女子分別是典型的西式和日式長相，兩人的穿著打扮有品味，十分高雅。

康平這麼想，慢慢吃著南法風燉牛肉，將電腦上的畫面時而放大時而縮小，從富山市的神通川河口沿舊北陸街道移到滑川，再繼續移往魚津市、黑部市、入善町、朝日町。

「這可以減輕胃的油膩感。」

日吉將「After Dinner」倒進雞尾酒杯，邊向移到吧檯的兩名女子說。

「你說岩瀨到魚津大概有二十公里？虧你能冒雪走這麼遠。」

康平向日吉說。

「最近富山的雪也變少了。那天也是小雪。馬路正中央有融雪的裝置，所以走起來不會滑。」

「你走了多久？」

「中途還進咖啡館喝了咖啡，所以加起來差不多八個鐘頭吧。我還想再去走一次。我還滿喜歡的喔。」

康平和日吉說話時，偶爾會聽見兩名女子的對話。明明無意偷聽，但梵谷這個詞讓康平明知失禮也側耳傾聽她們的對話。

西式面孔的女子說：

「梵谷的《星夜》就要送到真帆家了。大概再三週吧。好好期待吧。」
「我好高興，想著送來之後要掛在哪裡，把牆上掛的東西全都拿下來了。畢竟是寬九十二公分的油畫嘛。好擔心我的小公寓沒地方掛。」
日式面孔的小臉女子說。
「七十四公分高嘛，把客廳窗邊的書架移開就行了。」
「就是不知道要移到哪裡去呀。而且，掛在那面牆上會西曬。」
「啊，千萬不能被日光直射。」
「感覺像是從美國紐約的現代藝術博物館送來的。」
喂，偷聽會被發現喔！——日吉以這種表情看著康平。他連忙說：
「有沒有愛本橋的照片可以看？」
將電腦螢幕轉向日吉，然後吃著塗了大蒜奶油的法國麵包。
喝完餐後的雞尾酒，聊了十分鐘左右，兩名女子離開了「Lucie」。
「她們提到梵谷對吧？」
康平問日吉。
「嗯，提到了。梵谷的《星夜》。」

「梵谷是那個梵谷沒錯吧？」

「嗯，文森．梵谷啊。說到《星夜》的梵谷，就只有那個梵谷了。」

「那個梵谷的《星夜》再三週就要送到她的公寓？」

「依她們兩個的對話，好像是這樣。」

「梵谷吔，不是幾億日幣就有的，是幾十億的等級。」

「可是會送去啊，三週後。從紐約現代藝術博物館送到那位三十四、五歲的女生家。」

「嗯，那麼有身價的女人可不多了。在自己家裡掛梵谷的畫？究竟是何方神聖啊？」

康平大聲這麼說，本應在找愛本橋照片的日吉將電腦螢幕轉向康平。梵谷的《星夜》佔滿了整個畫面。

1——江戶時代的制度，各藩的大名需要前往江戶替幕府將軍執行政務一段時間，然後返回自己領土執行政務。

第二章

——如果無論怎麼拿，都能把拉赫曼尼諾夫（ラフマニノフ）這六個片假名和自己的姓名滑順地寫在任何紙上，那麼對那個人來說，那枝鋼筆就是全世界最好的鋼筆。——

賀川真帆在一家叫「Lucie」的酒吧桌位上，注意到店內播放的曲子是拉赫曼尼諾夫的「鋼琴協奏曲」，驀地想起父親直樹遠在十五年前說過的話，不禁專注聽了起來。那是第三號，不是父親喜愛的第二號。

記得那是父親對二十歲的真帆所說的話，這幾年她從不曾想起過，所以心裡總有些發毛，甚至認真思考，是不是父親靈魂的浮遊物之類的東西，在道玄坂這條最熱鬧的大馬路往南第二條巷子裡的一幢舊大樓地下酒吧，一直耐心等著她。

不僅如此，昨晚，她頭一次走進那家酒吧「Lucie」還發生了神奇的事。以偶然加巧合來解釋也無法讓她釋懷。

酒吧的老闆和一個年齡相仿的五十來歲客人的對話片段不時傳來，與腳踏車的話題一同出現了入善町、黑部川、魚津港、滑川、舊北陸街道這些地名，已讓她心頭被緊緊揪住，當她清清楚楚聽到愛本橋這個名字時，真帆感到上臂起了雞皮疙瘩。

一起在「Lucie」用餐的朋友當中，其他三位有丈夫小孩的先回去了，只有真帆和櫻子留下來，而真帆建議櫻子不如一起移到吧檯再喝杯雞尾酒。因為，真帆想換到老闆和那位客人的近處，確定他們兩人口中說的是否為富山縣沿海的地名。

位子換到吧檯後，這回清晰地聽到那些地名。老闆和客人似乎正用筆記型電腦看富山縣的地圖。

因為櫻子明天一早就得搭新幹線到名古屋，但她卻完全還沒準備，所以真帆只在吧檯坐了二十分鐘左右便離開「Lucie」，搭計程車回到自己位於公寓三樓的住處後，從衣櫃上方的架子搬下大紙箱，找出裡頭應該用小方綢巾包好收在裡面的鋼筆。

東西很快就找到了，但縐綢的小方巾裡包的，並非只有父親從義大利買來當作真帆二十歲禮物的鋼筆。還有一塊柔細得無法想像竟比這更柔細的砥石，以另一塊白布包起來。

厚約七公釐，寬三公分、長五公分的灰色砥石，嵌在一個比它略大的類似半圓柱魚板的底座上。

那時候，真帆才想起在「Lucie」裡，父親那番突然復甦的話語仍有後續。

——自己的鋼筆只能靠自己養。——

爸以為我是國中生嗎？就算再高級，爸以為一個女生在二十歲生日收到鋼筆會高興嗎？既然都遊遍歐洲各地，在羅馬、米蘭或巴黎買個漂亮的首飾不就好了嗎？

要是爸不知道二十歲的女兒會喜歡什麼，問問一直隨行的英國籍女口譯就好了啊。

滿心期待的禮物竟然是鋼筆，真帆一肚子火，只敷衍地道個謝，用都沒用便收進自己的書桌。父親在那年夏末以五十歲的年紀驟逝。

父親那些話，是在我收到鋼筆時說的嗎？還是在那之前？

當我知道歐洲行的禮物竟然是鋼筆，父親只稍看一眼我當時的表情，應該就知道女兒是高興抑或生悶氣。

那麼，這番話有可能是事後才對我說的。

「如果無論怎麼拿，都能把拉赫曼尼諾夫這六個片假名和自己的姓名……」

真帆這麼想著，將鋼筆和小砥石一起用小方綢巾包起來，沒有放回紙箱，而是收進不久後必須被移至屋內某處的大書架中。

在真帆兩房兩廳的公寓裡，終究只有那裡才掛得了裱框的《星夜》。

真帆十歲時頭一次在畫冊上看到梵谷的《星夜》。

父親在自己的書架上只放畫冊、攝影集和美食廚藝相關的外國書。畫冊網羅的作品皆出自林布蘭、塞尚、莫內、梵谷等所謂西洋經典名畫的畫家，每一本都是硬紙盒布面的精緻幀裝，重得孩子拿不動。

父親不在家時，真帆曾偷偷翻出了莫迪里亞尼的畫冊，但上面是酷似附近賣菜阿姨的裸女，她立刻放回書架，改抽出旁邊的來看。而那本，便是梵谷的畫冊。

真帆的手拿不穩沉重的畫冊，掉落在地板時頁面自行打開了。那一頁，正是《星夜》。

真帆至今仍認為，當時自己一定半張著嘴看呆了。

呆並不是正確的形容。直到真帆理解了出神的意義時，她認為出神才是正確的形容。

從那天起，真帆便開始用色鉛筆和蠟筆臨摹梵谷的《星夜》。

父親很快便認出來，說要買油畫用具給她，但母親反對。因為名校的入學考就快到了。

正當真帆簡直專心致志不斷臨摹時，父親悄聲對她說：

「有個地方，可以看到和梵谷這《星夜》一模一樣的夜空喔。」

「哪裡？荷蘭或法國的鄉下？」

「愛本……」

「咦？愛本？那是哪裡？」

真帆沒聽清楚，看著父親這樣問，父親便別過視線，沉思了一會兒。

「不，不是哪個特定的地方。只要出現一輪明月，繁星點點，無論哪裡都是《星夜》。那就是梵谷心中的《星夜》。」

說完微微一笑。

啊，爸爸沒有說真話——真帆這樣覺得，但開口說的卻是能不能買這幅畫給我。她明知不可能，只是故意要孩子氣地撒撒嬌。

好，爸爸買給你。不過不是真跡，是複製畫。請專門的畫家親筆繪製的複製畫。等你長大了，如果還一直對梵谷的《星夜》著迷，爸爸就下訂請人畫。

父親曾如此答應，結果卻爽約了。說要去九州的宮崎縣打高爾夫而出門的父親，因心肌梗塞昏倒在富山縣JR滑川車站的出口，送到醫院時已經死亡。

滑川的警署立刻從父親的隨身物品查明了身分，來電和家裡聯絡。

那天是星期六，母親初美雖驚慌，仍打電話到賀川單車的專務董事平岩壯吉家中，但他不在。

母親將事情概要告訴平岩的妻子，請她設法聯絡平岩壯吉時，真帆剛從日本橋的大型書店回來。

真帆當機立斷，認為最要緊的是先趕到醫院，便查了如何在最短時間內抵達富山的滑川市。

傍晚有一班從羽田機場到富山的飛機。但從富山機場到JR富山站是搭計程車還是電車比較快，真帆完全沒有概念。

姊姊惠莉嫁到神戶，前天才剛確知懷孕的消息。據說現在是最容易流產的時期，也不曉得該不該通知她……。

真帆這樣想，看了母親手中的紙條。上面以顫抖的字跡草草寫了滑川警署的電話和來電聯繫的警察姓名。

真帆打電話過去，問說她們要搭飛機過去，從機場搭什麼車才能最快抵達，一邊催促母親趕快準備出門。

十五年前，那是只有迫切需要的人才擁有手機的年代。

她們從文京區小日向的家搭計程車到羽田機場，候機時，真帆靜不下來，去機場裡的書店找富山縣的地圖，找不到於是買了旅遊書。

這段期間，母親不斷以公共電話打到平岩家。因為不知道平岩壯吉在哪裡，平岩的妻子便建議打到賀川單車的常務董事門脇二郎家試試。

門脇也出門了，但家人說知道他在哪裡，會立刻前去通知。

但是，門脇沒有來搭前往富山的飛機。時間已趕不及。

「怎麼會在滑川？真帆，怎麼會？」

飛機起飛後，母親問真帆。真帆心裡明白，母親明知她也不可能知道答案，但一家擁有三百二十名員工的老牌自行車廠老闆驟逝，竟然連一名部屬都聯絡不上，究竟是怎麼一回事？真帆正為此光火，口氣很差地應道：

「我怎麼知道。」

透過機窗，真帆以從未目睹過的方向望見富士山。應該是富士山的北側吧，那裡正迎著夕陽，真帆心想那大概就是人稱「赤富士」的富士山了，想試著以最近才終於漸漸上手的「面相筆」描出輪廓，再仔細以水彩上色，便在內心展開作業。

如今回想起來，真帆仍認為那是人類與生俱來的自衛能力所致。下意識地逃避，好讓自己遠離難以接受的事實。

本應在宮崎縣打高爾夫球的丈夫，竟在JR滑川站收票口猝死，對妻子而言的確是個令人驚疑不定的謎。可是，丈夫客死他鄉所帶來的衝擊與震驚應該更大，母親是藉著不斷叨念怎麼會在滑川，以她自己的方式在這突如其來的不幸中保護自己的心。

這一點，真帆現在能夠理解，但當時她才剛滿二十歲。

晚間八點半一到滑川市內的醫院，真帆與母親便跟著警察一同進入太平間認屍。

來了一名年輕的警察，告訴她們一位自稱賀川單車的平岩先生打了好幾次電話到署裡。另一位門脇先生也打了三次。聽完醫師的說明後，真帆與母親為了領回警方保管的旅行袋和錢包等私人物品，離開醫院去了一趟警署。

母親忙著在好幾份文件上簽名蓋章時，真帆打電話給專務平岩，說遺體確定是父親無誤。

「現在也可以派公司的車過去，不過和搭一早的飛機抵達的時間差不多。剛才終於聯絡上社長的祕書高木了。高木堅持要開公司車過去，我便讓他去了。無論如何，都必須把社長的遺體運回東京。這件事，我認為委託當地的葬儀社是最好的辦法，不知你們以為如何？麻煩和令堂商量一下，再給我電話。我會遵照你們的意思在這邊安排好一切。」

平岩的語氣和真帆從小熟悉的一模一樣，毫不顯露個人情緒，說完這些便掛了電話。外公還在當社長的時候，他就一直扮演賀川單車的大掌櫃。

急性心肌梗塞，換句話說，明顯是病死的，因此直接將遺體交給家屬，警方的任務便結束了。

負責的警察這麼說，然後把從滑川站收票口的站務員那邊問來的話，告訴真帆和母親。

賀川直樹先生騎著腳踏車從車站西側，也就是海的那邊過來，騎到腳踏車停車場，再從那裡提著波士頓包走進站內，看了時刻表之後，在自動售票機買了票。

他騎來的腳踏車應該停在腳踏車停車場，但站務員的位置看不到。這一區有很多人從家裡騎腳踏車來，再從車站騎回家，所以白天的腳踏車停車場通常停放著數十輛單車。

賀川直樹先生在站內候車室的椅子坐下，然後又走到收票口，問站務員到西入善要幾分鐘。候車室裡沒有別人。

站務員雖對賀川直樹先生的臉色發青和滿頭大汗感到訝異，還是回答了從滑川站到西入善站大約要二十分鐘。

那麼，到入善站呢？賀川直樹先生問。站務員也回答了這個問題，在他遞過來的車票上蓋章，邊說：

「往直江津方向的普通車就要進站了。」

好——小聲回答之後，賀川直樹先生從站務人員手中接過車票，同時，當場蹲下來。

站務人員以為賀川直樹先生弄掉車票。但幾乎同一時間，往直江津方向的電車進站了，賀川直樹先生卻還蹲著。

站務員遞還給他的車票，被風吹著朝月台的方向飛了兩、三公尺遠。這時，站務員才發現賀川直樹先生有異狀。

在救護車趕到車站前，賀川直樹先生對站務員的呼喚還有些微反應，但等到急救隊員進入車站時，已經失去意識……。

警察的話在這裡結束，真帆便說：

「那麼，那輛單車還在腳踏車停車場吧？」

她語帶抗議表示，為什麼不調查那輛腳踏車的擁有者是誰？一名路過的旅人是騎誰的腳踏車從海那邊來到滑川站的？

大約是看出真帆的意思，警察說他們去停車場看過了，但不清楚賀川先生是騎哪一輛來的。

若這是有犯罪嫌疑的案件，警方自當調查，但已確定死者為病故。如此一來，其餘便是私事，理應去到宮崎縣的賀川先生為何會出現在富山縣的滑川市，警方就不能介入了。

警察以温和的神情這麼說，但其中有著沒有商量餘地的强硬。

出了警署，搭計程車返回醫院，得知家屬不能在太平間過夜，真帆便與母親到車站附近一家商務飯店辦了入住手續。

看地圖，海應該就在旁邊，卻完全感覺不到，原來北陸的夏天悶熱得令人嘆氣。母親坐在床上開始哭，真帆撫著她的背，說要去找點吃的，然後就往JR滑川站前的圓環走。

已經晚間十點多了，鐵軌對面有一家店還開著，店裡有賣甜麵包，真帆便買了四個麵包和兩瓶盒裝蘋果汁，拿著東西再度越過鐵軌。

往直江津方向的電車來了，十來個乘客走出收票口。其中兩位有家人開車接送。五、六人徒步匆匆走向站前的大馬路。三、四人騎上放置在停車場的腳踏車。

車站的燈光勉强照得到腳踏車停車場，裡面還有十二、三輛。有三輛是公路車，其餘的是一般腳踏車。

騎著腳踏車到車站，可見得本來是待在用走的嫌太遠的地方。但騎來的腳踏車，父親打算怎麼辦呢？

如果打算從西入善站，或是更遠的入善站回滑川站再騎腳踏車去還，應該不必帶裝著了三天兩夜的替換衣物和高爾夫球裝的波士頓包。

父親去了入善町某處之後，應該就不打算回滑川。

依照預定，父親會搭明天星期日下午的班機回東京，可見今晚本來準備在新潟或富山市內過夜。

這樣的話，腳踏車怎麼辦呢？是跟車主說好會來滑川站牽車嗎？

到底誰會來牽車？是海邊有旅館，父親在那裡投宿，因為走路太遠而借了他們的腳踏車嗎？是旅館的老闆表示事後會派人去牽車，勸他騎腳踏車去嗎？

旅館的人來辦事，順便到車站把腳踏車騎回去，全然不知騎過腳踏車的客人發生了什麼事……。

真帆在腦海中描繪所有想得到的可能性，從晚上悶熱得光站著就直冒汗的滑川站腳踏車停車場朝海的方向走。

走了七、八分鐘，發現路有坡度。是朝海的方向往下。

富山灣沿岸市鎮的每一條路，八成都是朝包括立山連峰在內的北阿爾卑斯山越走越高的上坡路。即使是肉眼看不出來的坡度，若是往山的方向走也一定很累人。

真帆這麼想，於是朝飯店折返。一方面也是認為不能放母親孤單一人。

當晚，真帆在飯店的小房間裡，躺在床上，心不在焉地看著在羽田機場買的富山旅遊書。

她無心開電視，但若是跟母親說話，又怕陷入「為什麼會在滑川」這個此刻無解的話題上打轉。

就算母親對那個謎團避而不談好了，也不可能不提最重要的問題——賀川單車這個擁有三百二十名員工、創業於大正十四（一九二五）年歷史悠久的腳踏車廠，今後該如何是好？跟二十歲的我商量這個，什麼忙都幫不上。

真帆這麼想，默默將旅遊書翻了頁。

「真帆去買麵包的時候，我打了電話給惠莉。實在不能不告訴她。」

躺在隔壁床上背對著她的母親說。

「惠莉很生氣，說怎麼沒立刻通知她。又說明天要趕回小日向的家。是搭飛機還是新幹線，明天再決定。」

「也難怪姊姊會生氣。」

真帆小聲回應之後，往旅遊書上「入善町」那一頁的地圖看。想著原來黑部川流經這裡啊，視線移往上游。山口附近有一座愛本橋，看起來比黑部大橋要短得多。

愛本……。父親說了這兩個字便顧左右而言他那次，指的會不會就是這座愛本橋？看得到梵谷的《星夜》的地方……。

我那時以為愛本是國外哪個地方的地名，聽過就算了。但是，愛本這個地名，念起來又不像德法義瑞荷那些國家。一定就是這個愛本。

父親曾經來過黑部川上游的這座愛本橋。JR滑川站到入善站之間有五站，東滑川、魚津、黑部、生地、西入善。

每站都停的電車經過這些站要多少分鐘？頂多二、三十分鐘吧？

若是曾經搭過車，從滑川到西入善或入善大概要多久，心裡會有個譜，用不著特地去問站務員。

可是，父親卻問了滑川站的站務員。那又是為什麼？

真帆想到這裡就不再深究了。腦袋有些疼痛。她告訴自己說，父親為什麼要向妻子說謊來到滑川、何時在愛本橋看到和梵谷的《星夜》一樣的夜空，這些都不重要了。

依序追憶著父親驟逝那天的種種，真帆在臥室隔壁的工作室整理好桌面，將明天開會討論的資料放進又大又薄的長方形皮革包。

下午兩點必須抵達位於京都中京區的克拉拉社。克拉拉社專門出版三至五歲幼兒閱讀的繪本，當初以真帆所繪的童畫製作了她的第一本繪本，至今，每年都請她繪製兩、三本。

真帆十歲開始臨摹梵谷的《星夜》，並不是為了將來能夠成為畫家。她只是覺得以色鉛筆和蠟筆不斷地畫，盡可能貼近原畫的線條和用色，實在好玩極了。

不久，她也嘗試臨摹梵谷的其他畫作。諸如《麥田群鴉》、《綠色麥田》、《奧維爾的房子》等等。

真帆喜歡這麼做且樂在其中，無論母親、姊姊如何驚訝並斥責，都阻止不了她。

她在大學攻讀心理學，但自父親死後隔年春天，便去教插畫的學校上夜間學程。這也不是為了成為插畫家。

為的是想學習描線、上色、畫具運用等基礎。只因她發現自己埋頭臨摹的業餘畫法，最欠缺的就是「基礎」，更覺得插畫學校比坊間的繪畫教室更適合自己而已。

開始念那所學校的時候，真帆在日本橋的大型書店看到集結好幾位歐洲童畫家作品的畫冊。

真帆當時並不清楚幼兒的繪本畫與童畫有何不同，但她心想，或許自己能夠進入這類童畫的領域。

最初，她臨摹歐洲知名童畫家的作品，後來自己獨創的角色陸續誕生。有臉蛋的雲、柳樹、白楊樹、玫瑰、水仙。表情逗趣的鴨子、小豬、馬兒、小鳥。

這些角色慢慢增加，同時畫法也自然而然產生了變化。

她不以鉛筆打底、沾水筆描線，而是偏好以面相筆這種極細的畫筆沾淡褐色的墨汁來打稿。

就這樣畫了幾十張童畫，也沒給任何人看就收在書桌的抽屜裡。

隔了一段時間再看，發現自以為原創的許多角色根本沒有脫離模仿，真帆心生厭倦，便不畫了。

大學畢業後到大證券公司上班，但這份工作靠的是父親驟逝後成為賀川單車社長的平岩壯吉介紹，也就是透過關係才得以錄取。

「真帆也總算從不務正業畢業了。」

姊姊惠莉在電話裡這樣取笑她，真帆雖不認為自己十歲起一直持續的事是不務正業，倒也沒有意識將其視為奉獻一生的工作。

自己是因為喜歡、開心才畫畫。而且也幾乎都是臨摹。她認為這樣沒什麼不好，但不知不覺臨摹卻變成模仿。而她討厭模仿。

就是因為發現自己朝討厭的方向前行才停筆。她在證券公司雖然只是個女職員，但每天的工作也不輕鬆。光是要背股市用語，自己那慢步調的頭腦就跟不上了，也沒有一天不加班的。

下了班回到家累壞了，什麼都不想做。假日有時還會想睡上一整天。

哪像姊姊，仗著姿色不差，備受異性吹捧呵護，向來只顧著談戀愛、耍心機，大學一畢業就嫁給繼承了祖父那一代傳下來的牙科診所的少爺，再怎麼解釋，膚淺的姊姊都不會懂吧。

真帆這麼想，也不搭理姊姊的嘲弄，但沒想到，讓京都克拉拉社當時的女主編看到真帆畫作的，卻是姊姊。

姊姊惠莉帶著三歲的女兒回文京區小日向的娘家，擅自闖進真帆的房間，從收在抽屜裡的幾十張童畫中拿走了十張，帶給來東京出差的吉良朱實。

乘著一朵大雲的袋鼠在空中隨興旅行。三隻烏龜寶寶幸福地住在袋鼠肚子的口袋裡。生活在雲端上的不止袋鼠和烏龜，還有兩棵大絲柏樹、藤蔓玫瑰，以及好幾種蔬菜。

白雲有時候會遭到暴風和雷電的攻擊，黑色雲朵也虎視眈眈想吞掉他，三不五時還有兔子飛行員橫衝直撞地闖進來。

童畫裡還加進這樣的故事。

克拉拉社的吉良朱實是姊夫遠山慎也的遠親。應該是嬸嬸的堂哥的女兒……。真帆記得新郎慎也在婚禮時確實是這樣介紹，但這到底對不對，慎也自己也沒把握。

只不過，姊姊惠莉在遠山夫家的人當中，與年長她七歲的吉良朱實最合得來，兩人大概每兩個月就會一起吃飯。

惠莉說，她也沒有把吉良朱實的工作和真帆的畫作聯想在一起過，但帶著女兒回娘家住了三天，除了梵谷的臨摹畫之外，頭一次看到真帆的童畫，忽然靈光一閃，覺得不妨請朱實看看。

知道姊姊進了自己的房間，未經許可就打開抽屜，自行選了十張童畫還拿給別人看，真帆氣壞了。

她氣得說不出話來，就近拿起鉛筆、雜誌扔向姊姊，但惠莉一臉不解「你到底在氣什麼」，說道：

「朱實問，你願不願意把這個做成一本書？她是說真的。真帆，你畫的童畫就要變成一本繪本了，你不覺得很棒嗎？」

這幾句話，讓真帆癱坐在木地板上。

如果有意願，明後天能不能到京都的克拉拉社一趟？我想馬上讓社裡的同事和社長看看，所以畫我就先借回去了。無論如何，給我個電話。

吉良朱實把自己的名片給了惠莉，請她如此轉達後便回去京都。

兩天後，真帆與回神戶的惠莉和外甥女麻美子一同搭上新幹線。

克拉拉社位於中京區一家著名的高級旅館附近，呈棋盤方格狀交錯的小路上，某一幢舊大樓的二樓。

三樓是克拉拉社社長的住處，一樓是倉庫兼停車場，大樓又與左右兩邊的大樓同寬同高，初訪的人一定會迷路——吉良朱實早在電話裡這樣交代，但真帆還是迷了路，在附近來來去去繞了足足十五分鐘，弄得渾身大汗。真帆還清楚地記得，都九月中旬了天氣仍悶熱濕黏，讓她驀地想起滑川那一夜的往事。

克拉拉社有十五名員工，雖是專做繪本的小出版社，但創業於昭和三十（一九五五）年，以不迎合潮流、堅持不斷推出優質繪本著稱。

一看到吉良朱實帶回來的十張童畫，社長、資深編輯和負責業務的同仁當下就決定要出版，只等作者點頭。

「非常感謝。請多指教。」

一聽說這個情況，真帆還記得自己回答時聲音都在發抖。

這部繪本一個字也沒有。只有畫，讓年幼的孩子發揮想像。白雲也好、袋鼠也好、烏龜寶寶也好，全都沒有名字。這也是希望由孩子們自行命名。只是，不能沒有一個書名。

全公司的人從看到這些童畫的那一刻就開始想書名，一直到剛剛都還在思考。賀川小姐覺得哪一個好？

吉良朱實讓真帆看了印在紙上的十幾個書名。真帆選了「温柔的家」。

這部繪本在聖誕節前十天於書店上架。首刷冊數三千本。過年後，立刻再刷五百本，接著每個月都再刷，到了下一次聖誕節時，累計冊數已達八千本。

渴求續集的信和明信片透過克拉拉社送到真帆家。其中有八成是孩子的母親寫的，兩成是孩子的字。

努力寫出平假名的孩子，在母親幫助下拚命握緊鉛筆，以大小不一的字寫的信和明信片，總是從「真帆老師（まほせんせい）[1]」這一聲呼喚開始。

從著手畫《温柔的家》續集算起大約一年後，賀川直樹生前的目標——讓賀川單車股票上市的計畫喊停了。

因為這件事，多數社員才終於明白，平岩壯吉為何在真帆的父親猝死後，硬要讓對事業一竅不通的夫人賀川初美擔任董事會會長、自己就任社長真正的用意。

若股票上市，賀川單車就不再屬於賀川一家。只要不上市，就能避免賀川直樹的家屬因時間的流轉而被公司拋棄。

直樹的兩名女兒都不可能進入賀川單車繼承事業。直樹的妻子只當過主婦，沒有其他工作經驗。若股票上市，便無法長期支付這三人沒有名目的薪水。

初美的父親，也就是上一任社長，將公司的未來託付給平岩壯吉，所以平岩心懷强烈的使命感，堅守著賀川家入贅女婿直樹時期的大掌櫃這個職務，也一直抵制直樹想讓公司上市的願望。平岩一直是反對股票上市的。

而且，在平岩的建言下，股票雖然沒有公開，但直樹名下的大量股票由家人繼承。不但如此，平岩還讓初美擔任擁有經營權的會長，以抵制當時在公司內佔多數的股票上市支持派。

既然沒有上市，如此强勢的人事也不過是公司內部的問題。公司裡的反對聲浪，只要漠視即可。

事實上，平岩壯吉就曾對兩名顯然對初美就任會長不以為然的董事說過，「不接受你們大可離開」。這件事，真帆後來才知道。

真帆不了解當時公司內部發生過什麼勾心鬥角的狀況，但她繼承了父親名下的部分股票。

那之後，在平岩的鐵腕治理之下，只要公司有盈餘，真帆也會得到分紅股利。金額大小要看公司的業績，但與真帆在證券公司的年收入相當。

確定有穩定的收入後，真帆決定獨立成為繪本作家。創作童畫的收入雖然還微不足道，但父親留下的股票股利成了真帆經濟上的後盾。

平岩壯吉擔任社長八年後交棒給新社長，完全退出賀川單車，現與夫人住在伊豆。他比真帆的父親大七歲，所以今年是七十二歲。

每當自己的繪本一出版，真帆一定會寄給平岩。而且每次都會收到平岩客氣的謝卡。

「好久沒見了，是該去看看平岩先生……」

為京都行做好準備，沖澡，洗頭，用浴巾包住頭髮捲好，從浴室出來喘口氣時，真帆這樣喃喃自語。

平岩壯吉為賀川單車和賀川家三名遺族所做的一切，這份恩情一生都無以回報。感激之情筆墨難以形容。雖有無私這兩個字，但社長驟逝後，平岩所為遠遠超過無私。那八年説是捨己為人都不為過，至今賀川單車的每一個人仍對他感念不已，尊敬有加。

真帆與母親對此也無比感謝，但真帆卻一直覺得平岩的鞠躬盡瘁，背後藏著其他理由。

真帆認為，平岩不可能不知道賀川直樹去了滑川，而這個懷疑隨著歲月在她心中逐漸擴大。

事後她才知道宮崎縣那場高爾夫球賽，是以舉辦比賽、招待該地區大型自行車行的六名老闆作為名目，既然如此，那便是公司名義的正式活動。怎可能讓社長一人單獨赴會？本來應該同行的祕書高木也説，他相信社長在宮崎縣打高爾夫球，這些種種再怎麼想，都令真帆難以接受。

就算社長堅持要自己獨行，高木只能聽從，但他也必須向平岩專務報告。因為當時的賀川單車建立起一套系統，公司裡發生再細微的小事，都要向平岩報告。

平岩會不會早就知道宣稱在宮崎縣打高爾夫球的社長其實人在富山縣滑川市？不，他肯定是知道的。既然如此，想必也了解其中的緣故。

說到特別不能告訴家人的理由，不就只有一種嗎？

然而，如果獲知真相只會給母親和自己帶來不愉快，那麼就不該去挖掘觸碰。而且平岩壯吉一定也已經暗地裡處理、解決了吧。

真帆拿吹風機吹著頭髮，在這番思緒中沉浸了一會兒，才想到父親死後一直悶在自己內心深處的這些，因為聽到「Lucie」的老闆和看似他朋友的客人談話，驟然間蠢蠢欲動。

那兩人的對話她只聽到片段，老闆好像是在小雪的天氣中，從一個叫岩瀨的地方走舊北陸街道到魚津。

真帆想起他們的對話，取出至今仍站在書架一角的富山縣旅遊書。滑川市正好位於岩瀨和魚津的正中央。

從京都車站搭公車走堀川通北上，在以東西向橫貫京都中心的御池通路口下了車，真帆便往南折回一小段，向東彎進一條細細的單行道。

京都呈棋盤方格狀，每一格方格裡，再由小路拉出更小的棋盤方格。

克拉拉社那一帶，這種小路上的小店和老店鋪特別多。多得幾乎可說是密集，若不靠近，很難辨認是民房還是店家，若是店家又經營什麼買賣。

有時候以為是民房，往古色古香的紅殼格子[2]後方的玻璃窗朝裡看，卻發現是咖啡廳、足袋襪專賣店、香料店和服飾品店等等。

蕎麥麵店、頂多只能停四、五輛車的收費停車場、茶具店、洋菓子店、年輕人的休閒服飾店、老唱盤專賣店、古董店、精品店、居酒屋、牙科內科診所、念珠店、髮廊、佛教服裝店、只賣耳環和項鍊的飾品店、陶瓷器店、照相館、扇子店、和紙製品盤商、皮具專賣店、京菓子店……。

一幢十層樓高的新公寓大樓宛如被圍堵般，樹立其中。

東側面向御池通，隔著小路與京都數一數二的高級旅館相望，從那裡再往東走便是本能寺。

每條小路都是單行道，行人也多，為了閃避後方來車，必須不時停下腳步，若要散步是很累人的，但真帆很喜歡克拉拉社所在一帶。

「好熱……。我每次來京都，不是熱得要命，就是冷得要命。」

真帆內心暗自嘀咕著，走進洋菓子店，選了五種蛋糕各買兩個。這是她拜訪克拉拉社的慣例。

離開洋菓子店正往東走時，手機就響了。是克拉拉社的責任編輯寺尾多美子打來的。

五年前吉良朱實因生產請辭，接手真帆責編的寺尾多美子與真帆同年，他們倆超越繪本專業出版社的編輯與業界知名繪本作家的往來關係，結為知己。

「你現在在哪？」

多美子問道。

「再五分鐘就到了。我買了蛋糕。」

「我們大樓的冷氣壞了，現在像個蒸籠。我都快中暑了。」

「咦！那冰箱還可以用嗎？」

真帆這一問，多美子回答只有空調設備故障，又說等等把蛋糕放進冰箱，就到附近的咖啡店討論吧。

寺尾多美子站在克拉拉社又窄又深的大樓前等待，只見她夾在耳朵上的紅鉛筆都沒拿下來就提著蛋糕盒上二樓，隨即又回來朝御池通走。

路上行經一處建築，看似江戶時代留下來的大商家和作為倉庫用的白牆土藏，當初不知是錢莊還是和服鋪，真帆頭一次經過那裡，便問這裡是賣什麼的店家。

「蕎麥麵店。」

「蕎麥麵店？好厲害喔。我知道京都有很多蕎麥麵店，可是這麼大間的連東京也沒有呢。」

「這裡是總店。他們有七家分店。京都三家，大阪三家，大津一家。」

她們邊說邊經過蕎麥麵店前，多美子向西轉進小路，很快便又向北轉進同樣的小路後，便看見寬廣的御池通。

右側一連兩家是由京町家重新裝潢內部而成的店鋪。兩家店都直接沿用古老的紅殼格子和犬矢來[3]。

她們先經過皮革包的店鋪。女用波士頓包、手提包、肩背包陳列在櫥窗裡，店內看似老闆的男子正忙著做包。

大大的帆布圍裙從脖子蓋到腳踝，他正拿著一根粗鑽子般的工具在皮革上打洞。

真帆猜想這家店大概只賣他做的皮包，便看了每件商品的價格。一只適合兩天一夜小旅行的波士頓包標價十萬六千圓。

就算包包是由專業師傅只採用優質的天然皮革，從頭到尾親手精心製作，依這售價，年輕女孩還是寧願買歐洲的名牌包吧。真帆這麼想，也看向擺在店內深處的男用包。有一款與父親愛用的波士頓包極相似的。大小、形狀、顏色，甚至刻意突出手縫的粗線作為低調裝飾的技法都一樣。

不僅是像而已。根本只能是相同的東西。

先進了隔壁咖啡店的寺尾多美子以「怎麼了」的表情走出來，與此同時，真帆與正在裡面工作的老闆對上眼，她連忙自店鋪前離開。

喝了冰咖啡歐蕾，開始討論新工作，但不到兩、三分鐘，多美子便拿她一直夾在耳朵上的紅鉛筆筆尾敲了好幾下桌子，說：

「你有沒有在聽？你是怎麼了？感覺心不在焉的。雖然我早就料到真帆會說討厭這種繪本，不然就是說自己對這方面不在行，反正最後一定會拒絕。」

克拉拉社的新提案，是「教養系列」中的「如廁篇」。

這是為了訓練幼兒自己學會上廁所的繪本。

真帆過去從來沒有畫過人，所以當多美子提起時，她確實有想挑戰的意願，但一顆心幾乎都被剛才看到的那個包所佔據，忍不住回想起十五年前，滑川署警察所歸還的爸爸的波士頓包如今在哪裡。
「對不起啦。」
她道歉，正要解釋是因為有點事情分了心。
「現在在這裡的不是專屬於克拉拉社的『かがわまほ[4]』……」
多美子搶先這麼說，看著真帆。
「我心跳得好快。」
真帆說，雙手按住胸口。
「一定是熱壞了。把外套脫了吧？京都今天真的是太熱了。」
多美子起身繞到穿著淺藍色麻質長褲套裝搭配背心的真帆身後，幫她脫了外套。
「從昨晚起就一直怪事連連，簡直像顯靈似的，怪事突然一件接一件。」
真帆這麼說，喝了冰咖啡歐蕾，努力平靜心情，指指隔壁的皮包店。
我覺得隔壁店後面架上的波士頓包，跟我父親生前愛用的那個一模一樣。
就是那個包，在我心裡泛起陣陣漣漪。
真帆這樣解釋之後，感覺可以將這些事情告訴多美子。

寺尾多美子有張娃娃臉，看起來實在不像三十五歲。有時化起妝來甚至像二十五、六歲。

她的臉蛋不算標緻，嬌俏可愛才是最貼切的形容，散發出「京都人小家碧玉」的氣質，但她在進入克拉拉社前，白天上大學，晚上在祇園的高級俱樂部當了三年的公關小姐。

為了自己的學業，也為了送弟弟妹妹上大學，那是唯一的辦法。

多美子進大學半年左右，經營染料店的父親過世，便將當時已岌岌可危的店收起來。

母親透過朋友的介紹，在先斗町的餐廳當女侍，多美子則去俱樂部當公關小姐。

多美子對克拉拉社的社員也毫不隱瞞，坦言就是為了錢。

有一次，在克拉拉社的忘年會酒席上，一位喝醉的後進曾唐突無禮地問，她和熟客之間怎麼來往。

當時，真帆也受邀參加了那場忘年會。

四周大多數的同事都一臉「別問那種事」的責怪表情，多美子倒是顯得毫不在意，流暢地背誦了《平家物語》[5]開頭的幾段話。

——遠譬異朝，秦之趙高、漢之王莽、梁之朱异、唐之祿山，皆不遵舊主先皇之政，縱情逸樂，罔顧諫言，不悟天下之亂，不知民間之苦，是以須臾傾滅。近觀本朝，承平將門、天慶純友、康和義親、平治信賴，各有其驕奢蠻橫、不可一世之處，然更有近者，六波羅入道前太政大臣平公清盛者，欲傳其行狀，竟無可意會，遑論言傳。——

見提出白目問題的女同事半張著嘴聽，多美子做了個彈琵琶的動作。

「男人的盛衰枯榮，我這雙眼睛見多了。看得都不想再看了。」

她微笑著回應，然後改變了話題。

啊啊，這個人好成熟。而且非常聰明。真帆大為佩服，從那時便很喜歡寺尾多美子。

想起當時多美子的表情，真帆問道：

「我的事說來話長，你肯聽嗎？有時間嗎？」

「今天只要得到真帆願意合作的決定，之後到晚上七點都沒事。七點印刷廠的人會來，校完色就下班了。」

有了多美子這句話，真帆便從十五年前父親驟逝之際說起。

昨晚在「Lucie」無意間聽到的對話，剛才在隔壁看到的波士頓包，依序說完之後，真帆從自己的大側背包裡取出從未用過的鋼筆和小小的砥石。

多美子拿起她從小方綢巾中取出、放置桌上的鋼筆和砥石，仔細端詳著。

「這是那邊的刀具店賣的砥石。」

「你怎麼知道？」

「粒子這麼細、這麼柔的砥石，日本就只剩這麼多。」

多美子邊說邊用雙手比出一塊瓦片的形狀。

「應該就只剩那家叫甲本刀具店的地方有賣。」

「很近嗎？」

「在四條和五條之間的鴨川旁。」

「那也不算很近。」

「反正是走得到的距離呀。」

「多美子怎麼會對砥石這麼有研究？」

「我在俱樂部上班的時期，有個客人偶爾會帶一位宮大工[6]師傅來。是位很知名的宮大工師傅喔，不過現在已經過世了。他是位隨和又有趣的老先生，古寺的修復工程絕對不能沒有他這位名人。他曾提到有一塊珍貴的砥石，只剩甲本刃物店還有……。這件事很有意思，我就記住了。」

「可是，這塊砥石不見得就是呀？」

多美子搖搖頭，說這位年長的宮大工師傅請人切割成自己慣用的大小，嵌在木製的台座上，也曾給她看過。

我自己大概不會再用這塊砥石來磨鑿子、鉋刀了，但現在不買起來以後就沒了。以後想傳給哪個徒弟用。

剛接到電話說做好了，我就先去甲本刃物店取了貨才來的。

年長的宮大工這麼說。

「原來京都這一帶是我爸爸的地盤……」

「還很難說喔。也可能是用電話或傳真訂的呀？如果波士頓包是在隔壁皮包店買的話，那真帆的爸爸的確對這一帶很熟悉。」

「怎麼說？」

「三宅皮包店以前是只接客訂的京都老店，這只有內行人才知道，也就是說，他們的訂價只有捨得花錢買好東西的客人才買得起。現在的店差不多三年前搬來。之前的位置是在從這裡往南三個街口的地方。聽說這裡本來是住處，上一代老闆去世後，兒子接手，把他們住的京町家改裝成店面。也是從那時改變了只接客訂單的做法，開始將完成的產品放在店裡賣。之前的店門面不到六公尺寬，又在很難找的地方，既沒招牌也沒掛布簾，感覺完全就是『謝絕生客』，如果不是真的很懂的人是進不去的。」

「懂什麼？」

「懂三宅皮包店的包有多厲害，還有定價。在我俱樂部時期，一個當時非常賺錢的和服商訂做了一個箱型公事包。因為很多客人都是付現，去收錢的時候，提著不牢靠的包不是很危險嗎？可是箱型公事包雖然堅固卻很沉重。所以他向三宅皮包店訂做了自己心中理想的公事包。你猜花了多少錢？一款高五十公分、寬六十五公分、厚十二公分，堅固但質輕的箱型公事包，要價九十八萬圓。同樣大小的公事包，重量確實只有法國超有名的皮包製造商的三分之一。可是要九十八萬圓。」

真帆看了看錶。快四點了。

「好啦，我們去確認一下吧。」

寺尾多美子說完站起來，付了錢走出咖啡店，轉身就進了隔壁的三宅皮包店。真帆緊跟在後。

咖啡店裡的冷氣有點太強，以致於才走了短短七、八步到三宅皮包店的入口，真帆就有點頭暈目眩。

怎麼會這麼熱啊。真帆心想頭一次遇到這麼熱的京都，一邊活像躲在寺尾多美子背後般進了三宅皮包店。她假裝觀賞擺在從灰泥牆突出的厚實木架上的肩背包、手拿包和錢包等，其實全神貫注緊盯著離工作區最近的那個架上的波士頓包。

她越來越覺得要是那真與父親的波士頓包一致，就會牽連出一些對自己和母親而言絕對不愉快的事，便輕拍多美子的背，悄聲說：

「還是算了。」

與此同時，老闆停下手上的工作，看了架上的波士頓包。真帆心想，一定是多美子一進店門就一直朝那裡看。

老闆以若有似無的音量說：

「歡迎光臨。」

然後便不理兩人，繼續以類似鑽子的金屬工具打洞以便縫線。

「會掛心的事，最好盡快解決啦。」

多美子回頭對真帆這樣耳語，接著問老闆是不是製作了很多這款波士頓包，也賣出不少呢？

老闆似乎不太明白這個問題的意思，拍掉帆布圍裙上的皮屑，一邊從椅子上站起來說：

「您可以看看。」

老闆將一雙薄薄的白色手袋遞給多美子。

多美子把手套拿給真帆。

「那就麻煩您了。」

多美子說完，簡單向老闆解釋。

這和她爸爸至少十五年前就愛用的波士頓包很像。

看來約四十二、三歲的短髮老闆自己也戴上白手套，將波士頓包從架上拿下來。

「十五年前嗎？」

他又問道：

「現在也會用嗎？」

「不，家父十五年前就去世了，現在收在家裡。」

這樣回答之後，真帆注視波士頓包的外側，拉開拉鍊，細看裡面縫有好幾個口袋。

這是全新的，皮還很硬。父親因為常用，整個波士頓包都變軟了，底部作為護角的金色金屬零件也已失去光澤。但是，即使有這些不同，顏色、形狀、大小確實都一樣。

真帆是這麼認為的。

三宅皮包店的老闆從工作區的桌子抽屜裡拿出一小塊橢圓形的皮，問說，我們的包內側都會縫上這塊商標，請教令尊的是否有呢？

真帆歪著頭，回答得回去看了才知道。

那塊寬八公分、高五公分的橢圓形皮革上，壓印了「MIYAKE Since1932 KYOTO」。

「如果是一樣的，那應該就是我父親做的。這個『1932』底下會刻上小小的『A·M』。」

「您這裡是一九三二年創業的嗎？」

寺尾多美子問。

「是啊，昭和七年。由我祖父創立。」

老闆終於露出笑容，拿出自己的名片。然後說，如果令尊的波士頓包是我們做的，有損傷儘管拿來，雖然會視損傷的程度酌收費用，但幾乎都可以免費修繕。

真帆道過謝收下名片，走出三宅皮包店。

「一樣嗎？」

多美子問。

「嗯，我想應該不會錯。只是，我只有在滑川那邊，從警署回飯店那時候仔細看過我爸爸的波士頓包。我們回東京以後才打開包包把裡面的東西拿出來，而且都是我媽媽一個人處理，我當時並不在場。」

多美子默默點頭，沉思了一會兒，問真帆接下來有什麼安排。

「我本打算搭今天傍晚的新幹線回去，不過來的時候也有準備，要是多美子找我吃晚飯，今晚可以在京都過夜。」

聽真帆這麼說，多美子又想了想，說她今年還沒有請暑休，社長一直催，叫她把工作搞定就隨時去休假。

「那，今晚我請客。然後待在京都住一夜，明天再回去。」

「就為了一個晚上請暑休，我這樣不會太浪費了嗎。」

「可是，想到明天不用上班，你心情上會比較從容嘛。」

「我們去旅行啦！你空出三、四天來陪我。」

「去哪裡？有目標嗎？」

被真帆這一問。

「富山的滑川。」

多美子以笑容回答。

「咦？你說真的？」

「要是你再也不想去滑川，那我也不勉强。可是，真帆心裡，怎麼說……，一直壓著一些亂糟糟的心情吧？去做個了結。」

「了結不掉的。就算我和多美子去了滑川，也不可能弄清楚什麼的。」

「真帆想弄清楚什麼？」

被這麼一問，不知為何，真帆也開始覺得心底確實有好幾件想弄清楚的事。可是事到如今，那些全都無從查起呀。

正要說出自己這番想法時，真帆看到多美子像個孩子踩著小跳步，滿面笑容地迎著她，那雀躍的樣子讓她有點吃驚地看呆了。

多美子沒能請暑休，是因為在酷熱的京都忙著工作。現在工作好不容易告一段落，隨時都可以請個三、四天假，她就約自己去富山吃美味的海鮮，看海，仰望立山連峰和北阿爾卑斯群山。

多美子這麼熱情，我要是不捧場，豈不是太不夠朋友。

真帆這麼覺得，於是苦笑著說：

「那我去。不過我只能待三晚，我跟人家約了星期六的三點要碰面。」

「好，我去拜託印刷廠的人幫我把校色延到八號。」

多美子邊說邊朝克拉拉社的大樓跑。

真帆心想她一定很快就會回來，便站在克拉拉社所在的馬路上，在人群中邊等邊盤算，雖然做了外宿一夜的準備，但大側背包裡只有一套夏天的睡衣，一件T恤和一套乾淨的內衣。

現在身上穿的長褲套裝，也是為了來出版社討論工作不至於失禮所選的，既不適合出遊，穿中跟鞋走路，腳也會不舒服。

去買雙健走鞋吧。上面穿T恤，那下半身穿七分褲不是正好？

這一帶的舶來品店也是專賣年輕休閒服飾的居多，隨便挑一間買吧。

真帆這麼想，但又決定先去從這裡向東走路五分鐘的美術用品社，買五枝面相筆。

手機響了，一看畫面顯示的名字，是多美子。

「抱歉，有工作冒出來。」

多美子說。

做完就趕不上抵達富山的最後一班火車。

「我也得回家一趟準備旅行的東西。」

一陣輕微的失望後，真帆也懷著「啊啊，太好了」的心情，說道：

「那，滑川之旅就中止囉。」

「才不呢。延一天，明天再出發如何？今晚住京都。我們一起吃飯，玩晚一點。」
真帆笑著朝美術社走，問道：
「要我在這麼熱的京都街頭一直晃到多美子下班嗎？公司的冷氣還沒修好呀？」
多美子邊道歉邊要真帆八點在木屋町附近一家高級日式料理店等她，然後掛了電話。似乎非常著急。
去那家店就是打定主意不讓我付錢了啊。這家名為「寺西」的高級日式料理店，若從門面和店內裝潢的等級來看，推估它的結帳金額肯定遠遠高於實際消費。
換句話說，今晚是克拉拉社要招待真帆。一定是社長罵了多美子，叫她不准讓真帆老師付錢。
真帆邊想邊進了美術用品社，一看錶，才不到五點。
電話又響了，真帆走出美術用品社，到一家小精品店前。
「明天的富山整天都在下雨。我剛上網查了天氣，一整排的雨傘。後天是多雲。我們延一天，正好不用淋雨。」
多美子只說了這些就掛了電話。
「一定要晴天才看得到星夜呀。」
內心暗自低語，真帆才發現，多美子臨時起意約她去滑川時，「星夜、愛本橋」這兩條鎖鍊便下意識在內心交纏。

翌日過午，她們搭上往富山的特快車，多美子拿出一個裝了三明治的紙盒，說是她家附近一家麵包店做的。
「我昨天一直吃大餐，早上本來想吃點麵包、沙拉配咖啡就好，結果一到飯店餐廳，自助式早餐品項好多，每一樣看起都好美味，又已經包含在費用裡，想說不吃白不吃，又狠狠飽餐一頓。不好意思，我吃這個蕃茄醃黃瓜的就好。」
真帆這麼說，看了迴異於昨天的多雲天空。
「別這麼說嘛，我特地排隊去買的呢。」
多美子笑著將三明治紙盒遞給真帆，向推車過來的販賣員點了兩杯咖啡。
「排隊買的？那家店生意這麼好？」

真帆邊說邊看多美子的穿著。粉紅色的短袖馬球衫，搭配長度及膝的牛仔褲十分好看，但腳上那雙正規得令人懷疑是要去爬喜馬拉雅山的登山鞋卻大得誇張，破壞了整體的平衡。

「那雙鞋合腳嗎？多美子走過來的時候，感覺就只有那雙鞋喘著氣過來。而且紅色鞋帶像繩子一樣，好突兀。」

「真帆要說別人之前，也先看看自己的背包吧。大得都可以連夜潛逃去哪了。沒有小一點的嗎？」

「沒有大小剛好的。不過，這件七分褲不錯吧？還有這雙今天才頭一次穿的軟皮健走鞋，穿起來一點都不像昨天剛買的。鞋店的大叔保證絕對不會咬腳，不過很貴就是了。」

「畢竟這次旅行要走很多路嘛。」

多美子大口嚼著里肌肉火腿三明治說。

真帆昨天在美術用品店買了面相筆和工作用的顏料，一陣猶豫之後也買了一組油畫用具，請店家宅配到文京區小日向母親住的家，再到馬路對面的精品店選了長度到小腿肚下面一點的七分褲。因為她喜歡淺橄欖綠色，一試穿又剛剛好，完全不必修改。

然後又到另一家店買了兩件T恤，又買了三雙運動襪，才去運動用品店。

在看似大學工讀生的小哥「我覺得買大的比較好」的建議之下，即使覺得又不是要去登山還是買了後背包，接著又去克拉拉社後面那條路的鞋店，才完成這趟意外的富山之旅的行前準備。

昨天穿來的衣服和側背包都毫不費力地裝進那個後背包。

一吃起來好順口，真帆不但吃了蕃茄醃黃瓜三明治，還將雞蛋三明治吃得一乾二淨。

當琵琶湖西側從視野中消失，火車駛入福井縣之際，車窗右側出現了雨後的道路和田地。

「昨天你在『寺西』提到梵谷的《星夜》，預定什麼時候完成？」

多美子問。說她後來回到家，自己用電腦看了製作與販售複製畫那家公司的網站。

真帆為她說明，現在利用電腦就可以做出和真跡幾乎一模一樣的畫作，已經不必經由真人親手提筆臨摹。
但因為實在太像了，看著甚至會讓人覺得不舒服。因此，以電腦技術來製作複製畫的公司和收藏畫作的美術館之間訂下嚴謹的協定。
首先，沒有那家美術館的許可，不得複製與販售畫作，而複製時也必須更改尺寸，不得與真跡相同。
真帆接著一一說明。
畫家身故超過五十年才能販售複製畫。
畫作上不得複製畫家簽名。
還有更多規定，但真帆想不起來了。
「不過，朋友們合資送我的《星夜》複製畫不是用電腦複製的，是專門做這一行的畫師親筆所繪。所以成品有好壞之分，下訂以後最少也要一個月才拿得到。歐洲的複製畫家很貴，因此她們跟亞洲某一國的畫師預訂。剛說的好壞之分，其間的差距很大。會收到什麼樣的複製畫就要看運氣了。但是，比起用電腦處理得和真跡一模一樣的質感，我寧願要真人手繪。我早就做好收到爛畫的心理準備了。」

「為什麼？要是我，才不想看差勁的複製畫。」

多美子說。

「我會自己改呀。」

多美子以聽不懂這句話意思的表情注視真帆。

「我會直接在那幅複製畫上重塗顏料，把顏色、線條和油彩的堆疊改得更接近真正的《星夜》。」

「哦，所以你昨天才買了油畫用具？」

「嗯。可是那畢竟是梵谷呀，沒那麼容易。只能在工作的空檔，而且是真的很有幹勁的時候才能處理，所以也不知道要花上一年還兩年……。不過，我決心一定要完成一幅最終極的梵谷《星夜》複製畫。然後，在上面簽上『かがわまほ』……」

聽真帆這麼說，多美子問：

「你看過真跡嗎？」

還說，網站上寫著那幅畫舉世聞名，世界各地都有很多畫迷，現在正在歐美各地的美術館巡迴展出。

「沒有。所以我不知道梵谷獨特的厚塗是什麼樣子。就算是採用再高超的印刷技術印出來的畫冊，也無法重現厚度。我看了很多畫冊，最近才知道我爸爸那本是最好的。」

「在你開始動手修改你收到的複製畫之前，最好先看看真跡。那是紐約的現代藝術博物館的館藏吧？去紐約之前，一定要先查清楚是不是正在那裡展出。」

「嗯，我會的。真希望會來日本展出啊。」

真帆這樣回應之後，又說利用電腦技術所做的複製畫進展十分神速，據說已經可以重現每個畫家筆下微妙的凹凸、每一幅畫上油彩的厚薄，與真跡毫無二致。

「我覺得那樣很犯規吔，根本是禁招嘛。」

對於多美子的反應，真帆點頭表示贊同。她告訴多美子，許多日本人認為複製畫是假貨，不值得一提。然而在歐美地區，人們卻很肯定複製畫的價值。

「所以，專門從事複製畫的畫師，技術一樣精湛，也能靠著這份手藝來維生。」

她們就聊到這裡，兩人默默出神地注視著車窗外的景色。

昨天的京都明明又曬又熱，但一過武生，卻看得到許多水窪以及水位增高的小河流，可見這裡應該是下過不小的雨。

火車一離開福井站，多美子說：

「我們的旅行完全沒有任何規畫……」

拿出了還裝在書店紙袋裡的旅遊書和地圖。

「連今晚住哪裡都還沒決定。要先搭電車去滑川嗎？還是今晚就留在富山市過夜？」

真帆唔了一聲，陷入思考，腦海中浮現了前晚在「Lucie」那兩名男人的對話。

「Lucie」的老闆和那位看似有多年交情的知交，兩人聲音都很悅耳，店內又很安靜，CD的音量也很低。

雖然他們為了不吵到移到吧檯的我和櫻子，雙雙壓低了聲音，但他們的對話儘管片片段段，我還是幾乎都聽見了。

「Lucie」的老闆說他曾沿著舊北陸街道走到魚津。從一個名叫岩瀨的地方出發。

真帆希望能先在別的地方停頓一下，再去滑川。她不想在抵達富山之後直接換乘另一輛電車，直奔父親猝死的滑川站收票口。

在那裡，父親不僅驟然離世，也留下了許多不解之謎。縱然已成為遙遠的過去，但在我心中，車站靠海那邊的腳踏車停車場，仍舊有一輛腳踏車孤伶伶地被留在那裡。

為了踏進那個極可能有什麼可怕的事情等著我的地方，我需要一個類似準備室的空間做好心理準備。

想完這些，真帆計算了一下。今天是九月三日星期三，若搭星期六頭一班飛機回東京，那麼從今天起可以住三晚。

這樣的話，應該可以趕得上去原宿，準時在S社編輯約定的三點出現。

「我想沿著舊北陸街道走去滑川。」

真帆說。

打開了富山縣的旅遊書，正在查滑川市旅館和飯店的多美子，攤開另一張大地圖，問道：

「舊北陸街道？哦，這個啊……。你想從哪裡開始走？」

「從一個叫岩瀨的地方。」

多美子喃喃念著岩瀨、岩瀨，食指沿著富山灣的線向左移動。

「哦，有了。就在神通川河口附近。要從這裡走到滑川？滿遠的喔。我最近很討厭走路。」

「你還敢說。是誰說這次的旅行要走路，叫我做好心理準備？還有那雙正規的登山鞋又是什麼呢？」

「春天或秋天我可以走，可是現在是夏季尾聲吔。熱衰竭是很可怕的。」

「你不是查過天氣預報嗎？明天富山一整日都是陰天。我知道還有人在雪中從岩瀨走到魚津呢。」

「那人有病啊？是你昨天提到的酒吧老闆對吧？」

真帆被多美子的話逗笑了，同時想到，對了，可以租腳踏車。現在多數城鎮都有腳踏車出租店。

租兩輛折疊式的吧。組起來就可以搭上電車。騎腳踏車的話，也可以從入善站到愛本橋。

真帆對多美子說了這個連自己也得意的好點子，問道：
「你會騎腳踏車嗎？」
「我會騎腳踏車嗎？你這話也太失禮了。我國中時可是人稱特技單車手多美耶！」
聽到這幾句話，真帆放聲大笑。
「不用特技這種高難度的技巧啦。像平常那樣騎就好了。」
她這麼說完，多美子一副突然想到什麼的樣子，低聲說句：
「啊，對了。」
拿著手機就到車廂連通道。
真帆以為她想起什麼事，所以去打電話聯絡，然後又順道上廁所，但是過了十五分鐘，多美子仍然沒回來。
過了二十分鐘，真帆有點擔心，站起來打算去連通道時，多美子面帶笑容回來了。
「我弄到兩輛腳踏車了。」
多美子邊回座邊說。

「怎麼會有？」

「我想起有個住在金澤、熱愛腳踏車的朋友。他應該有五輛公路車。借個兩輛應該不成問題，一開口，他就說要借我們一輛西班牙製的叫BH，一輛義大利的叫Bianchi。」

「BH和Bianchi？那是環法自行車賽等世界知名的公路賽使用的車款吔！貴的一輛要價一百萬以上。」

「不愧是單車製造商的女兒，懂好多呀。」

真帆解釋，父親的夢想曾是以自有品牌的自行車參加環法賽，但在歐洲各地視察了好幾次之後不得不死心。

那個領域的單車，論功能、論品牌形象都由歐美廠商獨佔鰲頭，根本沒有日本製單車介入的餘地——這件事父親花了七年才領悟。

不止歐美。即使在日本，嚮往旅行用自行車的民眾，也看不上日本製的自行車。

義大利的Bianchi、Colnago、Gios。法國的LOOK或西班牙的BH。美國的Blue和Cannondale。

這些單車因等級不同，價差從十萬到兩百萬日幣都有，無不令公路車愛好者魂牽夢縈。

如果講究到極點，將各個零件都換成自己滿意的，一輛單車也可以花上將近三百萬圓。這價格都買得起一台全新的汽車了。

一個住兩坪多一點的廉價木造公寓，月薪十二、三萬圓，夜裡還要另外再兼職打工的青年，會把這樣一輛公路車當作寶貝般呵護保養。這就是專業單車的世界。

聽完真帆的話，多美子露出一副「原來如此」的表情。

「很像茂茂會喜歡的世界啊。」

她苦笑著這麼說。

「那，我們要先在金澤下車嗎？」

真帆問。

多美子搖搖頭，說：

「茂茂會開車幫我們把單車載到富山的飯店。他說從金澤到富山，走北陸高速公路飆個三十分鐘就到了。我正跟他說絕不可以飆車時，他就已經掛上電話。」

「飯店是哪家飯店？我們還沒決定呀。」

「他說會幫我們訂。」

多美子接著說了一間據說就在富山城旁的飯店。然後又補充道，茂茂是我在祇園俱樂部上班時的客人。

當時，他在京都的山科開建設公司，但後來公司倒閉，他搬到金澤又開了保全公司。總之就是個工作狂，看他花錢會誤以為他只知道即時享樂不顧將來，但我知道其實他那種方式到後來是划算的。我夜晚在俱樂部上班還能從大學畢業，都要感謝茂茂。

茂茂花在我身上的錢可不少。除了付給店裡的錢，還給我金額驚人的壓歲錢。還送我上班穿的禮服、和服。又另外給我錢，讓我付弟弟妹妹的學費。

俱樂部規定每週至少要兩次的「同伴」[7]制度，他也有求必應。

茂茂三不五時就會叮嚀我一定要把大學念完，畢業後一定要辭掉俱樂部的工作，也絕對要讓弟弟妹妹念大學，讓他們好好完成學業。

無論茂茂花在我身上的錢再多，光靠他一個客人，我也不可能一直當祇園一流俱樂部的小姐，必須陪媽媽桑私下推薦的客人用餐、打高爾夫球，我在大學缺課的日子越來越多，忍不住就會沮喪氣餒。而茂茂三不五時的叮囑，指的就是這些時刻。

多美子說到這裡時，火車停靠在金澤站。

真帆等她繼續說，但直到火車駛離金澤站，多美子仍未開口。

火車來到石川和富山交界處，下起雨來。

真帆本來想著氣象預報還真準，但又像發現新大陸似地想到，原來是火車追上了不斷由西向東移動的積雨雲，便把這個發現告訴多美子。

「延一天果然是對的吧？」

多美子得意地說。

那一瞬間，真帆明白了——多美子原本已經下定決心不再和茂茂見面。問她從何得知的她肯定也答不上來，但真帆有十足把握自己的直覺應該不會錯。

「茂生先生幾歲？」

無論再怎麼親近的人，只要是對方不想提起的，就絕不可以主動追問。

從小，父親一再這樣教導她。想到這可能是父親唯一一句對自己最有訓示意味的話，真帆便對自己開口提問多美子感到後悔不已。

「現在五十二了吧……。嗯，五十二歲。」

多美子以一副在腦海裡計算數字的神情回答。

「建設公司倒閉的一個月前，他和太太離婚了。他們有兩個女兒，兩個都跟媽媽……。不過，那是假離婚。我猜，他為了不想讓債務影響到妻子，所以在公司破產之前，先採取防護措施。」

經過神通川時，真帆和多美子都望著車窗右側的遠方，但一層偏黑的厚厚灰雲讓她們完全看不見立山和北阿爾卑斯群山。

真帆從架上搬下自己過大的背包和多美子用舊的中型背包時，打在車窗上的雨聲變得更響亮。

抵達富山站，走下通往收票口的樓梯，前往直江津的電車便停在那裡。那是三節車廂的慢車，與真帆十五年前那一晚在滑川站看到的是同一種車型。

真帆在收票口附近停下腳步，看著那班被雨打濕的電車車身和玻璃窗。乘客幾乎都是放學的高中生。

真帆心想，雖然時刻不同，但父親在滑川站買了車票，打算搭上每站都停、目的地是新潟的直江津的電車。

父親的遺物中，有一張從滑川到入善站的車票。大概是站務員幫忙撿回被風吹走的車票吧。母親怎麼處理那張車票呢？一定早就丟了。

要是沒丟，應該一直放在波士頓包裡。

葬禮結束後，母親便不再問為何丈夫會在滑川、為何買了到入善站的車票等問題。這十五年來，她沒有再對任何人提出這些疑問，盡全力擔任賀川單車的會長一職。當初人人都以為會長只是個虛銜，但他們都錯了。

真帆出神地看著開往直江津、各站皆停的電車，心中回顧著這些，多美子一直默默等著她。

出了收票口，走到計程車排班候客的地方，真帆不顧雨淋，看了車站前的景物。

處處都有商務飯店，馬路對面也有更大的觀光飯店，壽司店、爐端燒店、居酒屋的招牌很多。

「走是走得到，可是雨這麼大就別走了。」

多美子說。她雖從背包裡取出了折疊傘，卻不打開就跑向計程車。真帆慢了幾步也跑過去，一同上了計程車。

「好可愛的城……」

經過富山城時，真帆低聲說。司機指著右前方告訴她們飯店就在那裡。

「其實不用住到這麼好的飯店。而且以茂茂的個性，預約當下一定早就安排好，不讓我們付錢。他就是這樣。」

多美子這麼說，一下計程車就站在大門朝四周看。

大概在看茂茂是不是先到了吧——真帆邊想邊跟著幫忙提行李的飯店接待人員走時，一名穿著做工極佳的灰色西裝、打著黑色針織領帶的高個兒男子，揮著手從寬敞的大廳右側的咖啡廳走出來。

「果然飆高速公路來了。這麼大的雨，要是出車禍怎麼辦？」

多美子說，向真帆介紹茂茂。

茂茂一臉微笑將自己的名片遞給真帆。真帆從大背包裡拿出名片夾，將自己的名片也遞給茂茂，邊初次見面寒暄邊說：

「突然麻煩您，真不好意思。」

名片上印著：

「北田綜合警衛保全株式會社 總經理 北田茂生」

茂茂說「行李請飯店人員送進房間，先來練習騎車吧」，便從飯店走出去。

真帆和多美子邊辦住房手續，邊異口同聲說了同一句話：

「在這麼大的雨裡練習？」

兩人相視而笑，來到飯店的大門口。

大門口後面停了一輛大型的黑色廂型車，茂茂已經把兩輛卸了車輪、裝在攜車袋裡的旅行單車搬下來，正站在那裡等待。手上還拿著兩頂單車專用的安全帽。

「這輛是ＢＨ，這輛是Bianchi。Bianchi很快就能上手，ＢＨ就有點難，所以多美，你騎ＢＨ。」

茂茂邊說邊從袋裡取出ＢＨ，熟練地組裝起來。

「你騎上去看看。」

茂茂這麼說，多美子便跨上ＢＨ的座墊。

「降十公分好了。」

真帆猜想多美大概是多美子當公關時的花名，一邊觀察靈巧地使用小工具調整座墊高度的茂茂的長相和穿著。

膚色白，嘴唇薄，眼睛也小，令人感到冷漠，但一笑起來表情就像個害臊的高中生。

席紋面料的灰西裝和淺藍色襯衫都是訂製的，這樣的組合搭配黑色針織領帶十分好看。錶和鞋子也都是上好的。而最令人欣賞的是，這一切都不帶炫耀意味。

乍看纖細，卻散發內心堅韌的氣質。

多美子一定喜歡過這個人。

真帆這麼想。

「慢慢繞這家飯店一圈吧。」

「在這麼大的雨裡？」

「你那件馬球衫和破牛仔褲淋濕了也不會怎麼樣啊。這是變速器的把手。別騎太快。這邊是前輪的煞車，這邊是後輪的。好了，去吧。」

說完，茂茂幫多美子戴上安全帽，在她背上推了一把。

多美子戰戰兢兢踩了踏板，騎上人行道，等好幾輛車過去之後才進車道靠左開始騎。

一直盯著她的茂茂喊：

「喂！不要騎那麼快。不要直走。右轉！啊、不對不對，是左邊。左轉，騎到飯店後面再左轉！」

邊說邊脫掉西裝上衣，跑進雨中追過去。

「BH還是我來騎吧。什麼特技單車手多美呀，連騎都騎不穩。」

真帆笑著說，從另一個袋子裡取出Bianchi，自己組裝起來。

真帆還在念高中時，父親也開始在自家公司試做旅行用的單車，曾帶了好幾輛歐美優質的單車回家，讓真帆試騎過好幾次。

因此，真帆知道如何組裝，也知道如何調整龍頭和座墊。

「顏色還是好美。米蘭的天藍色。Bianchi的Celeste Color，翡翠藍。」

真帆把座墊調到大致的高度，試著跨上去，又調降了三公分，然後也把龍頭調整到適合自己的位置。

多美子和茂茂一直沒回來。

雨比她們抵達富山站時更猛烈。

隔著大馬路的樹叢之後透出的小巧富山城，屋瓦也迷濛了。

真帆在茂茂那輛印有公司名的黑色廂型車旁，跨在自行車上，想著自己該怎麼辦。

光是繞飯店一圈也會全身濕透。不光是頭髮、T恤、七分褲，只怕連內衣都無法倖免。

等雨停之後再學怎麼騎公路車吧。

真帆這麼想，正要把單車先收進廂型車裡時，多美子來電了。

她拿出放在七分褲口袋裡的手機。

「你該不會摔車了吧。」

真帆問道。

「茂茂追過來，從後面拿石頭丟我。打中我的脖子……。他很過分吧？」

「你受傷了？」

「我沒事。不過，我們兩個都濕透了，待在附近的咖啡店。我們會等雨停了再練習，真帆先進飯店房間休息吧。再過二、三十分鐘我就回去。」
「廂型車的鑰匙在茂茂那裡呀。這種腳踏車很容易被偷的。」
「拜託飯店的門房就不用擔心了。」
他們應該是有話想單獨說吧，真帆這麼想，掛了電話，便雙手抬起Bianchi，對車身之輕吃了一驚。
自己騎好幾種知名品牌的公路車，想來已是十七、八年前的事，那時候就已經比一般腳踏車輕上好幾倍。
她也知道這十幾年來車身的重量持續進化，但沒想到竟然變得這麼輕……。
真帆將女生的臂力也能輕而易舉地抬起的腳踏車放進廂型車，向年輕的門房解釋原委後，進了茂茂幫她們預約的房間。
那是一間兩張單人床的雙人房，眼下便是她們剛才從富山站搭計程車來的大馬路，但看不見富山城。
真帆想著不知立山連峰在哪裡，站在大大的玻璃窗旁凝目細看，又黑又厚的雲籠罩了整個富山，甚至讓人懷疑這烏雲是不是永遠都不會消失。

「要是這三天都沒有月亮，《星夜》怎麼辦？我會生氣喔。」

真帆向烏雲這麼說，在並列的兩張床中，選了靠窗的那張躺下。一看床邊的鐘，剛過五點不久。

她不禁想著，多美子白天上大學、晚上在祇園的高級俱樂部當公關小姐那三年。

真帆沒去過所謂的高級俱樂部，無從連結與想像，她只知道多美子和北田茂生不是一般的小姐與客人的關係。

在飯店大廳，多美子看到茂茂那一瞬間，真帆便心想，啊啊，果然如我所料。若是照顧自己的客人提出要求，無論高級與否，只要是做那一行的，總不能一直拒絕客人。一想到這裡，真帆就有點後悔自己同意向茂茂借腳踏車。

可是，觀察兩人的對話和視線，看得出多美子喜歡茂茂，真帆一顆心便放鬆了。

多虧多美子的照顧，妹妹才得以大學畢業，成為小學老師；而弟弟在四國的大學醫院當外科醫師，去年在京都的西京區開立了自己的診所。

「多美姊姊真了不起。弟弟妹妹要是不好好愛惜多美姊姊，可是會遭天譴的呀。」
真帆面向房間的天花板喃喃地說，在心中描繪富山縣地圖，推測這個大玻璃窗是朝著東南西北的哪一邊。
從小，她就只知道前後左右。別人告訴她這條路向西轉走五分鐘就到，她也不知道哪邊是東哪邊是西，不知所措。
所以真帆長大之後就養成習慣，若在東京就把東京的整張地圖記在腦海裡，待在京都也如法炮製，好知道自己所在之處的東邊是哪邊、西邊又是哪邊。
「富山站在那邊嘛？那邊是北。那麼，這邊就是南。這樣的話，這扇窗就是面東了。」
她就這麼躺著，像電車的駕駛確認信號般朝玻璃窗伸出食指。
「東——！」
真帆大聲說。
拿出一直放在口袋裡的手機，只見顯示有簡訊的藍色光點閃爍著。
——收到京都的美術用品社寄來的很多東西你在哪裡給我電話——
母親初美用手機傳簡訊時，無論傳給誰，一律不用「。」或「，」，該空格的地方也不空。

母親說這樣比較快，只要看得懂就好，但文長的情形會讓收件對象不知道該在哪裡斷句。

真帆想著要向母親說自己在哪裡呢，一邊打電話給母親。

母親好像在人很多的地方，四周的話聲中還夾雜著孩子的哭聲。

「好吵，我聽不太清楚媽媽的聲音。你在哪裡？在工作？」

真帆這一問，初美回答她在羽田機場，準備去高知。

「我在京都。人家給了新工作，我接了，現在有點後悔。東西幫我放在小日向的家裡，我星期一晚上會去拿。」

「新工作？什麼工作？」

母親問。

「教小朋友自己上廁所的教養繪本。」

「你又沒有養過小孩，怎麼敢答應呀。那種教養繪本，你要怎麼畫？」

母親說的確實是實情，但真帆不回應，反而問：

「就高知縣而已嗎？這次要去拜訪幾家腳踏車行？」

「表定十二家。」

「天氣很熱，一定要經常補充水分喔。那就這樣，路上小心。」

說完，真帆便掛上電話。因為她覺得母親會拿幼兒教養這個話題作文章，又要叨念她該認真考慮結婚這檔事了。

第二天早上，雨停了，烏雲卻還化成一小塊一小塊的斑點，沒有散盡。

明明說好七點半吃早餐、八點多出發的，前一晚，多美子卻兀自說起公關小姐時代親眼見過好幾位男人的「枯榮盛衰」故事，兩人直至半夜兩點才睡。

在大廳一角的咖啡廳吃了自助式早餐後，趕緊退房，茂茂果然提早付清了住宿費。

和昨天一樣，真帆在大廳組起了兩輛裝在攜車袋裡的自行車。

「已經快九點了。今天之內到得了滑川嗎？」

多美子說，並把公路車用的安全帽收進自己的背包。

「你不戴嗎？」

「會把頭髮壓壞的。真帆那頭剪得漂漂亮亮的鮑伯頭也是。」

「我也不想戴，但那是為了保護自己。」

說歸說，真帆也把安全帽收進了背包。

「我想騎那輛翡翠藍的。真帆你騎這輛BH吧？速度很快。Bianchi跟我很配吧？」

「跟我就不配嗎？話都你在說。」

真帆笑著跨上了BH的座墊。她和多美子的身高差不多，不需要重新調整高度。

兩人以真帆在前、多美子在後的隊形從飯店前的大馬路向西，北轉前往岩瀨濱方向，穿過JR北陸本線的鐵軌時，真帆已經弄清楚怎麼操作BH這輛公路車。

茂茂對BH和Bianchi都沒有加以改裝，真帆猜想，他大概是從自己的五輛腳踏車當中，特地為她們選了未經改裝的。

朝富山灣的方向騎著騎著，路變寬了，車輛也減少，但四周環境也變得人影稀疏。

不久，一如昨天茂茂畫在便條紙上給她們的地圖，左側出現了運河。

這一帶大概有茂茂的公司負責保全的工廠吧——真帆望著四周閒靜的風景，加快了腳踏車的速度。計速器顯示時速為三十公里。

既然沒車也沒人，那就把速度拉到四十公里好了，正當真帆這麼想時。

「休息、休息！」

多美子在後面喊。

真帆停了車，仍跨坐在座墊上，問她：

「已經不行了？」

「茂茂一直交代，速度不可以超過三十。剛才真帆背上都冒火了，燃起『我要再加速』的熊熊火焰。」

「咦！你看得出來？」

「看得出來、看得出來。我可是看得一清二楚。」

真帆說，她剛正想著應該可以騎到四十，拿出礦泉水的寶特瓶。

多美子的手機響了。

「一定是茂茂。」

說著，多美子把手機拿到耳邊。

明明是陰天，太陽根本沒露臉，真帆T恤背後卻汗濕一片。

「就是啊。剛才真的就是那種感覺，我趕緊叫住她。畢竟是單車廠的第四代，血統啊。要不是我在後面拉住她，她早就騎著BH不知飆哪去了。」

掛了電話後。

「茂茂說他從一早就擔心得要命，無心工作。」

多美子說，然後喝了礦泉水。

「多美流的汗是我的兩倍吧？我們才剛離開飯店吔。」

「深深感覺到平常運動不足。」

「我也是，大腿越來越重了，不過不愧是BH，變速檔打起來非常流暢，鏈條一點也沒卡。」

「時速不可以超過三十公里。」

多美子以母親教訓孩子的表情和語氣注視真帆，然後啓程，這次改換多美子領頭。

路在岩瀨西宮這個地方變成三叉路。

茂茂說，若走左側的海岸路，稍微靠邊就看得見自江戶時代起就存在的船運行[8]，再過去就是很多恬靜並陳的老民房。多美子這樣說明，騎向三叉路中靠左的那條路。

「照這個步調騎下去，不到一個鐘頭就會到滑川市了。我們先到處去晃晃吧。現在已經在舊北陸街道上了嗎？多美子，要不要去神通川邊看看？」

路的右側有寺廟。眼看左手邊又有神社，真帆覺得多美子不回應有點奇怪，換她從後面喊：

「休息、休息！」

她擔心多美子身體不舒服。

在大杉樹下停了車，多美子露出不好意思的笑容，說剛才在想事情，又喝了礦泉水。

真帆昨晚就注意到多美子不時顯得若有所思，但一直沒提。

——跟母親通完電話，我眼睛閉著就不小心睡著了。後來雨勢變強，猛打在玻璃窗上，我想著要是明天也下雨，那這三天在富山怎麼辦，醒來才發現那不是雨，是多美子在沖澡的聲音。

多美子和茂茂告別後進了飯店的房間，為睡著的我把冷氣溫度調高了一點，還幫我蓋上薄毯才去沖澡。

我懊惱自己睡著了，以致於無法和茂茂說聲再見，跟多美子提起這件事，她笑說不用介意。

多美子說，茂茂把兩輛單車裝進箱裡、搬到房門前，要她跟我轉達一聲「後續麻煩了」，就趕回金澤。

後來，我們待在房內消磨時間，去茂茂推薦的豬排專賣店吃了晚餐，回到飯店，再去頂樓的酒吧。會喝酒的多美子喝了兩杯「亞歷山大」。

在酒吧裡，多美子好像有話想說。——

真帆想起昨晚的事，踩著單車，騎進了寧靜的市鎮。

儘管其中也夾雜著以新工法所建的兩層樓新屋，但路的左右兩旁一連都是屋瓦上覆著薄薄苔蘚的木造老民家和店鋪。

大部分的房屋不僅玄關的門是紅殼格子，連牆面也是如此。特別是這一帶獨特的街區，並不像曾經繁榮一時的古老街道如宿場町或漁師町，現今被視為文化遺產而保留下來。真帆想到這點，停下自行車，慢慢地走著，推著單車一家家地欣賞。多美子也照做。

五名看似觀光客的六十歲上下婦人站在一戶有傳統倉庫的大宅前，讀著木板上房子來歷的簡介。

「這就是森家古厝。」

多美子說，打開了旅遊書。說這裡曾是越中富山第二大的船運行。

多美子問買票就能進屋參觀，要去嗎？見五位婦人正在寬敞的硬泥地脫鞋，真帆搖搖頭。解開鞋帶脫了鞋，又要再穿鞋、綁鞋帶，她覺得太麻煩。

「我不是很喜歡所謂的名勝古蹟。到國外時也盡量避免去那些地方。」

「啊，我也是。像博物館，待五分鐘就膩了。去吳哥窟的時候，柬埔寨籍導遊的說明好長，而且每個遺蹟看起來都一模一樣，那三個小時好難熬。」

真帆心想，喜歡在能感受當地人生活氣息的地方悠閒漫步，這一點倒是和我一樣。她們走過江戶時代豪商巨賈的老宅，也步行經過一整排古民宅林立的街道。

多美子說她一定要看看神通川河口，真帆便推著單車左轉。

眼前有一個瞭望台，但她們沒去那裡，而是把車停在一個高起來的地方，望著不知算是運河還是海的領域那般寬闊的水流。

有一塊像沙洲般突起的陸地，後面便是神通川。

有「富山七大河川」之稱的七條大河，由西至東分別是小矢部川、庄川、神通川、常願寺川、早月川、片貝川、黑部川，自北阿爾卑斯群山奔流而下。

其中常願寺川、早月川和片貝川以及黑部川發源於立山連峰。更西的小矢部川來自白山山地，而庄川、神通川則是源於飛驒山地……。

多美子念了旅遊書上寫的文句，說道：

「聽說每過一條河，文化和方言就會有些不同。」

一群胸口顏色異於全身的海鳥一起從突出的陸地往海的方向飛去。

「文化？比如說？」

真帆問，在草地上坐下來。

「比如說過年吃的年糕湯。有味噌、醬油、清湯的差別。」

「其他呢？」

「茂茂跟我說的只有這些。」

「就這些喔？不過，年糕湯是味噌、醬油還是清湯口味，在日本是很大的不同。我忘了在哪本書上看過，因為這個不同，生活形式、習慣，甚至生活在那裡的人的思考形態都會有微妙的差異，而這微妙且言語無法明確形容的差異，則會衍生巨大的摩擦。」

剛才飛向大海的那群海鳥，又一起去了神通川與海的交界處，但從真帆所在的地方無法辨別哪裡是海、哪裡是河。

「早知道應該先買鱒魚壽司的。裡面有加醋，這個時期就算收在背包裡放到傍晚也不會腐壞……。那我們就可以在舊北陸街道找個地方吃鱒魚壽司當中飯了。」

聽多美子這麼說，真帆笑著回：

「我們都大老遠跑到富山，結果頭一天晚上為什麼會跑去吃豬排啊？」

然後催促多美子該走了。

我前天在木屋町一帶的高級日式料理店吃了套餐，八道菜當中有七道是魚。再前一天，又在京都另一家餐廳招待一位知名繪本作家，在那裡也都是吃魚料理，我今晚不想再看到魚了。

多美子這樣跟茂茂說。

所以茂茂才會推薦他認為富山最好吃的豬排店。

兩人以克拉拉社責任編輯和繪本作家的身分來往也很久了，但真帆認為這還是她首次看到多美子以自己為優先，她覺得這也是多美子在事隔十多年後與茂茂重逢的關係。

推著腳踏車來到古民家林立的路上，真帆與多美子又跨上座墊，向海的方向騎去。

路很窄，小小民家密集，老舊的木牆上釘著馬口鐵或灰漿板，轉過這條路便來到河畔，但卻是從海導流而來的運河。

許多小型漁船停泊在運河裡，而在河上架起了一道陡峭的橋，橋的寬度僅足夠容納一輛腳踏車通過。

「啊，這就是大漁橋。」

多美子說著，在地圖上指出她們的所在地。

運河朝東南方延伸，兩岸是整排看似以漁業維生的人家。

推著腳踏車步上這道形狀優美的拱橋，多美子停下腳步，指著運河的東南方，說如果天氣好，這裡是可以欣賞立山連峰美景的景點。

「竟然連這都知道，簡直像當地的導遊。你怎麼知道這麼多？你也是第一次來富山吧？」

說完，真帆在橋的最高處停下來，凝目朝多美子指的方向看，雖然烏雲從天空到地面顏色略微變淡，還是連立山連峰的山腳都瞧不見。

「昨天茂茂告訴我的。」

「多美開口閉口就是茂茂、茂茂的。你今天從睜開眼睛起，總共說了多少次茂茂呀？」

多美子不回覆，卻逕自說著：

「啊，魚！好多好多魚！」

她過了橋，在橋畔的岸邊蹲下來，往水流似動非動的運河裡看。

然後，對橋上的真帆說：

「我很高興。知道他搬到金澤以後做的生意上了軌道，健健康康地努力著。茂茂是個勤奮的人……」

有些船的船身雖小，操縱室上方卻有好幾副天線，對岸有些船還裝有起重機類的機器。

運河與兩側的民房之間，有個讓船裝卸貨物的地方，那裡也設置了通往海邊的人行道。

真帆猜想，無論如何，為了讓船通行，這座大漁橋就必須是座頂點相當高的拱橋吧，邊想邊等著多美子繼續說下去。

「剛才有一隻好大的魚游到那邊去了。」

多美子這麼說，卻不再提茂茂，朝真帆站的地方走過來。

「就算那艘漁船可以勉强穿過這座橋，可是載了很長的東西的船要怎麼從海到那裡去啊……」

「多美，你從昨天傍晚就怪怪的。有什麼想說的就說吧？」

真帆滿臉笑意這樣低聲說完，才發現自己從昨晚進了飯店酒吧那時起，不知不覺間就改用「多美」來稱呼多美子。

因為多美子告訴她，「多美」是從小弟弟妹妹喊她的暱稱，不是花名。當公關小姐時期叫什麼名字，多美子似乎不願讓人知道。

「茂茂和他太太不是假離婚，是真的離婚了。他們的小孩跟著太太，不過茂茂大概每兩個月都會去看孩子，一起吃飯。可是，和太太離婚之後就一次也沒見過。」

多美子把手肘靠在欄杆上，托腮說道。

「那，茂茂現在單身？」

「嗯，他笑著說他一直單身也沒有女朋友，是個寂寞的中年男子。」

他們在咖啡店只聊了三十分鐘，就只知道這些。因為茂茂接下來有約，他七點要在金澤的料亭和客戶老闆碰面。

多美子說著這些，邊讓真帆看自己的後頸。有一小塊約一圓硬幣大小的地方，稍微有點發紅。

「他說沒想到那麼小一顆石頭竟然會打中，一直跟我道歉。因為下雨，我沒聽見茂茂在後面追著我大叫『停車』。」

「我也一直跟著你叫人家茂茂，對一位五十二歲的人來說很沒禮貌喔。不過，他怎麼看都只有四十三、四歲呀，沒人會猜他已經五十二歲了吧。」

真帆推著腳踏車過了大漁橋，想起自己在東京的那輛淑女車一定騎不過這座橋。

多美子率先在民宅夾道的窄巷裡踩起踏板。

雖然想盡量靠近海邊，但應該是舊北陸街道的那條路向右彎了之後，又向左彎。

來到標示舊北陸街道的看板前，照著指示騎著公路車，一邊朝綁在車身上的圓型小温度計看，二十九點五度。

過了岩瀨濱南方，經過天滿宮神社便是住宅區，車輛變多，也有小孩、老人從窄巷裡走出來，真帆與多美子便放慢速度。

左側的人家後面露出一排松樹。如果是海水浴場的話，去海邊玩一下好了——真帆這麼想著，但多美子先開口說「我們先騎過常願寺川吧」，她也就聽從多美子的建議。

雖說車輛變多，也只是偶爾有營業用車輛經過而已，其餘的就是當地住戶駕駛的小型車。

「從岩瀨用走的也太累了。要是我，再怎麼努力走，到這裡就會投降。」

聽真帆這麼說，多美子附和：

「我也是。」

接著說起昨天在咖啡店裡，她提到真帆的媽媽是賀川單車的會長，令茂茂大吃一驚，見他一副驚訝的樣子反而讓她吃驚。

茂茂解釋，賀川單車的旅行自行車變速器是世界一流的，應該有兩家法國廠和一家德國廠採用賀川的變速器。

真帆跟母親相處時，不會談到賀川單車的業務，母親也不主動提，所以公司的營運狀況、現在什麼車暢銷、主力商品是哪一款，她都一無所知。

多美子頻頻回頭向真帆說，茂茂問起為什麼是母親擔任會長？而父親在賀川單車擔任什麼職務？一聽到父親十五年前就過世的消息，茂茂吃驚的神色又令多美子感到驚訝。

說完，她停了車。有一面看板上寫著濱黑崎露營場，附近還有賣冰淇淋的店。露營場再過去就是海水浴場。

「要不要吃冰淇淋？」

多美子問。

「不行。一手吃冰，一手騎 Bianchi 太危險了。職業單車手會在比賽中邊騎邊補充水分、吃點東西，那是因為他們是職業選手。不能因為騎得比較習慣了，就小看公路車，會受重傷的。我們又沒有戴安全帽。」

「好——。」

這樣回答之後，多美子再度騎起腳踏車，邊說：

「我那時候多嘴了。」

「多嘴？」

「茂茂問真帆的父親是生病還是意外過世？我就說是在滑川的車站心肌梗塞猝死的。不過我沒說，他其實騙家人自己去宮崎縣打高爾夫球。」

這種程度的事，告訴茂茂也沒什麼。這是事實，也沒什麼好隱瞞。只要沒說，他本來應該在宮崎縣打高爾夫球就好了。

真帆對多美子這麼說，但心裡還是不太舒服。

只要說因為心肌梗塞在某個車站猝死不就夠了嗎？有必要連地點是滑川站都說得那麼具體嗎？

「多美昨天很高興呀，才會那麼興奮。因為茂茂真的和太太離婚了。」

才說完真帆就後悔了，覺得「啊啊，這句話好惡毒」。

「我不必連滑川車站都說出來，卻不小心說溜了嘴，對不起。」

多美子看著前方，慢慢踩著踏板說。

兩輛腳踏車都沒有貨架，所以真帆和多美子出了飯店便一直背著背包。

「都是包包害得我們背後流了不少汗。」

想轉移話題的真帆從後面對多美子這麼說。因為她感覺得到，多美子認為自己向茂茂多嘴說了一些不該說的話，感到自責不已。

原來是這樣，我誤會了。多美子不是因為茂茂正式離婚而從昨晚就若有所思。這確實也是原因之一，但她會情緒低落，是因為後悔自己不小心說了賀川單車社長猝死在富山縣的滑川站。

真帆此刻才想通。

舊北陸街道的路變寬了，車流量也增加了。眼前有一座大橋。

「到常願寺川了。」

多美子說，停下腳踏車，跨在座墊上看地圖。

過了常願寺川便是水橋這個地方。水橋之後，很快就會抵達滑川市內。搭建在常願寺川河口的大橋是今川橋，橋的前方也是觀賞立山連峰的景點。旅遊書上寫著，若要欣賞立山連峰中最為險峻的劍岳山頂，那裡是絕佳地點。

多美子這樣說明。

「對不起，都怪我多嘴。」

又道了歉。

真帆笑著說，我真的一點都不在意，不用一直道歉，然後把背包放在路上。她想讓背上濕掉的T恤風乾一下。

「多美的背包裡裝了什麼？我在後面越看越擔心會撐破。很像裝了所有家當夜逃的樣子。彷彿除了家具和電器，其他全都在裡面。」

「特務的必須品都在裡面了。也就是終極的求生工具。」

多美子這麼說，走到今川橋正中央，面向河口。真帆也跟著做。只有那裡風力很强。

也許這裡是風的通道。如果真是這樣，冬天會颳什麼樣的風呢？

這麼一想，腦海中便浮現「Lucie」的老闆穿著雨衣走在小雪中的模樣。他應該也走過這座今川橋了吧。

這樣想著，真帆問：

「茂茂知道我父親十五年前猝死的消息，為什麼會那麼吃驚？連你都感到不可思議的吃驚程度？」

河海交界的沙洲上有十幾隻海鳥收起翅膀，稍事歇息。

多美子回答說，當她問為什麼那麼吃驚時，茂茂馬上就轉換話題。接著，多美子轉向面山那一側，說道：

「我們好像是來看雲的喔。」

「我的《星夜》怎麼辦？」

這樣回應後，真帆才想到不是我的，應該是「父親的星夜」才對。

「多美在祇園的高級俱樂部上班時，領多少薪水？」

「每家俱樂部都一樣，我們店也是以日薪計，每月發薪。我一天是四萬圓。星期日公休，所以一個月上班二十五天。」

「咦！月薪百萬？才二十歲出頭就這麼多？」

「也有拿兩萬圓和三萬圓的。最厲害可以拿到七萬圓，我算是B級的。日薪是看你能為店裡賺多少錢而定。」

「所以，你也才能賺到錢，白天自己上學，還負責弟弟妹妹的學費。像你弟念醫大，學費又貴。」

「嗯，我以後得好好跟他回收這筆錢。」

多美子說我們該走了吧，騎上腳踏車。

大家可能都以為我們薪水很高，可是錢根本留不住。雖然每家俱樂部都有自己的做法，但同一件小禮服不能連穿兩天。要是穿看似華麗卻廉價的小禮服，會被媽媽桑和經理嚴厲警告。和服可以重複穿，但也有限度。要是一週有三天穿一樣的和服，還是會被酸啊。

總之，治裝費就要花上薪水的三分之二。

只要是在店裡接客，髮型就不能和一般女性一樣。穿和服的日子必須上髮廊梳相配的髮型，又不能那樣一身打扮搭公車或電車上班，只得搭計程車。除此之外，飾品類、鞋子、送自己恩客的禮物等等，每個月的花費多到懶得算。

所以，那一行的女孩幾乎沒有存款。

多美子這樣說明時，她們過了今川橋，騎上往海邊去的小路。

木造民房並排的路很快就到盡頭。一道已變成褐色的防波堤向東延伸。

幾乎每一家的木牆都因終年承受海風而腐蝕，再以新建材圍起來。

防波堤與民房後側之間，有一條可容一輛腳踏車通過的路，但想到會從人家屋後看到家裡的模樣，真帆便折回來時路，走了另一條小路。

那條小路正中央設置了融雪裝置，真帆心想這就是舊北陸街道嗎，對多美子說：

「是不是整個富山縣的路都裝了這種融雪裝置啊？」

「也有沒裝的。所以應該還不到全縣的路都有吧。」

「就算不到全縣都有，光是這麼多融雪裝置消耗掉的水量也很驚人。單單是雪季的自來水費，縣政府預算就爆了吧？」

「有立山連峰、白山連峰可以靠。」

「哦，對喔。天然湧泉嘛。」

「因為是地下水，冬天水温也維持在攝氏十度到十三度，融雪、融冰都沒問題。」

經過白岩川上的橋時，多美子說。

「好棒的靠山喔。隨時都有源源不絕的清澈天然湧泉，冬天還用來融化冰雪，對東京的人來說沒有比這更奢侈的了。」

「對京都和大阪的人來說也一樣啊。名古屋也好、九州、四國、北海道也好，都沒有這麼奢侈又清澈的天然湧泉。」

在防波堤折返時，換真帆領頭。

幾乎所有產品都賣完的小小魚鋪的屋頂上，正睡著一隻貓。
看著頭下腳上、仰天睡在屋瓦上的貓，真帆說：
「果然是女性。」
多美子在店開著卻不見人影的魚鋪前停車，抬頭看了貓，笑道：
「是公的啦。蛋蛋還在。」
「我不是說這隻貓啦，我是說我爸跑到滑川這裡的理由。」
真帆從未向母親、姊姊和平岩壯吉說過這些，頭一次便是告訴多美子。
真帆認為，任誰一開始都會反射性地做出這種推測，只是這十五年來都沒有人願意公開提出來罷了。
多美子明白真帆這幾句話的意思，仍望著貓，想了一會之後，說道：
「如果是這樣的話，當時，那名女子不是住在滑川市靠海這邊，就是和賀川直樹先生去旅行吧。」
「一起去旅行？那為什麼我爸會獨自一人跑來滑川車站呢？女子跑到哪裡去了？」
明知多美子無從回答，真帆還是跳下腳踏車推著車這麼問。

「她因為什麼緣故先回去了吧……。是吵架了？可能生氣先回去了……之類的。」

「多美不覺得她就住在滑川嗎？」

「住滑川要見面太不方便了吧？為了幽會，三天兩頭就要向家人撒謊吔？還不止是家人，也得騙公司的祕書，這麼一來，也得騙公司裡那個大掌櫃啊？與其這麼麻煩，讓那個女人住在東京哪個地方的公寓，兩人要見面方便多了，一般應該會這麼想吧。」

「可是，要是她有什麼原因不得不住在滑川呢？」

多美子又陷入沉思，為了不讓輪胎壓到裝設於小路中央的融雪裝置，一會兒左一會兒右地，慢慢騎著 Bianchi，問道：

「真帆認為，如果有這位情婦的存在，她當時就住在滑川靠海的某個地方？而且說不定現在也還在滑川？」

舊北陸街道向右彎，不久向左彎後，眼前變寬闊了。民宅夾道的路上幾乎沒有車，也沒有行人，時序才剛進入九月，毫無秋意，正午前的陰天天空下充滿慵鬱愁悶。

「嗯，我就是有這種感覺。」

真帆說。

「要是真帆身邊都無人知曉賀川直樹先生有情婦，那麼，那名女子要怎麼知道賀川直樹先生去世了呢……。該不會現在還癡癡等著他、擔心他不知道怎麼了吧。名人、政治家或財經界的人過世了會上報，當時有沒有賀川單車社長去世的新聞？」

對於多美子這一問，真帆回答有幾家報紙的社會版提過幾句。

但那都是全國性的報紙，她不認為地方報紙會報導。賀川單車在業界雖然知名，但十五年前就只是個員工三百二十人的中小企業。

無論哪個地方都市，一般家庭訂閱的都是當地最有影響力的報紙。多美家裡不也是只有京都新聞嗎？

住宮城縣的朋友家裡是訂河北新聞，福岡的朋友從曾祖父那一代就只看西日本新聞。我不認為那種地方報紙會刊登賀川單車社長去世的消息……。

真帆這麼說著騎上腳踏車。

「不可能沒有人知道他們倆的關係。」

多美子這麼說，指著前方。雖有防波堤擋著，路卻不是死路，而是向右彎。

「就算真帆的直覺很準，我想那個人應該在四、五天之內就知道賀川直樹先生去世了。」

說完，一臉靈光一閃的表情，問道：

「真帆的爸爸在滑川站買了到入善站的票對吧？」

「嗯，可是他卻問站務員到西入善站要幾分鐘。」

真帆邊在防波堤前方右轉邊回答，在不動寺門前停了車，跨在車上喝起礦泉水。

剛才那道防波堤附近有水橋漁港。下一個河口有高月漁港。

這兩個都是小漁港，停泊的也都是小漁船。看來富山灣沒有特別大的漁港，而是每座沿海城鎮都有小漁港，一共好幾個。而滑川市很快就要到了。

一想到這裡，真帆就覺得自己的腿好重，明明不怎麼渴，卻想利用喝礦泉水拖延時間。

如果父親有情婦的話，她現在一定也住在滑川的海邊附近。

真帆依然毫無根據地這麼認為。

「真帆的爸爸會不會是跟人約在入善站碰面啊？」

多美子說。

「跟人？那名女子嗎？」

「這就不知道了，不過男人啊，一走出情婦家，就會急著回家。罪惡感讓他們歸心似箭——這是上七軒一名退休藝伎跟我說的，她這輩子什麼男人都見識過。」

「可是，我爸爸從情婦家出來之後，並沒有趕往富山機場啊。好啦，這純粹是假設，前提是情婦就住在滑川，如果那位退休藝伎的經驗法則適用於所有的男人，那麼約在入善站的人才是情婦不是嗎？」

聽了真帆的話，多美子說：

「從頭到尾都是假設啊。」

她再度朝滑川市內騎起腳踏車。

要過上市川的魚躬橋時，舊北陸街道古色古香的氣息越來越濃。

經過一座神社，又接近另一座神社時，真帆看了看錶。正好十二點。

「加賀藩[9]是百萬石嘛。」

真帆說。

「和德川將軍家的姻親關係很密切。」

「百萬石的大名參勤交代的隊伍，不知道總共有多少人喔。」

對真帆這句自言自語，多美子得意地說這種問題問我就對了。她自己當初上大學是為了當老師，在學校裡的研究主題是「江戶時期的庶民文化」。

「日本的江戶時期，中國施行了什麼樣的政治、庶民之間又建立了什麼樣的文化，在俄羅斯是如何，德國、法國、英國、義大利又是如何？我的指導教授就是專門研究那個時代比較文化的佼佼者。」

多美子接著說。

「好的，在我洗耳恭聽多美講大學研究的比較文化論時，我們就要騎過滑川市，再騎過魚津市，跑到入善町去了。」

真帆為了阻止多美子一開口就停不下來的長篇大論，笑著這麼說。

「何止入善町，還會騎過新潟縣、騎過山形縣，到秋田縣北部去。搞不好還會騎進青森縣，過了津輕海峽，縱貫北海道還說不完呢！」

一輛宅配業的中型卡車開向她們，真帆和多美子便閃到一戶有著紅殼格子牆和紅殼格子大外推窗的人家門前。

以前曾有人告訴真帆，京町家的紅殼格子設計精巧，從屋裡可以將外面看得很清楚，從外面卻看不清裡面。但這個地區從外面卻能將屋內看得很清楚，真帆被三坪左右的和室所放置的佛壇之大，著實嚇了一跳。

那座佛壇大得幾乎佔了那個和室的一半，雖然古老，但看起來就很昂貴，而且那後面的房間還冒出了蚊香的煙。

真帆猜想這裡以前大概是商家，但現在已經不做生意，變成住起來略嫌太大的民宅。等宅配的車駛離，她又騎上腳踏車。

「剛才說的加賀藩的參勤交代，文獻上有記載，多的時候隊伍有三千人。」

多美子說。

「三千人？三千人走這條街道到江戶？」

「嗯，那份文獻上詳細記錄了加賀藩主前田家的主公帶到江戶府邸的東西，不過我已經忘了。」

那三千人當中，有負責保護主公安全的武士，也有同行的重臣，還有負責搬運衆多行李的僕役。人扛不動的東西肯定要用馬來搬運，所以應該也有牽馬的人、照顧馬的人。

雖然不知道這個隊伍一天的行程有多遠，但從主公大人到隨從、轎夫，一個宿場町[10]住得下嗎？

馬也不是一匹、兩匹而已，至少也有上百匹，可能還更多。各宿場不但要準備隊伍裡人員的吃食，也得準備那些馬匹的飼料。

真帆本來要提出疑問，但打消了。

因為她們經過了顯然充滿過去宿場町風情的古民宅林立之地，不經意朝其中某一戶的牆一看，門牌上就寫著「滑川市」。

「終於到了。」

多美子也指著那塊木板說。

「嗯，真的到了。怎麼會變成這樣呢。」

「本來應該只是在京都討論工作的。」

聽多美子這麼說，真帆傻眼回：

「是誰把我帶到這裡來的啊？」

兩層樓建築的古民宅旁是個小小的收費停車場，再過去，是一家無從判斷已歇業還是晚間才營業的壽司店，真帆看了那傾斜的招牌一眼。

有舶來品店、化妝品店，還沒開店的卡拉OK吧，偶爾有小型車從海那邊的小路開出來，但除了她們兩個，不聞人聲。

真帆朝東方走了一小段。自己現在很靠近父親騎著腳踏車往JR北陸本線滑川站的地方。這不是直覺，幾乎是近在眼前的感受。

這裡是很像父親的城鎮。倒不如說，這個港口小鎮具有父親偏好的風情。民宅的每一道牆，都因長期曝露在海風下而損傷，而改以新建材的防護板覆蓋，但十五年前，一家家小小的房舍也許都是將這片變了色的木牆赤裸裸地露出來。

旁邊就是海。冬季，日本海會吹來什麼樣的風呢？

要是父親真的在這城鎮沿海的房子裡，一整年僅為了與妻子以外的女子處個十來天，即便父親不惜扯一個萬分牽强、任誰都會起疑的謊，也要獨自從東京搭機，再到富山車站。當他乘著往新潟方向的慢車在滑川站下車那一瞬間，肯定是不顧一切地邁出腳步吧。

父親當時會不會成了另一個人，一個住在另一個世界的人，或者成了一個全然解放的旅人，走向漁港，走向漁民所住的一幢幢木牆屋，走向舊北陸街道靜謐中的宿場町，一個最適合不見容於世的男女相偕遠走之處……。

幻想著這樣的父親，真帆心中響起了已故外祖父的話。

外祖父去世前兩、三年，明知女婿聽得到，卻故意說：

「是我看走眼了。原以為他雖年輕，卻有才識、有度量，是懂得生活的人，結果根本沒這回事。就只是個浪蕩子。」

外祖父對我母親說這些話，是在我升小學的時候。

據說父親一直拒絕入贅賀川家，但答應搬進小日向的賀川家，與岳父母同住。婚後不久，才答應岳父的懇求改姓賀川。

然而，正式入贅賀川家不到一年，外祖父便動不動找理由痛罵女婿無能。

外祖父或許自認為這些痛罵是為了激勵未來的接班人。但外祖父繼承自己父親的小單車廠後，便一路發展成擁有兩百名員工、於全國三大都市都有分廠的規模，企業第二代獨有的自豪，也漸漸隨著事業的成功助長了他內心的傲慢自大。

父親與母親之間的夫婦感情毫無問題。不僅沒有，還是相當恩愛的夫婦。

然而母親夾在自己的父親和丈夫之間，不知該如何扮演協調兩者關係的角色，一味地不知所措。

真帆一邊回想起外祖父去世時，自己為爸爸從此不用被欺負一事而安心，一邊在極可能是滑川這個宿場町最大的兩層樓古民家前停下腳踏車。

「再過去一點的巷子右轉，是間很久以前就營業的老旅館。」

多美子邊說邊拿旅遊書給真帆看。又說，沒別的旅館和民宿了。好像只有車站四周才有商務飯店。

真帆以為多美子是在選今晚的住宿地點，但不是的。

如果十五年前賀川直樹曾在那家旅館投宿，那麼腳踏車就應該是向旅館借的，然後他來滑川市找住在此地的情婦，這項推測也就不成立。所以，不妨去問問那家旅館十五年前的事……。

真帆發覺多美子如此推論，便說：

「他們不會隨便告訴別人的。我們又不是警察。再說，旅館的人才不會記得十五年前的事呢。」

「就問問看嘛。要是不肯告訴我們，不記得十五年前的事那就算了。他們才不會對背著背包、騎著色彩鮮豔的公路車的小女孩起疑的。」

「誰是小女孩啊！」

「我們啊。」

「都三十五了，還小女孩呢！到現在還相信別人會當自己是小女孩，你的臉皮到底有多厚……。我真是敗給你了。」

真帆的話讓多美子笑彎了腰，看著旅遊書的地圖推著腳踏車走，向一名騎腳踏車載小孩經過的年輕女子問了到旅館的路。

在第二條路向右轉，沿著路走就到了。女子告訴她們，旅館就在舊北陸街道和中滑川站的中間。

「我不去。我又不是專程來查我爸爸的事。是多美說要來滑川。我只是想知道愛本橋能不能看到星夜而已。可是這樣的天氣又無從確認起……」

真帆心中怯意陡增，在一個不知是河還是來自海的運河的狹窄清流處停下腳步。

多美子默默注視著真帆的表情，然後說：

「那，你在這裡等。我去問。」

只見她跨上Bianchi，轉進了剛才那名女子告訴她們的路。

約三米寬的水流兩岸是木造房屋，不知名的矮樹伸長了枝椏，在清流上落下濃綠的影子。

真帆心想這不是運河，而是哪條河的支流不斷分支，穿過家家戶戶而來。她將BH靠在電線桿上，沿著水流而行。

在水流分叉之處，路緩緩向左彎。酷似東京下町常見的三叉路。水流好似左右繞過矮石牆上似倒非倒的民房的小路。

真帆望著那條河的三叉路口，水底的水草茂密，很多小魚游來游去。同時，真帆想起今天正是父親的忌日，無法將視線從水底移開。

真帆認為，父親不是外祖父痛罵的那種無能的繼承人。

他推動賀川單車的發展，在靜岡蓋了新工廠，一點一滴壯大了外祖父打下基礎的公司。

若想參加歐洲著名的自行車環賽，單車車架的輕量化和變速器的改良，是無論如何都得克服的關卡，父親為此擴編了技術群，投入大量的研究經費。

董事和老員工當中也有人唱反調，認為此舉有欠妥之處。他們心中的社長就是外祖父，在背地裡以「入贅的」戲稱第三代社長賀川直樹。

這些，父親應該也都知道。

所以，放棄環法賽和環義賽這些國際賽事的決定，對父親而言想必是巨大的挫敗。

看吧！為了不可能的野心投入大量的資金，號稱視察，每年跑到歐洲揮霍散財，結果就是個浪蕩子嘛。

儘管放棄參與國際賽事，當公司面臨存亡危機之際，這些在背地裡對「入贅的」失敗幸災樂禍的人，卻正是幕後策動股票公開上市的始作俑者……。

然而，當時開發的變速器在歐洲受到高度評價，現在有好幾家廠商都在自家的公路車上採用賀川的變速器——這是多美子從茂茂那裡聽來轉告真帆的。

看著隨波搖曳的水草和在其中敏捷游動的小魚群，真帆繼續想著父親。

真帆發現，這是她頭一次以經營者的角度來看父親。她好想聽拉赫曼尼諾夫的第二號和第三號「鋼琴協奏曲」，在心中彈奏起第二號的開頭部分，踱步回腳踏車所在的電線桿之處。

等了一陣子，多美子面帶笑容騎著 Bianchi，穿過舊北陸街道的宿場町的正中央回來了。

「騎太快了！」

真帆說。

多美子顧不得下車，便說：

「他們記得十五年前的事。」

「咦！我爸投宿在那家旅館？」

多美子對此搖搖頭回答：

「沒有。」

轉述了旅館老闆告訴她的話。

——我本來不知道有旅客在滑川站猝死。不過，第二天傍晚滑川署的人來了，問我們有沒有借腳踏車給投宿的旅客，並告訴我們前一天在滑川站所發生的事。

我說我沒有把腳踏車借給旅客，前天在我們旅館過夜的只有兩組客人，一組是經常光顧的老顧客，在長野縣從事水產加工的盤商；另一組是來自名古屋的中年夫婦。那對夫婦說他們開車到飛驒的高山，先住了一晚才來的，第二天早上九點左右就退房離開。

水產加工的盤商是住兩晚，應該就快回來了吧。

自己這樣一說明，滑川署的員警只說喔，這樣啊，就騎機車走了。

都十五年了我還能記得這段往事，是因為滑川署的員警走了之後，那個人到底是騎了誰的腳踏車到車站，成了我們一家人之間好一陣子的話題，而且我也開玩笑說會不會是偷了放在哪邊的腳踏車，還去問附近的人說昨天滑川站發生了這樣的事，有沒有聽說誰的腳踏車被偷了。——

多美子拿手臂抹著額頭、脖子上的汗，又說：

「就像真帆感覺到的，從這裡到車站的路不好騎。雖然看不太出坡度，可是騎淑女車會有點吃力。」

然後又可憐兮兮地說肚子餓了。

她們往宿場町方向騎，一邊找餐廳，真帆心想，原來我們帶著爸爸的遺體回東京之後，那位滑川署的中年員警幫忙查了腳踏車的來歷啊。

說什麼「一旦離開了我們的管轄，就純粹是私人問題」，這種在旁人耳中聽起來頗為冷漠的說法，但原來那位警察也幫忙留意，還去旅館問過了。

十五年前的滑川市內，而且是沿海地區，難道沒有別的住宿設施了嗎？滑川幾乎位於富山灣中心，會有各地的漁業從業人員來訪，大家不會住一、兩晚再走嗎？

真帆邊這樣想，在一幢看來已經好幾年沒人住、屋簷傾斜的小民房旁的空地，專心地讀著多美子的旅遊書。

書上的旅館就只有剛才多美子去問事情的那一家，完全沒有提到民宿。

魚津則是有旅館也有民宿。

真帆發現從空地看得到海。陰霾的天空與海同色，以致於她沒有馬上辨識出來。

「車站那邊有餐廳喔。」

真帆這麼說，看了立在幾棵松樹附近的介紹看板上的文字。上面寫著「滑川宿場迴廊」，還附了路線圖。

大概是這幾年為了觀光客才取的名字吧，不過真帆認為舊北陸街道倒真的是條迴廊，將BH靠在松樹幹上，走向一座很氣派的木屋頂涼亭，亭裡擺了一張椅面很大的矮長椅。

在那張長椅上坐了一會兒，放下背上的背包，拿出毛巾擦汗。

一名女子拿著塑膠袋和小鏟子遛著一條中型米克斯犬走過來，真帆便問她，舊北陸街道這裡的人家是不是幾乎都靠漁業維生。

「以前是這樣沒錯，不過現在很多都改行了。」

這位看來不到四十五歲的女子說。

過了北陸本線和富山地方鐵道這兩條鐵路便是一大片新興住宅區，再過去是田園和農田，很久以前，富山縣傾全縣之力招商，催生了很多工廠，積極聘用當地人，因此很多人紛紛轉往那裡工作。

「是做什麼的工廠呀？」

「很多都是做精密機器的，附近的城市也是。像是晶片的基板之類的。說是切割那些需要大量乾淨的水。這一帶有湧泉，對廠商來說條件很好。雖然天然的湧泉也要收錢，可是好像比自來水便宜很多。他們又優先僱用當地人，讓居民也有工作。」

米克斯撒嬌親人，將前腳搭在真帆膝上，臘腸狗的耳朵、雪納瑞的嘴巴、柴犬的尾巴、巴哥的眼睛奇妙地組合在一起，集可愛於一身。

女子和狗朝海邊的方向走遠之後，真帆才想到自己因為狗狗的可愛分了心，忘了問最要緊的問題，便朝在介紹看板那裡的多美子看。多美子正在用手機講電話。

一定是茂茂。真帆猜想他一定是擔心得又打電話來，便走向防波堤。這一段的防波堤比岩瀨到滑川那段要低得多。

然後她手腳並用地爬上防波堤，朝海伸長了雙腿坐下。

腳底下堆著消波塊，看來好像一路堆到魚津。

那道防波堤和消波塊從視野中由右向左大大地彎曲，遠遠的如燈塔般的東西，幾乎位於真帆的前方。

哦，對喔，富山灣呈一個寬寬的馬蹄形，從海踏進陸地，以滑川前方為界，東西就不再是直線。我現在所在之處，在地圖上變成西南至東北向。像這樣一直朝著魚津方向走，直到黑部川那邊，沿海的路就會變成南北縱向的線。

宿場迴廊啊……。舊北陸街道之所以不能是沿海的直線，想來富山七大河川並不是唯一的原因。

一定是受地勢所迫，才會由海那邊朝田園地帶繞道後，又特地轉回到海的方向，不得不建成這兒彎那兒拐、又長又遠的街道。

「Lucie」的老闆說他想再走一次這條路，他滿喜歡的。

我也喜歡。一排排因强烈的海風而風化的民房，不見人影，但寂靜冷清中確實不斷散發出人味。

現在以觀光取勝的城鎮遍布全日本，打著保護文化遺產的名號，找幾戶古民家修修補補，妝點一下門面，取名為「某某之道」、「某某宿舊址」，即便用遊覽車載來一車車老先生、老太太，但這種地方頂多逛個十五分鐘就被看清摸透，賣些不好吃，不，坦白說絕大部分都很難吃的草丸子、知名的某某蕎麥麵。當下說什麼真是具有思古幽情的商家啊，事後根本沒有半點印象。

那種人工景點和電影布景沒有兩樣。

沒有居民生活於其中的動靜和氣息。不過是個沒有喜怒哀樂、只是把古老當作商品來販賣的人工製品。

如果從十五年前，或者更久之前，爸爸每年都會固定在這裡過上幾天，不管有沒有異性關係，一定是因為爸爸喜歡這個舊北陸街道的沿海小鎮。一定是這樣。

爸爸在這個寧靜的老宿場町，獲得了只屬於自己的、不為人所知的世界。

這樣不是很好嗎。他在那裡做什麼又有什麼要緊呢？

真帆沉浸於這樣的思緒，決定下次在降雪的季節來訪。

後面有腳步聲靠近。輕快得與孩子般喊餓時可憐兮兮的聲音迥然不同。

多美子爬上防波堤，在真帆身旁坐下來，大聲說：

「海吔！」

「當然呀。不然你以為這是什麼？可不是雲喔。」

「是沒錯，可是這海好像雲呀。雲起浪了呢。」

多美子顯然和剛才的自己有同樣的感覺，真帆對她說：

「我好想一直躺在這裡喔。下次我要冬天來，跟多美一起。」

「冬天？在雪裡騎公路車？也太累人了。」

說完，多美子向真帆說了茂茂想的提案。茂茂建議她們從滑川站搭富山地方鐵道到宇奈月溫泉，今晚在那裡過夜。

真帆拿毛巾當枕頭仰躺在防波堤上，看了富山縣的地圖。

心想，幸好是陰天。要是豔陽高照，在剛進入九月的滑川海邊，像這樣伸長了手腳仰躺在防波堤上，下場可不只是曬黑而已。

從地圖上，無法一眼就認出哪一條線是JR北陸本線，哪一條線又是富山地方鐵道。

因為兩條鐵路幾乎比鄰運行。但，富山地方鐵道在富山站以東分成兩條線。一條名為不二越．上瀧線，在常願寺川上游與立山線會合，進入立山連峰。

本線則是在上市這個地方以幾乎直角的方向轉向大海，在中滑川前不遠處再度與JR北陸本線並行，到了西魚津站前與北陸本線交叉沿海而行，停靠電鐵石田站後，又橫越北陸本線，從黑部川南側的田園地帶往山岳地帶前進，直至宇奈月温泉。

明明有JR北陸本線，富山地方鐵道與其並行乍看似乎浪費，但本線經過的上市町方向有許多城鎮聚落，而沿海那邊也有許多居民。

黑部川南側的田園地帶也是人們生活的場域，「愛本」這個站往下三站是「宇奈月温泉」，很多觀光客都在那裡轉乘極受歡迎的觀光小火車，前去親近黑部峽谷的大自然。其中也有登山客將路線延伸至黑部水壩。

真帆覺得她看懂了富山地方鐵道扮演的重要角色，想起以前在電視旅遊節目看到的觀光小火車，以及車上欣賞到美不勝收的溪谷。

「嗯，茂茂這個建議真好。我們今晚就去泡宇奈月的溫泉，吃活跳跳的鮮魚吧。來富山一定要吃鰤魚對吧！也不能錯過紅葉蟹。」

聽了真帆的話，翻著旅遊書的多美子念念有辭地說：

「你以為現在是幾月呀？才剛九月呢。紅葉蟹還在禁漁期，鰤魚是冷凍的。我看看，這個時期富山灣能捕到的當令海鮮是……」

然後把書放在肚子上仰躺下來。

「是沒有漁獲的時期嗎？」

真帆看著越來越黑的厚雲問。

「梭子魚。」

「梭子魚？風乾的梭子魚很好吃喔。」

「活跳跳的魚乾？魚乾能用活跳跳來形容嗎？」

「當地人一定是把剛捕到的梭子魚做成生魚片來吃。新鮮的梭子魚生魚片，在東京和京都都吃不到呢。用烤的應該也很好吃吧？」

「我想吃剛離水的鰤魚生魚片。」

「太强人所難了。多美自己剛才還説『你以為現在是幾月』。再任性驕縱的孩子，也不會九月初在富山吵著要人端上新鮮的鰤魚生魚片。」

真帆笑著，頭頂與多美子的頭輕輕連續碰撞。多美子也拿毛巾代枕，頭朝向真帆躺著。

真帆想起十五年前那個悶熱的夜晚，想走走從站前圓環筆直通往海邊的那條路。

父親騎著腳踏車從那條路到車站。那是站務員親眼所見。然而，他不知道父親從哪個方向騎進站前那條路。也許父親是從東北方滑川漁港那邊來的……。

「我説，我們到滑川漁港四周散散步，然後就去吃午餐吧。」

真帆這麼説，多美子沒應聲。在防波堤抬起上身往多美子一看，她睡著了。

她在盛夏酷熱的京都沒有請暑休，必須努力工作，肯定異常忙碌。

可是這樣的她卻為了自己，好不容易才請了休假。而且還是騎著她頭一次接觸的正規公路車。

雖是陰天，氣温還是近三十度，在這樣的高温下從富山城旁騎到岩瀨，再從那裡走沿海的街道來到滑川市。一定是因為又餓又累睡著了……。

真帆雖然想讓多美子多睡一會兒，但陰天雖然沒有太陽光，紫外線還是很强，快到滑川市時她就覺得手臂、鼻頭有曬傷的疼痛和灼熱，再讓她睡下去可能不只是曬傷而是灼傷了。

真帆搖醒多美子，催她補擦防曬乳。

「我大腿都沒力了。」

多美子小聲說，迷迷糊糊望著從海上現身的小型漁船。船似乎正要駛向滑川漁港。

真帆和多美子爬下防波堤回到腳踏車那裡，擦了防曬乳，前往滑川漁港。漁港被防波堤圍繞著，有如被封閉在海灣的一角，悄然無聲。

那裡停了五艘不怎麼大的漁船，不見人影，也沒有海鳥。四周都是漁業公司的老建築，舊北陸街道往靠山的那邊，有許多木造民房。

那些房子裡住的一定都是漁夫。看到從二樓窗戶探身出來曬著坐墊的老婦人，她們臉上布滿深劃的皺紋，真帆這麼想著。

聽說從漁業轉職到工廠上班的人也很多，但面對漁港的這些房子裡住的肯定是現任漁夫。

「房子在跟人們說：漁夫就在這裡生活喔。」

真帆說。

「嗯，這十幾間房子都是漁夫的家吧。充滿了這種氣氛。」

多美子也這麼回應，從漁港的水泥岸上往下探。然後問真帆接下來應該做什麼好。

「我們就照茂茂建議的，從滑川站搭富山地方鐵道的本線，到宇奈月溫泉去吧。」

「不去愛本橋啦？」

「我想晚上在旅館吃過飯再騎腳踏車去。搞不好雲會散開一下下，能讓我看到《星夜》也不一定啊？」

聽了真帆的話，多美子先說了一句「這是我的直覺」，然後說：

「我覺得從宇奈月溫泉到愛本橋的路會很陡喔。也就是說，去的時候輕輕鬆鬆，回來就可怕了⋯⋯。會騎死人的。」

「什麼話。你知道環法賽要騎過卑里牛斯山，路有多陡嗎？Bianchi的變速器會讓你三兩下就騎上去的。」

「宇奈月溫泉的旅館會有剛抓到的寒鰤嗎?」

「就叫你別指望有活跳跳的鰤魚了。」

真帆笑著說,跨上BH,從看似漁夫們住的木造兩層樓房前,騎向滑川站。

她們搭上當地人稱為「地鐵」的富山地方鐵道,列車才出站不久,本來在左側的JR北陸本線不知何時移到右側去了。

真帆在滑川站卸下Bianchi和BH的前後輪,連同車身一起裝進自己背包裡的盒子,通過收票口,剛在位子上坐下立刻就睡著了,所以她不僅不知道富山地方鐵道與JR北陸本線什麼時候在哪裡交叉,也不知道什麼時候在哪裡由沿海駛向田園地帶,甚至不知道列車何時已停靠過「愛本」這一站。

先醒來的多美子拍了她的肩,看到月台上寫著「宇奈月溫泉」的站名,匆匆下車。

「你睡得好熟。」

出了車站,走向旅館廣告牌並列的地方,多美子邊看旅遊書邊說。

「你看到愛本橋了嗎？『愛本』是什麼樣的車站？從車站看到紅橋了？從車站到宇奈月温泉站這裡大概多遠？路會很陡嗎？」

真帆連珠炮般問個不停，一面將兩輛腳踏車從盒子裡拿出來重組。

「一次問我這麼多……」

多美子折回車站，拿了温泉街的地圖回來，說：

「剛剛真帆問的那些，我一句都答不出來。」

「為什麼？」

「因為我也從頭睡到尾。忽然睜眼看到一片田園，迷迷糊糊地想著好有朝氣的稻穗啊，然後又睡著了，再睜眼的時候已是在一片濃綠的樹林裡，正覺得奇怪，剛才的田園哪裡去了，就又昏睡過去。再醒來，已經抵達宇奈月温泉站了。」

說完，多美子把兩張地圖的其中一張遞給真帆。

時間是三點半。

看了地圖，原來宇奈月温泉這個地方，黑部川旁到處都是旅館和飯店，車站就在温泉街靠黑部峽谷的那頭。從車站朝山的方向走一小段，便是黑部峽谷鐵道的乘車處。

真帆心想這應該就是觀光小火車了，推著腳踏車從車站前往下，轉向通往黑部川的湯町通。一路上有藥局、咖啡店、日用雜貨店，也有紀念品店、銀行。

真帆決定投宿能清楚望見黑部川的旅館，可是那樣的旅館似乎全都是大規模的高級老店。

看好了其中一家，真帆和多美子便走進路邊一家咖啡店。口好渴，也好想來杯熱咖啡。

多美子用茂茂昨天給她的鍊條鎖，將兩輛腳踏車鎖在電線桿上。

真帆心想，這裡的氣溫應該比滑川市低個兩、三度，點了咖啡。

「我們今晚就奢侈一點吧！不要省旅館的住宿費。不過，要是一人花費要五萬圓的話就算了。」

她對多美子這麼說，一口氣喝光送上來的冰水。在滑川站附近餐廳吃到的蕎麥麵口味很鹹。

多美子向咖啡店老闆提到旅館名稱，問了是什麼樣的旅館、評價如何，住宿費大約多少。

這間旅館在這個温泉町雖然價格偏高，不過他們的露天温泉可以鳥瞰蜿蜒的黑部川，而且每個房間都看得到黑部川。

外表看來冷漠的老闆仔細地跟她們分享。

「價格高，大概是多少呢？」

真帆壓低聲音說，多美子便走出咖啡店朝旅館走去。

真帆以為她跑去問住宿費，但過了二十分鐘還是沒回來。

「今天是星期四，但正值旺季，也許會客滿喔。聽說上午的觀光小列車就客滿了。」

老闆說。

五位像是登山客的人進店同時，多美子回來了。

她說，因為沒有客滿，所以請旅館讓她參觀了露天温泉和房間。

「確實是貴了點，可是露天温泉正下方的黑部川景色好美呢。還有鰤魚涮涮鍋。」

「咦！鰤魚？」

「當然是冷凍的，不過既然是煮成涮涮鍋，就算不是現撈的也沒關係。」

多美子愉快地說，然後小聲把住宿費告訴真帆。

「我請他們加了頂級岩燒牛排，費用都含在裡面了。」

「好，今晚我請客。謝謝多美特地為我請了寶貴的休假。」

「不行不行。讓你請我會被社長罵的。克拉拉社是靠著畫家和作家的庇蔭做生意。雖然是私人旅行，要是讓真帆老師出錢，我會被責罵不懂事。我們家社長就是這種人啦。」

真帆對多美子堅定的語氣報以一笑，說道：

「那，我的鰤魚涮涮鍋全部給多美。」

「也不知道我吃不吃得下那麼多。」

多美子笑著，在桌上攤開了宇奈月町的地圖和富山縣東部的旅遊書，以及一張大地圖。

「沿著這條路一直走下去就是愛本橋。黑部川從那裡直直穿過田園地帶，在入善漁港左邊入海。明天退房以後，我們從愛本橋走黑部川右邊，到入善町的……」

低聲說到這裡，多美子輪流看旅遊書和地圖，陷入沉思。

「怎麼了？」

真帆邊問邊探頭看地圖。

多美子以食指滑過黑部川流域的幾條路，喃喃說著走這條路會到西入善站，這條到入善站，又一路指著從愛本橋向北延伸的路。

「這條路會連到朝日町，抵達富山和新潟的交界。過了這裡，就是新潟縣的親不知。這條路，在愛本橋這裡和黑部川南側的路相連。」

「那又怎麼樣？」

「在我的旅遊書上，這條黑部川南側的路，和愛本橋向北從朝日町通到親不知的路，都是舊北陸街道。也就是說，參勤交代的大名隊伍也好，一般旅人也好，都是從黑部川南側繞到愛本橋，過了橋向北走，在舟見這個宿場町留宿。為什麼不能從河口附近直接沿海前往入善那邊呢？為什麼要特地繞這麼一大圈？」

真帆不知道入善町的範圍到哪裡、從何處起是朝日町，就這麼盯著離愛本橋不遠的街道上，這個被稱作「舟見」的地名。

一進旅館，真帆和多美子便立刻換上浴衣去泡露天溫泉。

四周樹木的落葉飄在浴池水面，除了她們倆之外沒有別的客人。野鳥的啁啾從黑部川下游移往上游，令人感覺牠們正要返巢。

那條在露天溫泉遠處下方平緩彎曲的黑部川，呈現濃淡不同的翡翠色，山腳下沙洲處處，間以水流，看似河川緩緩蛇行。

高低錯落的竹籬似乎是配合客人的身高而設。好讓個子不高的人可以從矮籬探頭便能欣賞眼底黑部川美麗的水流。

整座露天浴場由大大小小的岩石打造而成，多美子在其中一塊坐下來，稱讚真帆的身材。

「那腰窩和腰身真性感。小姐，身材很好喔。令人垂涎。」

「你這色鬼。那是京都腔？」

「算是大阪腔吧。」

然後多美子問起真帆現在有沒有男友。

「沒有。有個交往半年的也分手了。已經三年半了吧。」

「那之後呢？」

「就沒了。偶爾有覺得不錯的人，可是就沒進展。」

「最近的男人都沒深度。感覺越來越淺薄。是作為一個人的淺薄。」

「那是因為多美年紀輕輕還不到二十歲，就在祇園的高級俱樂部看過很多男人……。才會特別有這種感觸。」

她們又泡進溫泉，多美子拾起浮在水面的一片落葉，透著葉子看夕陽，然後問真帆的母親擔任會長主要做些什麼工作。

我媽就任賀川單車會長這十五年來，只做了一件事。而且直至今日依然持續進行。

她一當上會長，便決定立刻親自拜訪全日本腳踏車行的老闆，並一一付諸實行。

雖是全日本的腳踏車行，但僅限販售賀川單車的店家，其數量依舊龐大。

我媽首先從營業額最低的四國開始。要負責四國的業務查出每一間腳踏車行的家庭結構。

老闆的年齡、有無配偶。

她向百貨公司的進口部門訂購歐洲昂貴的名牌絲巾，開車載著這些絲巾，一家家拜訪腳踏車行，向老闆或店長打過招呼，然後取出絲巾說要送給太太。若沒有結婚的，便送給母親。

那些都是愛馬仕或Celine的高級奢侈品，花了不少錢。一家家去拜訪，也很花時間。

但是，賀川單車的會長、前社長夫人，竟然從東京來到我們這麼鄉下的腳踏車行拜訪，還帶如此貴重的禮物送給老婆，這樣的驚喜，會讓他們動念想，把之前放在店裡後方的賀川腳踏車改移到店頭的醒目之處。

儘管很多腳踏車行沒這麼做，但每隔幾年會長就會帶著送給太太或母親的絲巾、真皮手套登門拜訪，都說見面三分情，幾次下來畢竟會產生人與人之間的交情。

四國後是中國地方，接著是北陸。

再來是東京、大阪、愛知、九州、北海道……。

後來也有了固定的執行同事陪著會長巡迴各地區。

雖不知日本到底有多少家腳踏車行，但聽說帶去的禮物費用高得讓負責的董事眉頭打結，曾拜託我媽送便宜一點的東西。

但是，她並沒有改變做法。然後，賀川單車的業績一步步地慢慢成長。並不是顯著上揚。而是今年比去年稍微好一點的那種成長。

我媽巡迴腳踏車行的第五年，業績相較五年前成長了百分之十五，之後便再也沒有任何董事敢出言抱怨。

「請照您的意思去做。」

對此事不曾插手的社長平岩壯吉，在卸任時對董事和員工說，會長才是真正的商人。

我媽現在正在巡迴拜訪高知縣的腳踏車行。接下來八成會去愛媛縣，然後先回東京休息兩、三天，再跟著三名執行同事去香川縣或德島縣吧……。

聽真帆說完，多美子說：

「真帆的母親很厲害，那位平岩社長也很了不起。」

然後走到玻璃門後的大浴場洗頭。真帆也跟著過去。

用完晚餐時，蟲鳴聲驟響。

房間隔成兩個空間，用餐的四坪和室旁邊，是架著矮床的鋪木地板寢室，再過去是洗手台和浴室。

每個房間都有面朝黑部川的陽台。

八點時，真帆為了看天空來到陽台，只感覺到無星無月的夜空中有好幾層雲微微飄動。

黑部川對面的矮山似乎在動，真帆明白那是峽谷吹來的風所造成的錯覺，心想應該是兩側的山和茂密的樹木讓河川成了風的通道。

風沿著黑部川而行，會不會正好就在愛本橋匯集呢？匯集在那裡的風，被釋放到始於愛本橋的黑部川沖積扇，在這片廣大的田園地帶，吹拂過豐饒的稻穗，一路呼嘯著穿透富山灣。

在心中描繪著這樣的峽谷、風、紅橋與田園地帶融合一體的模樣，真帆心想，父親一定曾站上夜裡的愛本橋。

也因此，當他思索能夠看到與《星夜》同樣場景的地方時，便脫口說出「愛本橋」。

父親那時候只說了「愛本」二字便嘎然而止，但那確實是「愛本橋」，無庸置疑。

就算無法親眼看到「星夜」，我也要站上夜裡的愛本橋。

真帆這樣決定之後，換上在京都買的T恤。

「你還是要去？那我也去。不能讓真帆獨自一人走夜路。」

說完，多美子也脫下浴衣換上T恤和百慕達短褲，在背包底部掏掏摸摸，拿出了四支小手電筒和封箱膠。

「那就是你的求生工具？」

真帆邊問邊看多美子從背包裡拿出來的東西。

瑞士刀。約五公分方型的隨身收音機。十圓硬幣大小的指南針。可一手掌握的IC錄音機和高效能小型單眼相機。五個油漬沙丁魚罐頭，一包杏仁腰果。手機充電器。在濕紙上也能寫的馬克筆。暖暖包……。

將這些擺在榻榻米上，多美子露出笑容說：

「很完美吧！」

「為什麼手電筒要四支這麼多？」

「要是電池沒電就不能用了呀？不過，我也沒料到四支手電筒會在富山派上用場。」

「怎麼說？」

「茂茂的 Bianchi 和 BH 都沒有車燈。用封箱膠一前一後把手電筒捆在車上，這樣不管是前面還是後面的來車，都知道有兩輛腳踏車囉？」

真帆好生佩服，看著多美子的笑容，拿起小型單眼相機，問道：

「既然有相機，今天怎麼沒用？」

「我忘了。」

「真是敗給你了，難得出來旅行竟然忘了。」

真帆拿坐墊打了多美子肩頭，笑著走出房間，向旅館人員說她們要去一下愛本橋，用封箱膠把手電筒捆在腳踏車上。

光束雖小但亮度很足，穿過溫泉町進入下坡，她們便好似被四支手電筒青白的燈光包圍。

「不可以騎太快！」

身後多美子的聲音乘著風追過自己，真帆放慢了速度。

在漆黑的樹林裡騎著，路轉了彎，不久便看到拱形的橋。橋的前方有四方形金屬塊般的東西架在那裡，搭起黑部川左右岸，看起來是高度約與愛本橋同高的設施。

真帆正想著那應該是用來調節湍急水流的東西吧，便與多美子經過愛本橋旁，進入僅有幾戶人家的村落。

上橋的路在別的地方。水聲變大了，但還不到轟轟然的程度；水聲很沉，像是水底激流。

下了腳踏車，推著車走在通往橋的坡道上，來自峽谷的風呼呼有聲地打在真帆身上。

「愛本橋是來自黑部峽谷的風的通道呢。」

真帆邊說邊把車停在橋邊，仰望夜裡也看得出是深紅色的拱形，然後走到橋的正中央，凝目注視峽谷那邊的夜空。什麼都看不見。

晴朗的夜晚，月亮會從哪個方向出來，往哪邊移動呢……。

這麼想著，面向峽谷看右側，在路燈勉强照得到的地方，一棵比其他樹都高的樹搖曳著。

如果這就是《星夜》所畫的絲柏，那要站在哪裡，才能把樹看得更清楚？

真帆橫越橋面，往對面欄杆那裡走去，一邊看著那棵高高的樹，一邊退到人行道。

就是這裡了。再往前，那棵樹會和旁邊的樹混在一起，再往後，樹就會開始變矮。

雖然這麼想，真帆還是再往後退，然後又越過橋面到峽谷那邊。

「不知道月亮會從哪裡出來？」

真帆大聲問多美子。

多美子好像聽不清楚，跑到真帆站的地方。

「如果不是從那裡出來，就不是梵谷的《星夜》了。」

看了真帆所指的夜空，多美子從百慕達短褲的口袋裡拿出指南針，並用腳踏車拆下來的手電筒照來看。

「那邊是西呢。正確地說是西南西。這座愛本橋是以西南至東北向搭建在黑部川上。不是有句話說『月在東，日在西』嗎？」

「那是什麼意思？」

「唔，我也不是很清楚，會不會是太陽從東邊出來西邊下去，所以月亮從西邊出來東邊下去的意思？」

「那樣的話，月亮就會往黑部峽谷那邊走了。」

「要不要打電話問氣象台？」

「打電話去問這種事，氣象台的同仁會發火吧。」

「我分不清東西南北呀。腦袋裡想著北北西、西南西的，我會頭暈。」

聽多美子這麼說，真帆笑了，說自己也是，轉身面向田園那邊。遠處的光不知是海上的漁火還是民家的燈火。

多美子拿手電筒照向欄杆扶手正下方的河面，說著愛本橋四周應該有人工操作黑部川水流的重要設施。

「重要？是什麼功能？」

「我不知道。」

「什麼都不知道，早知道就不問你。不過，把手電筒從腳踏車上拆下來帶過來，這個我要誇獎你。而且還帶了指南針。」

「被誇獎是很高興啦，可是指南針對我、對真帆一點用都沒有啊。」

這純然別無他意、毫無掩飾的語氣，讓真帆心想，一定要好好珍惜多美子這個朋友。

「就是這裡，這個地點，一定就是這裡，就我現在站的地方。我爸爸也是站在這裡看《星夜》。」

多美子對真帆這幾句話沒有任何回應，朝夜空的同一個方向仰望了好一會兒，低聲說好冷。

「嗯，好冷喔。這是山裡來的風嘛。」

「曬了一天的手臂和膝蓋倒是被吹得很舒服。」

「喏，用那台小型單眼相機拍我站在這裡的樣子。開閃光燈拍得到吧？」

真帆拜託多美子。

「明天再拍吧！明天白天。」

「我就是想晚上在愛本橋上拍嘛。」

「我忘了帶相機啊。」

真帆作勢要踢多美子的屁股。多美子跑著逃開，說回旅館要再好好泡一次露天温泉。

翌晨，九點左右吃完早飯，真帆和多美子來到陽台，坐在木椅上，湊在一起研究旅遊書和地圖，決定好今天的單車路線。

先去愛本橋，再走舊北陸街道到舟見這個宿場町，過了這裡，看心情挑一條田園地帶裡四處分支的田間道路去黑部川。

等玩得差不多了，再以入善町中心為目標，從北陸本線的入善站走沿海的路到黑部川河口，然後去西入善站，或是河川另一邊的黑部市的生地站。

反正視當下心情決定，不過無論是在西入善站還是生地站，都要拆下兩輛腳踏車的輪子收進盒裡，用宅配寄給茂茂，再搭北陸本線返回富山站。

雖然彼此都還有空檔可以再住一晚，但今日的天氣預報說一整天都是陰天，她們便決定在此結束這次的旅程，真帆從富山機場回羽田，多美子則搭北陸本線的特急回京都。

「好，行程就這樣決定了。」

「也去一下朝日町吧！這樣富山縣東部我們就全都玩過了。」

真帆贊成多美子的提議，迅速將化妝品等收進背包。

從旅館退房之後來到温泉町的馬路，看似在河川旁旅館過夜的人們，全都往宇奈月温泉站走。

大概都是要搭觀光小火車去黑部峽谷吧，真帆這樣想，朝著相反的方向騎上腳踏車。

來到愛本橋上，站在昨晚認定父親看到《星夜》的地點，請多美子幫她拍了照。

真帆也幫多美子拍了照，正望著比昨天稍微亮一點的天空，與代替《星夜》裡那棵絲柏的樹時，一名中年婦女推著腳踏車從村落那邊走來。

真帆請她幫忙替兩人拍照，將相機交給她。這位婦人似乎頭一次拿單眼數位相機，卻要真帆和多美子站在愛本橋的人行道上，背向沖積扇拍了三張、背向峽谷拍了四張。

從她的拍照方式可知她個性從容不迫。真帆道了謝、接過相機，問起橫跨山邊和平原的裝置是什麼。

「不知道有沒有拍好。」

婦人笑著這麼說，然後解釋那裝置是為了讓黑部市這邊以及下新川郡的入善町、朝日町能夠平均分配到河水。

無論哪裡的農家都一樣，爭取水源有時會引發不見血不罷休的紛爭。對於在黑部川沖積扇種稻的農家而言，以前這條黑部川既是上天的恩惠，一旦氾濫卻也一發不可收拾。

河水氾濫時，水淹沒整個沖積扇，讓田地變成全是沙的沼澤地；若一連都是晴天烈日，水量則大減。無論水多水少，田裡的稻子、作物都存活不了。

黑部川從源頭到海的距離很短，而且坡度陡急，落差達三千公尺。因此，大量的沙石被水帶下來形成了沖積扇，但受急流沖刷的石頭尚未形成碎石便堆積在河灘。就連流到河口的石頭都有人頭那麼大。

不僅如此，這黑部川的水太涼了。稻子承受不了那麼冷的水，凡是鄰近河川的水田都深受其害。

將這些問題全數解決的，是由某個政府技師推行的「流水客土」策略。這個辦法是將紅土的黏土放進黑部川，讓黏土順流而下，但詳情如何施行就不清楚了。「流水客土」這一招確實成功了，讓這裡變身為豐饒的田園地帶。實驗據說是在現今的魚津市木下新這個地方進行。

雖然說得斷斷續續，但不愧是當地人，能夠說明得如此簡單明瞭，真帆心生感佩，自然而然說道：

「謝謝您，讓我們增長了見識。」

「會不會在國中教過社會科啊……」

目送婦人走過愛本橋往舟見離去的嬌小背影，多美子這麼說。

真帆拿起數位相機的畫面看了婦人所拍的照片，說：

「比多美拍得更好。構圖也很棒。」

「在野有遺賢，民間出高人囉。」

多美子低聲說，騎上了腳踏車。

過了愛本橋，經過公平地遍及所有農田的設施，領先的真帆騎著騎著，搞不清到底哪裡是宇奈月町、從哪裡起是入善町，而朝日町又是哪邊。

騎了一段後出現一座寺廟，看見剛才那位老婦人走進寺裡。

路的左側有前往神社的指標，過了那裡之後又有另一座寺廟，左側便是一片不知連到何處、令人看得入迷的田園地帶。

有個看板寫著「入善名水」，真帆這才知道她們已經進入入善町，便想去繞繞。

每根稻子都站得筆直，沒有低頭的稻穗。

「腳踏車，不用踩也會自己前進吔。」

多美子說，雙腳離開了踏板。
一路上路中央都是融雪裝置。
一進入屋瓦看來十分堅固氣派的民宅、商店密集區，多美子便把車停在寫著「舟見」的公車站牌前，看著時刻表說：
「咦？只有早上和傍晚有公車。」
看了附近另一個公車站，中午也有公車靠站，但偶數日和奇數日的路線並不相同。
「那，趕時間的時候怎麼辦？」
「騎腳踏車、開車或走路吧。」
「不會開車、腳不好又不能騎車的人呢？從這裡到入善站很遠吔。」
「我去問問那邊的藥局吧？」
多美子的語氣好像真的會去問，真帆便笑著阻止她。
「多美只要想做什麼，身體就會立刻行動呢，一遇到不明白的事就馬上找人詢問。這次短短三天兩夜的旅行，你一直都這樣。」
「問知道的人最快，而且也不會錯呀？」

「你真是什麼都不怕。跟我相反。多美從小就這樣?」
「嗯,所以常被我媽罵。說不可以什麼都跑去跟不認識的人講。」
真帆下了腳踏車,看著舟見這個曾經是宿場町的聚落。
現在多半沒有人將這街道上的宿場町稱為「町」了,但這裡會不會是父親鍾愛的地方呢?我也很喜歡。生活在這裡的人們的聲音如越冬雪般,執拗地細訴著他們的生活……。
真帆發現,舊北陸街道上的人家展現了異於岩瀨至滑川那裡的面貌,會不會是因為屋頂的傾斜造成的?
山岳地區的雪量遠比近海處來得多,屋頂必須蓋得很陡,她覺得就是那屋頂的形狀讓舟見這個宿場町具有獨特的個性。
出了宿場町,多美子朝右側低矮的山處騎。真帆也騎上車跟在後面。
看來,是位於朝日町西南端的聚落。
真帆和多美子繞那裡一圈後又騎回到舟見的宿場町,一起騎進入善町的田間道路。
農家分布在田園中,畫分得整整齊齊的田地不但種了稻子,也種了大豆。

「那個叫屋敷林。」
多美子指著五棵枝繁葉茂、圍繞著一戶農家而立的杉樹說。
每戶農家都有防風兼防雪的屋敷林。
「嗚哇，一整片都是田園呢。不知道連到哪裡？」
真帆輕輕踩著踏板說，不知道她們現在正朝什麼方向騎。
在田間道路上向右轉，向左轉，欣賞昂然挺立的稻子，眺望古老人家格外氣派的屋瓦，真帆心想，將過去因氾濫的河川帶來的滿地泥沙而幾乎成為不毛之地的沖積扇，轉變為如此豐饒田園的「流水客土」，具體上究竟是什麼呢？
構思並實行這個方法的人，想必歷經了好幾次實驗。一定抱持著不容許失敗的決心。因為失敗了，極可能會破壞富山平原的東側……。
「我們國家應該重大表揚堅持流水客土的人。世界上各個領域，應該有很多對助人做出巨大貢獻的人物，無論農業、漁業還是造林都是。」
真帆邊追過多美子邊說。
「光是京都，這種人就很多。」
「舉個例？」

「染色、織品、裱背……。都是工匠的世界，但要是沒有那個人出現，就沒有任何人繼承那門技藝。」

「在野有遺賢，民間出高人，對吧。」

真帆引用多美子在愛本橋說的話。

經過公民館，來到神社前，與一條不是田間道路的路交叉。路口左側有七、八隻蜻蜓在飛。

「蜻蜓！」

多美子喊，追著那群蜻蜓向左轉，又進了田間道路。

「要去黑部川邊嗎？」

真帆想去而這麼問。

「太累了。那麼遠吔。」

多美子指著看似黑部川堤防的地方，避開了大路，專挑田間道路走。

不知不覺，她們不用踩踏板，腳踏車也以一定的速度前進。那群蜻蜓在空中一個急轉彎，朝舟見的宿場町飛走了。

她們似乎越來越靠近海，但田園依然沒有盡頭。

她們停下車，依照地圖，那裡往西一直走應該就會到達黑部川的河口和入善漁港，真帆和多美子正討論接下來要往哪裡去。

「真帆的父親是在滑川站買了到入善站的車票對吧？」

多美子問。

「嗯。可是他卻問站務員抵達西入善站需要多久時間。西入善站離黑部川的河口比較近。」

「可是，他還是買了到入善站的車票，所以我想他是準備去入善站的。」

「去做什麼？他帶著波士頓包喔。一個接下來必須回東京的人，為什麼要從滑川去入善？」

真帆邊說邊朝入善站的方向騎。

不用再追究爸爸的事了。入善也好，西入善也好，無論去哪個車站，也不可能知道什麼的。

我想多待在田園裡。離開東京時，根本沒想過會騎腳踏車悠遊如此廣大的田園。而且，我愛上了和多美子一起從富山城前出發，走著沿海的舊北陸街道到岩瀨這座古老城鎮的寂靜風景。

好想再來。下次想在雪季走同樣的路線，但那或許是不可能的。要查富山的天氣預報，選個晴天的日子，照著昨天和今天的路線騎車吧。

真帆把自己的想法告訴了多美子。

「好，下次就晚秋來吧！農家的人全都忙著插秧之際。」

「絶對沒問題，約好了，要把時間空出來喔！」

說完，真帆心想怎麼會在晚秋插秧呢，卻沒糾正，只是低頭一直笑。

騎在一路往前就會抵達入善站的寬敞大路上，四周越來越像城鎮，咖啡店和餐廳的招牌也映入眼簾。

真帆和多美子進了入善站，拿了三種擺在那裡的簡介。

其中一張，封面用的是從富山灣那一側俯瞰整個入善町的空拍照。

上方是與黑部相連的峽谷。紅色的愛本橋落在峽谷變成沖積扇的地方，小得要拿放大鏡才能看清楚。

照片右邊是黑部川，也拍到了更右邊的一小塊黑部市。

沖積扇一如其名呈扇形，整片都是綠色。

海與陸地界線分明，真帆正想著，能夠拍到如此清晰的空拍照的日子應該沒幾天，只見多美子拿著簡介去找站務員，問舟見的宿場町在哪裡。

「我看看，在這邊。」

站務員這麼說，指著照片上方的左側。多美子還從那位站務員制服的胸前口袋抽出原子筆，把舟見宿場町那裡的位置圈起來。

入善站前有四輛計程車在候客。

真帆和多美子從車站騎向通往海邊的路。即使已經很靠近海，仍是田園。在防波堤附近向左轉，朝西入善站開始奔馳時，多美子啊地叫了一聲，說她把剛才那位站務員的筆帶走了。

「咦！要原路回車站嗎？」

說著停下腳踏車，放聲笑著，真帆心裡還是想去西入善站，然後站在黑部川河口，在入善漁港休息片刻，再過河到黑部市的生地站，結束這趟與多美子一起的單車旅行。

覺得自己的樣子很像七福神裡某個扛布袋的神明，真帆對自己過大的背包生了幾分怨氣，但若不是這個背包，也裝不下兩只折疊起來的公路車攜車袋，所以認為自己應該要感謝那名沒弄清楚她要去什麼樣的旅行、卻勸說她買下大包的店員。
真帆在狹窄的二線道路邊等著多美子，看著簡介上的空拍照，猜想自己現在的位置，以手指沿著車站的路線滑動。
大概，是這附近吧。離海很近，卻因為防波堤而看不見海。這裡應該就是西入善站。從西入善站沿海前進，就會到入善漁港，也就是黑部川的河口旁。
在那裡看海，再過下黑部橋，北陸本線的生地站就不遠了。
若父親當初買了到入善站的車票之後考慮在西入善站下車，或許是西入善站有什麼促使他在此停留。
若是與人約在入善站，應該不會想在前一站西入善站下車。
真帆呆望著隨風搖曳的稻穗這麼想。
多美子回來了，笑著說：
「那位站務員，根本沒發現我把筆拿走。」
兩人重新騎上農家林立的道路。
有三輛車並排停在一個組合屋般的小屋旁，提著塑膠容器的人們在那裡裝著湧泉。

真帆和多美子也停下腳踏車，拿寶特瓶排隊。據說冰涼的天然礦泉水總是泉湧而出，滋潤了富山灣，但真帆認為，既然招商而來的工廠也大量使用，湧泉恐怕哪天會枯竭。自然資源是有限的。

「好冰。而且確實很好喝……」

喝了半瓶之後，多美子說。

「是很好喝啊。而且不用錢。剛才那個大叔裝了五個三十公升的容器呢。他開的麵包車掛著金澤的車牌。會不會是從金澤來這裡裝湧泉水的啊。」

真帆也喝了湧泉水，又裝滿一瓶，便說要去西入善站。

兩人擔心偶爾從後方駛來的汽車，便轉進田間道路，過了西入善站靠海那邊的平交道。

這裡和入善站不同，周邊幾乎沒有商店，小小的車站也沒有人。

「沒有站務員呢。這裡是無人車站嗎？」

多美子說，走了站前通往山那邊的路，很快又回來。那條路的西側有許多民房，但稍微走走就是田園地帶。車站前有酒鋪，好像也承辦宅配服務，店頭豎著招牌。

真帆和多美子進了靠牆設置八張椅子的車站，走過鐵軌與車站間中庭般的地方，看了幾棵經過修剪整理的樹，然後站在月台上。

往新潟方向的月台，得要爬上被波浪板圍起來的樓梯，走向架在鐵軌上方的通道。那條通道也有骯髒的波浪板覆蓋著。

多美子爬過樓梯，站在對面的月台上，面向海的方向。

真帆在這邊的月台看著多美子的背影，思考著冬夜裡在這個月台下車時，人們會想些什麼。

海與西入善寺站之間只有田園。田園裡，只有一戶戶被屋敷林各自孤立的農家。

風大的降雪之夜，應該沒辦法待在月台上等車吧。

要是心上人站在這西入善站的月台，在風雪中等候呢……。車站的燈光微微刻畫出站在暗處的那個人的身影……。

真帆沉浸在這番想像裡。

「從這裡看得到海喔！在防波堤上面一點點。」

多美子說。

附近的平交道響鈴作響，來自新潟方向的特快車經過。那一瞬間，真帆覺得這個西入善站似乎有父親的影子。

我從來沒有被父親責罵的記憶。父親對我總是無比疼愛。也許他是個胸懷寬廣的人，只是身邊沒有人知道而已。連身為女兒的我也沒發現，那母親呢？

這樣想著，一看對面月台，多美子仍背對真帆繼續朝海那邊看。與我在富山站分別之後，若在金澤下車，去找茂茂不是很好嗎？

在西入善站的月台待了二十分鐘左右，她們回到海那邊的田間道路，朝入善漁港前進。

來到漁港附近，路變得越來越複雜，她們進入一處古老的木造兩層樓群聚的地方，那裡令人聯想起應該是代代皆以捕魚維生的討海人居住之地。忽然一陣魚腥味撲鼻而來，已來到小小的漁港。

在不知是看守小屋還是倉庫的半傾建築旁，緊接著一幢只有屋頂和柱子的水泥平房，朝著漁港邊界突出去。旁邊停泊著一艘小漁船。

漁港被至今看到最高的防波堤守護著，供船隻進入的地方也很窄。

來到漁船專用出入口附近，真帆和多美子下了車，坐在水泥岸邊，喝了裝在寶特瓶裡的湧泉。

「好高的防波堤啊。這裡的浪這麼高嗎？」

多美子這樣說，然後問了一名從防波堤上走來、穿著橡膠長靴的男子，防波堤為什麼會蓋得這麼高。

男子告訴她們，這一帶會有迴轉浪，所以防波堤必須建得特別高。

「迴轉浪啊……。是海浪一面打轉、一面撲向海岸來嗎？」

多美子說，站起來朝黑部川河口走，隨即又跑回來。

「有好多人在釣魚呢！在釣有條紋的魚。」

多美子招手叫她，真帆便走到釣客垂釣的碼頭上。多美子說好多人，其實只有五人。

真帆繼續走到黑部川的河口，從那裡看向上游，可以看到下黑部橋。明知道不可能看得見，真帆還是拉長身子、墊起腳尖，尋找愛本橋的紅色拱形橋身，想像著在風強雪驟的夜裡，自己懷著火熱的心在西入善站等著什麼人。她好想要一顆這樣的心。

1——原文為平假名，真帆老師之意。日本的孩童通常先從平假名開始學習讀寫。

2——紅色細格欄，多數都塗有深赭色的漆。

3——以竹片編製的矮柵欄，多為弧形，覆蓋在牆的下半部以保護外牆，避免雨水或狗靠近。

4——賀川真帆選用平假名「かがわまほ」作為筆名，而非漢字，以原文的平假名呈現較接近原意。

5——十三世紀成書的日本長篇歷史戰爭小説。

6——修建神社、宮殿的木匠。

7——公關小姐上班前，如果客人那天也要去店裡，可以約定好一起吃飯或作陪後再上班。當天公關可晚一小時上班，客人一定要相偕去店裡，也會被收取同伴費用。

8——從江戶至明治時代，岩瀨地區是日本海交易要角的北前船停靠地，也是船主們居住的部落而興盛繁榮。

9——加賀藩是日本江戶時代，領有加賀國、能登國、越中國的三國大半（相當於現石川縣、富山縣全域）作為領土的藩，也是江戶時代最大的藩，被譽為「加賀百萬石」。

10——宿場也稱宿驛，日本舊時為了傳驛系統所需而於五街道及脇道上設立的町場，相當於古代的驛站或現代的公路休息站、服務區。

第三章

京都市東山區的宮川町，是一條東西延伸的石板巷，由木造茶屋的雙層樓建築夾道而立。

說延伸，其實西面是死巷，所以長度頂多就二十公尺吧。

這條寬不足兩公尺的路上，有擋雨的屋簷，但石瓦取代了傳統的屋瓦。

晴天時，從早上十點到下午三點左右有日照落在石板巷東邊。

但這日照也只到宮川町這條花街的主要道路進來短短三公尺為止，再往西便數十年都沒曬過太陽。

甲本雪子的家，就在這條石板巷的正中央，一樓是茶屋風格的酒吧，二樓則是住家。

店裡大多於深夜一點左右打烊，有時也會超過兩點。

店裡四坪大的榻榻米和室規畫了L型吧檯，吧檯底下類似下挖式的暖桌，可以讓客人伸出腳坐著，背靠在和室椅上。

對舞伎和藝伎來說，即使將腳放下來也不會用到和室椅，因為那會讓繫好的腰帶變形。

二樓是母親在世時使用的三坪房間，甲本雪子正端坐在如今收納了自己衣物的桐木和式衣櫃前，她想著，今天是二〇〇八年九月二十七日，明年的今日就是母親的三週年忌。

本來決定母親離世後就將這家店收起來，但辦完喪禮那晚，她為了整理遺物，沒有回到位於宮川町最南端的公寓，留在這個面對石板巷的房間過夜時，聽著三十年來都沒變的聲音，內心便不想放手了。

那是好幾種腳步聲。

舞伎穿著厚底木屐的聲音。藝伎穿著草屐的聲音。醉客的皮鞋聲。探訪京都花街的迷途觀光客的健走鞋聲。

這些聲音，因巷裡的木頭屋頂與左右茶屋建築所圍繞而迴響，化為奇妙的低語。

──表，裡。──

──去，回。──

──分手，不分手。──

──生產，不生產。──

腳步聲竟化為言語，一開始讓雪子覺得又煩又噁心，好不容易入睡後過了兩、三個鐘頭，雪子因女人一句「到底躲在哪裡？」的聲音而醒來。她聽得很清楚。

一看枕畔的時鐘，五點。

清晨五點，在這窄巷裡做什麼？根本無處可躲。

雪子一肚子氣但仍豎起耳朵，才發現原來那不是女人的話聲，是派報員的運動鞋與停在巷口的機車引擎交錯而成的聲音。

三十年來，母親都在這個房間裡，半夢半醒之間，聽著從半夜至清晨天未大亮這段期間產生的低語。在我聽來是「表、裡」的腳步聲，在母親聽來或許是「晴天、陰天」，「分手、不分手」或「花開、花不開」。

一這麼想，雪子便決定改變主意。以前很多客人都是為了與母親聊聊而上門光顧，我雖然沒有把握能代替母親，至少也要把店開到三週年忌。

宮川町幾乎可說就在鴨川河畔。四條通與五條通以東西向橫貫京都市中心，而鴨川垂直交會般自北向南而流。沿著鴨川的東邊是川端通，再往東幾步便來到宮川町的花街。

雪子的父親所經營的烏龍麵店「杉井」，以前便開在這條川端通上。父親死後，她們賣掉土地和店鋪，但買主直接沿用店名，繼續開烏龍麵店。

母親抗議，不希望他們用「杉井」這個店名，老闆便以支付授權費為條件拜託母親讓他沿用。因為烏龍麵店「杉井」不僅受到京都的美食家喜愛，在大阪、滋賀、奈良之間也頗為知名。

對於後繼無人只能放棄「杉井」的母親而言，每個月的授權費雖然不多，卻也不無小補。

當時，雪子已高中畢業，在枚方市一家汽車零件製造商上班。

茶屋是不做料理的。每家店都從固定的餐館訂餐。

客人都是在別的地方吃過飯，晚間九點左右上門，大多數人這時候肚子會有點餓，便點些外賣來墊墊胃。

此時「杉井」的招牌烏龍麵特別受歡迎，晚上十點、十一點左右店裡會忙上一陣。

母親賣了「杉井」，正煩惱著接下來該怎麼生活時，與母親交情匪淺的茶屋老闆娘建議她，自家店對面的巷子有間空屋，不如在那裡開一家茶屋風格的酒吧。一樓開店，二樓居住，豈不兩全其美？

母親的個性是對事情從不鑽牛角尖、也不會想太多的類型，便爽快接納這個建議。當時，雪子二十二歲，母親五十歲。母親以自己娘家的姓作為店名。

「小松」開店後，最初上門的客人是「甲本刀具店」的老闆，他由那家茶屋老闆娘介紹而來。

距離宮川町步行約十五分鐘的地方，是分為祇園甲部、祇園東的花街，有好幾家茶屋風格的酒吧。

母親天不怕地不怕，跑去向那一帶店家的老闆娘請教如何開店做生意，闖進了她毫無經驗的世界。

雪子二十七歲時與「甲本刀具店」的三男結婚。甲本家位於四條通與五條通之間的川端通，家裡有五個孩子，前三位都是兒子。

長男與次男都有意繼承家業，而三男正晃從京都的私立大學數學系畢業後當高中老師。

他比雪子大三歲，身軀龐大，動作緩慢，無論做什麼都像在發呆。

「活像個木頭人……」

這是雪子對他的第一印象，她壓根兒也沒想到自己竟會跟這個人結婚，因此至今仍感謝母親看人的眼光精準。

「那種的，最適合當丈夫。」

母親這樣斷定。

該準備開店了。今天要從米糠桶裡撈出什麼來呢？下酒用的堅果類和起司不用補。

雪子邊思考邊走下又黑又亮、一路通到一樓玄關台階的木造樓梯，轉進了吧檯。

剛才已經在門前灑水、堆好鹽了。離客人上門還有一個鐘頭，但那位住在附近建仁寺後方的書法老師，有時開店前便來。那位老師，偶爾不來喝兩杯威士忌加冰塊，手就會抖得無法運筆。

雪子正在洗搖杯時，玄關的格子門打開了，一名男子露出笑容、輕輕擺擺手。雪子花了一點時間才認出他是茂茂。

「哎呀，茂茂，真的好久不見了。竟然沒忘了我們店，歡迎歡迎……」

雪子從吧檯裡奔出來到玄關台階，雙手包覆緊握住北田茂生的手。

雪子發覺自己頭一次對客人這麼做，不免難為情，但仍沒放手，說聲請進，在十幾年前茂茂固定坐的地方擺上和室椅。

北田茂生脫了皮鞋進房間，環視「小松」店內和天花板後，說以前的酒肉朋友告訴他令堂的死訊，但怕打擾沒有致電前來慰問。

「我也從你以前的朋友那裡聽說你開創新事業，活力十足地打拚著呢。」

雪子邊說邊回到吧檯裡，將稍加鹽漬後乾燥的櫻花花瓣放進桃色的茶杯裡，倒了熱水。

等花瓣展開後，她將茶杯放在茂生面前。

「這個，我借了好久。」

茂生說著從西裝內口袋裡取出一個信封。

雪子一臉訝異地收下，問這是什麼，茂生說是他上一次來「小松」那天沒付的帳。

「又有什麼關係呢。時效早就過了。」

雪子把信封推回去。

這樣說很像找藉口，但建設公司要清算的時候，混在許多帳單裡，那時負責會計的人也已經離開公司，沒注意到「小松」的帳還沒有結。等我發現時，自己已經隱姓埋名好一陣子了，想付錢也束手無策。

我決定等我找到新的出路一定會付清，而且要親自來「小松」支付。但京都這片土地讓我近鄉情怯，又不想見到當年知情的熟人，才拖到這麼晚。帳單金額是三萬多圓，信封裡有五萬。

欠了十五年又三個月，利息是少了點，還懇請別嫌棄。

茂生說完，喝了帶有櫻花香氣的熱水。

「收據就不用了。」

哦，那麼茂茂是打算以後來京都還要繼續光顧了嗎——想到此，雪子才收下這筆拖欠十五年的帳款和利息。

「我來調點酒吧？現在店裡沒有茂茂喜歡的那款威士忌。我打電話請酒行送來。」

雪子正要走向電話處。

「現在距離我喝酒的時間還有一個半小時啊。」

茂生看著錶說。

「那，沛綠雅氣泡水加檸檬如何？」

「啊，那很好。」

雪子以冰鑽鑿冰時，茂生說：

「我是從南座旁邊的大和大路通閒晃過來的，望見宮川町的茶屋，看到『古仲』的格子門和格子窗，好粗的竹子做的犬矢來，白底燈籠上染著三個紅圈，就覺得，啊啊，我回到京都這個魔窟了，百感交集啊。」

「魔窟？那我們酒吧就是魔窟正中央那又暗又窄的巷子深處的中心了。太有家庭味的魔窟……」

雪子回答，切了檸檬薄片。

「我很喜歡宮川町。剛才有個女孩向著太陽，站在這巷子對面的置屋[1]門前。我就想，啊，文彌以前在舞伎時代也會這樣，就停下來一直盯著她看，結果她匆匆逃回置屋裡了。」

「是個穿黑短裙、黑內搭褲的女孩？」

「嗯，對。十五、六歲吧。應該是舞伎，不過還是見習生吧。她將來會是一名好藝伎的。她有點亮宴席的特質喔。」

「文彌也是天氣好就會站在那裡曬太陽，所以常挨置屋媽媽的罵。」

雪子心想，舞伎或藝伎也好，這時間她們應該正忙著接客準備，一邊將加了檸檬的沛綠雅放在北田茂生面前。

有些夜晚，即使宴席結束了，舞伎和藝伎仍得陪同客人上俱樂部或酒吧，或者換場到另一家茶屋，要等到返回自己所屬的置屋，才能卸掉臉上獨特的塗白妝容。

整張臉一直到脖子處，都像是戴了好幾層厚厚的口罩，在習慣之前，會覺得氣悶不舒服。

所以，有些女孩一從濃妝解脫，就想真正「素著一張臉」去曬太陽。

但是，她們被禁止曬黑，所以白天趁著置屋老闆娘不注意，一來到格子門外就想學烏龜曬太陽。

文彌初當舞伎時，也一直站在巷子前面那裡曬太陽，經常挨罵。

文彌從舞伎時期就很出色，後來成為紅牌藝伎也是知名的笛手，但去年春天死於胃癌。

雪子回想著文彌才十五、六歲時，她那素顏如小淘氣般的臉蛋，問茂生：

「你知道文彌的事嗎？」

茂生說知道，也是從以前的酒肉朋友那邊聽說。然後，將自己的名片遞給雪子。

茂生看了一會兒玻璃杯裡沛綠雅的泡泡，才說：

「我一直到最近才得知賀川單車的社長過世了。據說已經十五年。」

雪子不明白茂生為何突然提到賀川直樹，答道：

「好像是在旅行途中猝死的。」

然後緊盯著茂生的名片。

茂茂的直覺很敏銳。只要一絲聲音和表情，就能看出對方的破綻。

雪子內心雖暗自提防，同時也告誡自己，對以前熟客後來發生的狀況裝作不知情，是這個世界的規矩。

但是，茂生卻說他這個月初在富山遇見賀川直樹先生的千金，雪子難掩驚訝，問道：

「富山？千金？怎麼會？」

雪子驚覺自己剛才的反應不太妙，慌張起來，本想說記得賀川先生有兩位千金，但北田茂生的表情完全沒變，答道：

「三十五歲了。看起來只有三十一、二歲。是這年頭很難得的三十五歲女子。高雅，卻不做作。長得很漂亮。」

雪子為了掩飾自己一瞬間的狼狽，從吧檯底下的抽屜裡拿出香和香爐。

「你怎麼會遇見賀川先生的千金呀？」

雪子又問了一遍，一邊點香。

當茂生為了解釋緣由而提到多美這個名字，雪子立刻想起這位花名為「美紀」的女孩。茂生曾好幾次帶來「小松」的年輕公關小姐。

在俱樂部裡的花名明明叫美紀，茂生為何叫她多美？這勾起了雪子的好奇，但她並沒有問。

後來雪子從「美紀」工作的高級俱樂部的媽媽桑口中，得知她白天還在念大學。

那家在祇園數一數二的俱樂部，於媽媽桑迎接七十三歲生日當天閉幕。媽媽桑終生沒有結婚，也沒有生子。

雖然也看準了兩、三個公關小姐，認為可以把店交棒給其一，但與其把因此而衍生的麻煩事攬上身，不如乾脆把店收起來還樂得輕鬆。
茂生簡短地說完遇見賀川直樹的次女的經過。
「哦，那位公關小姐，進了克拉拉社嗎。我兒子小時候，我也常買克拉拉社的繪本給他。」
雪子說。
茂生說那位名叫美紀的公關小姐，弟弟妹妹和鄰居朋友都喊她多美，不知不覺自己也會在俱樂部以外的地方這樣叫她，說完看了錶。
「趕時間嗎？這麼久沒見了，如果沒事，就多坐一會兒。」
說著，雪子心想，以前只有她和茂生兩個人的時候，自己是不會使用做生意才說的京都腔。
日常生活中幾乎沒有人會這樣說話。這是所謂的花街腔，還有這一帶餐廳，或是販售只有京都才有的商品的人們才會說。
茂生回說今天的事已經處理好了，明天休息，正猶豫著接下來要做什麼，指向擺在雪子身後壁架上的幾種麥芽威士忌的其中一瓶。
「給我那個加冰塊。」

「還不到茂茂喝酒的時間呢。」

雪子笑著說，將搖杯放在吧檯上。然後心想，茂生只說了在富山見到賀川直樹的次女，還沒說明為什麼她會和成為克拉拉社編輯的前公關小姐一起前往富山。

雪子覺得，茂茂可能很想多談談關於賀川直樹的其他事情，但她不願主動提起。

「我在『小松』這裡認識的朋友，能夠交心的雖有四、五人，但其中我最喜歡的就是賀川單車的社長。頭一次在這家店和他交談，正好是二十年前。那時，他跟我說了環法自行車賽和環義自行車賽那些專業的事，從此我就迷上騎自行車。我竟然不知道賀川先生十五年前就在富山縣的滑川站過世了……」

茂生將裝有麥芽威士忌加冰塊的酒杯舉到眼前的高度，慢慢轉動裡面的冰塊，然後一口氣喝掉一半，說以前賀川先生在「小松」只喝這個。

然後，他又說要緬懷賀川直樹先生，喝掉剩下的一半。

原來，雪子揣想，是賀川直樹的次女告訴他自己的父親在滑川站昏倒，救護車到時已經沒有呼吸心跳的嗎？

「雪子小姐何時得知賀川先生的死訊？」

茂生問。

其實是五天後，但雪子說了謊。

「大概一個月之後。」

她發現茂生還想繼續追問卻作罷，但她沒有作聲。

「沒想到會在富山見到賀川先生的千金，還把我自己的公路車借她……。只能說，緣分真是不可思議。」

「你在富山借腳踏車給賀川小姐？」

「嗯，我聽多美說她們想去愛本橋，就告訴她們可以從富山市内走東邊那條路線，就是舊北陸街道。結果，她們真的照這樣騎。不過行程到一半累壞了，從滑川站後是搭電車的。」

茂生說，又點了一杯威士忌加冰塊。

「愛本橋？是在哪裡？」

雪子問。

她知道北田茂生不是愛打探別人隱私的那種男人，但今天似乎不太一樣。

到底是為什麼呢？

雪子邊想邊調了第二杯威士忌加冰塊。這段期間，茂生把杯墊翻過來畫了地圖。

雪子將酒杯放在另一塊杯墊上，看了那個地圖。上面畫了賀川直樹的女兒和多美騎公路車的路線與地名。

茂生說明，她們從滑川站搭富山地方鐵道經過愛本站到宇奈月溫泉，在那裡過一夜，又去了朝日町和入善町，從那裡再去入善站、西入善站，在入善漁港結束旅程，越過黑部川，在生地車站上了電車。

雪子心想，茂生不僅告訴我她們倆的旅行，甚至連地圖都畫了，究竟是何用意？

但是，雪子將視線從原子筆畫的幾條線和地圖的杯墊移開，望著與十五年前幾乎沒有兩樣的北田茂生的臉，以及他一身講究的打扮。

眼光不像要打探什麼，也沒有自己的公司曾經倒閉、承受水深火熱之苦的陰影。

無論是大名鼎鼎的料亭、茶屋、高級俱樂部，還是小巷裡的居酒屋、什錦燒小鋪，或是在熟食鋪的店門站著吃，或是由藝伎、公關小姐作陪在這間「小松」店內小酌，若是沒有人提醒指點，就不會被人發現「啊，北田茂生在那裡」。這只能說是一門本事。而他仍舊與以前一樣高明。

一這麼想，雪子差點就脫口說出「想問什麼就單刀直入地問吧」。

這時候，茂生舉了過去幾位常客的名字，問大家現在是否也常來「小松」。

雪子回答，其中兩位已經不在人世，另外三位現在也常來，並說了一位幾乎無人不知的歌舞伎演員的名字。

「南座沒有公演的日子，他也會特地從東京搭新幹線來呢。每次來，都會問我茂茂現在怎麼樣了。」

光顧這家茶屋風格酒吧「小松」的客人，絕大多數是在想獨自靜一靜的時刻前來。

即使有客人帶著舞伎、藝伎或公關小姐來「小松」，也不會大聲喧嘩，更不會隨便與鄰座客人攀談。

雪子的母親習慣坐在吧檯裡自己專屬的椅子上，只有在客人跟她說話時親切回應，帶著被戲稱為「招財貓在笑」的表情，切切米糠醃製的淺漬醬菜，打打電話叫外送的烏龍麵或什錦燒而已。

雪子也仿效母親的做法，不主動打擾想一個人靜靜喝酒的客人。

來「小松」的熟客幾乎都已經在料亭、餐廳或茶屋吃過飯，而在飯局上招待客戶或炒熱場面其實很耗神，無論喝再多都不會爛醉。送走客人後，就會想找個地方靜靜喝上幾杯。

去酒家，若作陪的是連話都說不好的公關小姐反而更累，即便如此，若在毫無情趣的居酒屋猛灌酒，也只怕隔天宿醉。

這時候，就會想去位於小石板巷裡的「小松」，在充滿家庭氣氛的榻榻米酒吧，盤起腿吃「媽媽」做的淺漬茄子、小黃瓜或茗荷，獨自散散要醉不醉的酒意。

京都的花街有很多茶屋風格酒吧，但熟客都說，論外行味兒、客人素質、地理位置，「小松」絕對是數一數二好的。

那位歌舞伎演員也以類似的話誇獎「小松」，但他沒有使用「外行味兒」這種說法。

誤入暗巷迷了路，進入母女倆相依唯命的小小京町家，讓她們請了幾杯酒……。他說是這種感覺，否定「外行味兒」這個詞。

那位歌舞伎演員剛開始受到外界注目，被視為新一代的旗手時，有段期間，一位嫉妒他的前輩一直在人前大罵他「只是外行味兒看著新鮮罷了」，從此他就視「外行味兒」這個說詞為最大的侮辱。

「新兒已經成了推也推不倒的大人物。」

茂生露出笑容說。

那位歌舞伎演員本名叫新一，不知何時起，只要在「小松」裡，茂生都會稱他為「新兒」。

「可是，身子卻不怎麼結實……」

雪子這樣應道，問他要不要請「鶴本」送吃的過來，現在應該還能點餐。

茂生看了錶，喝了口威士忌，說決定搭今晚七點多的電車回金澤。

「我建議賀川先生的千金和多美的富山單車路線，我自己還沒走過。只是把從車友那裡聽來的直接轉述給她們而已。我要找個晴朗的假日，沿同樣的路線去愛本橋看看。走舊北陸街道，沿滑川、魚津、黑部到黑部川上游。不過也就到愛本橋。我想去滑川站，在賀川先生昏倒的地方，悄悄為他祝禱。賀川先生連祕書也沒帶，是為了什麼獨自跑到滑川呢……」

茂生最後一句話像是自言自語，但雪子聽來卻像不動聲色地向她發問。

但她聽而不聞，問道：

「從金澤騎單車去？一般說要騎車，就是騎長途的吧？」

「現在的我一天內騎不到。要開車把自行車運到富山，從多美和賀川家千金出發的地方開始。自己建議的路線自己沒走過太不負責了。多美和賀川小姐在富山站分開後，在金澤下了車打電話給我，說還有兩天假，想在金澤走走。所以，那天晚上我跟她一起吃了飯。就是那時候，她跟我說起賀川直樹先生準備了鋼筆和只在『甲本刀具店』才有的砥石作為禮物，送給他的千金。我也太不小心，竟然說新的鋼筆，要用自己平常寫字的力道壓在沾濕的砥石上寫七、八次『拉赫曼尼諾夫』。那真是我人生一大失策。多美那傢伙大吃一驚，問我怎麼知道，我用『凡是鋼筆玩家誰都知道』唬弄過去，其實，那是賀川先生在這裡告訴我的，他說他在甲本刀具店訂了砥石，在米蘭的文具名店『品納迪』買了百利金的高級鋼筆，一起送給她女兒。」

聽了茂生的話，雪子問，為什麼告訴多美那些事是他人生一大失策。

「多美直覺很强，人也聰明。為了讓新鋼筆寫起來順手，在日本最細的砥石上寫拉赫曼尼諾夫是玩家的常識，這種謊話騙不過她的。」

「那你為什麼要撒這個謊？」

「不想讓她知道我和賀川直樹先生是舊識。」

「被知道會有麻煩嗎？」

茂生喝了一口威士忌加冰塊，讓酒在舌頭上轉了轉才嚥下。

「很可能連我們是在『小松』這裡認識的都會被她知道。多美應該在你們這裡見過賀川直樹先生兩、三次才對。我不會說在這裡的那個人是某某某，這個人又是什麼公司的社長，所以只要我不說，多美也不會問和我交談的客人是誰。可是，多美應該記得海步子，一定也隱約看出賀川先生和海步子的關係。要是她也曾聽人說過海步子是從富山的滑川來到京都工作，那麼在多美心中，所有散亂的點就會連成一條線。」

茂生說。

終於提到海步子了，雪子心想。

「連成什麼線？」

她裝出全然不明所以的表情問。

茂生露出一絲笑容看著雪子的臉，從細緻的杉綾織的西裝拿出皮夾。

見茂生要付帳，雪子制止，說會寄請款單，轉帳即可。

「我可是個倒了帳、躲了十五年的男人呢。今天以現金付帳結清才合乎規矩吧？」

「那有什麼關係。我們不收現金。」

雪子笑著說，提到有醃得正好的茄子和小黃瓜，建議他吃一些清清味蕾。

她記得，茂生一次只喝兩杯威士忌。

「這裡的米糠漬真叫人懷念啊。」

「我醃的不如母親，但最近會有老客人誇說，阿雪的淺漬越來越接近你媽媽的味道。」

說完，雪子上樓，進了一坪半木板房，裡頭有三個米糠漬木桶並排，她抽出一條茄子和一條小黃瓜，用清水洗後回到樓下店面。

沒想到茂生竟主動提到海步子。他明明對那種事絕口不提的呀。就是因為這樣，他才會坐在店裡的吧檯前，一直兜圈子打啞謎，想從我嘴裡套出海步子的事。原以為只要我不說，他就會轉移話題或是不再多聊，享受傍晚威士忌的微醺就回去的……。

雪子在吧檯內切了淺漬醬菜，盛在伊萬里的淺碗中。

「海步子現在還在白川通的髮廊嗎？」

茂生問。

「她現在在富山市，聽說自己開了髮廊。」

雪子認為告訴他這點應該沒有大礙，便這樣回答。

「哦，自己開店啦。夢想實現了。不過，經營髮廊也不容易啊。」

「她每年都會寄賀年片給我，我母親的葬禮她也來了。」

茂生喝完第二杯威士忌，把伊萬里的淺碗拉到手邊，說：

「充滿回憶的古伊萬里啊。」

聽到茂生這句話，雪子才發現，這個古伊萬里的淺碗，是賀川直樹從京都的古董店買來放在「小松」的。

賀川直樹也喜歡「小松」的淺漬，不知是哪一次，帶了這個古伊萬里來，說要當作自己專用的餐具。要店裡在最後端上淺漬的時候，都用這個裝。

母親想拒絕，怕打破了不好。賀川直樹堅持，說不是什麼昂貴的東西，打破也不要緊。

他難得如此堅持，母親便說那就放在店裡，之後專門用來裝賀川先生的淺漬，固定將這個碗放在收餐具的櫃子左邊。

我怎麼會忘了這麼重要的事呢。

雪子為自己的粗心大意懊惱，邊說：

「地方小鎮上到處都有髮廊呢。雖然不是我開店，卻也忍不住替她擔心，怕過度競爭大家一起倒了。」

「不好的髮廊會一家接一家倒閉。留下來的，終究是技術好，染、剪都厲害的地方。」

「海步子在富山市內開髮廊已經十一年。十一年都沒倒，可見得有本事。都是在白川通那家髮廊待了五年的成果。那家店生意總是很好，很難預約呢。」

「海步子的髮廊在富山市哪裡？」

茂生問。

「我也不知道店在哪裡。賀年卡上只有家裡的住址。」

雪子又說了謊。

「我沒去過富山呢。」

一再說謊實在很累，於是雪子說出實話。

雖然我爸媽都不在了，還是很歡迎雪子姊來富山玩。我捨不得滑川的老家，現在就住那裡。家後面就是海。雖然被防波堤擋住，從小小的後院幾乎看不到海，不過二樓看出去的美景足以讓我自豪……。

海步子這樣邀約，但雪子一直不得空，十幾年就這麼過去。

茂生又向她說明，賀川先生的千金以本名「賀川真帆」的平假名「かがわまほ」為筆名，已經以作家身分出版了許多繪本，據說還有很多兒童書迷。他吃完淺漬便站起來，說現在或許還趕得上六點多的電車。

雪子送茂生到巷口。心想，這四、五天白日突然變短了。

路上林立的茶屋、餐廳，以及宮川町朱色三環的白燈籠都亮了。

「老闆娘好。」

三名要去表演的藝伎招呼著經過。

「慢走。」

雪子也望著茂生轉向川端通的背影，回應三人。

當晚，最後一位客人快午夜一點才離開。

目送帶著藝伎的客人走到巷子一半，回來收拾玄關兩側的鹽堆時，隔著巷子對面的茶屋二樓傳來三味線的聲音。

雪子聽出那是擔綱囃子方[2]的市峰姊，心想這麼晚還在席上彈三味線真是罕見，不知是什麼樣的客人，走進店內關上格子門，熄了玄關的燈。

今晚客人很多，進進出出忙得不可開交，但這異於平日的疲憊，想來都是因為與茂茂那一段諜對諜般的對話所造成。

茂茂穿戴的品味更上一層樓，表情和動作散發的魅力加上沉穩老練，依舊令人著迷。那正是所謂男性魅力。

公司倒閉後重起爐灶，在新事業上軌道之前，想必吃盡了難以言喻的苦。若是這段經歷磨練了茂茂這個人，那麼夏目海步子這十五年來，想必也套上同樣的方程式。

北田茂生一走，雪子便想起海步子和賀川直樹兩人所生的佑樹的臉龐，心中感慨萬千。

傍晚她已打電話給丈夫正晃，說今晚也要在店裡二樓過夜。

雪子將客人的菸蒂倒進專用的附蓋罐子裡，確定菸都熄了，又為了保險起見，把剩下的碎冰丟進去，才上了二樓。

打開北側和南側的窗通風，脫下日式傳統圍裙、栗色和服和白色短布襪，在又小又不方便的洗手台卸了妝，洗了臉。

然後，回想夏目海步子生下佑樹時的事。每憶起當時，平岩壯吉那猶如老刑警般令人畏懼的眼神便又重回雪子腦海。

十五年前的九月初，海步子在滑川老家和賀川直樹共度春宵時，還沒發現自己懷孕。

那天，海步子為了去嫁作入善町的兼業農家長媳的姊姊家幫忙法事，一早便開著自己的車出門。

法事是十二點半開始，她說最晚應該三點半就會離開，賀川直樹便說他想去黑部川上游那座紅色的橋，請她去入善站接他。

今天天氣很好，在那座橋上應該可以欣賞美麗的月色，但我沒有時間等到月亮出來。我今晚在京都有約。

所以，我在橋那邊待個二、三十分鐘，你再送我到入善站。我會搭電車到富山站，換特急雷鳥號到京都，在飯店住一晚，明天就回東京。

直樹這麼交代她。

從滑川站往海邊走，在舊北陸街道左轉，是以前的宿場町，海步子的老家就在與高高的堤防相接的一角。

在正午最熱時提著旅行包走到車站太累了，騎我的腳踏車吧。把腳踏車停在車站圓環西邊的腳踏車停車場。我開車去載完你後就先回家停車，再去超市買東西，把腳踏車騎回來……。

直樹對海步子這幾句話點點頭，然後說，如果到了約定的時間我不在入善站，就是在西入善站等你。

海步子答應了，心想他還真喜歡那個無人車站，便出門到姊姊、姊夫家。法事在三點前結束，海步子幫忙收拾完，開車前往入善站。約定的時間過了，往直江津方向的慢車裡，不見直樹下車的蹤影，海步子便到西入善站，但直樹也不在那裡。

剛才停靠入善站的電車，下一班尚未抵達西入善站，海步子心想他一定是搭這班，便走過跨在鐵軌上方的天橋，站在往新潟方向的列車經過的月台上。

直樹也沒有搭上從滑川過來的電車。

會不會搭了電車，卻沒有注意到我站在月台上，便去入善站？儘管這樣想，海步子心中仍泛起陣陣不安。因為依照過去的經驗，直樹從來不曾遲到。

海步子開車回入善站等下一班電車，又回西入善站，這樣來回三次之後，忐忑不安地去了滑川站，看到自己的腳踏車停在停車場。於是，她回到靠海邊的家。

玄關的門上了鎖，鑰匙放在房子後側一排小盆栽的右邊數來第三個底下。玄關的鑰匙是他們兩人約好放在那裡的。

一定出事了。再怎麼想，都是出了急事非趕回東京不可。可是那樣的話，應該要留個紙條在信箱裡說一下呀……。

海步子有點生氣，等陽光較弱了再走到滑川站，用隨時都放在手提包裡以防萬一的備用鑰匙開了腳踏車的鎖，去了超市。那天晚上和第二天，直樹都沒有打電話來。
她不能打電話到直樹家或公司。平常都是直樹打到海步子在下鴨的公寓。星期一早上，海步子從滑川站搭車到富山站，換乘特急雷鳥號回京都，趕回下鴨的公寓。
電話答錄機裡有三通留言，但都是海步子工作的髮廊「Cuthouse Clip」老闆打來的。
直樹知道我都在星期一回京都。星期一髮廊公休，卻是宮川町的「小松」在週間比較忙的日子，經常會來電要我去幫忙。
說是幫忙，但我能做的也不多。就是從木桶裡拿出米糠漬清洗，切了盛盤，打電話叫外賣，為離開的客人安排計程車，將雪子姊調好的威士忌兑水或威士忌蘇打端到客人面前……，雖然就只有這些，但杉井阿姨因為腰痛的老毛病不便頻繁起身，有我在的話她能輕鬆許多。
也許直樹今晚會和「小松」聯絡。
海步子這麼想，便提早吃了晚餐，以便隨時都能去「小松」，但後來並沒有接到要她去幫忙的電話。

和直樹在滑川老家門前道別的五天後，髮廊的工作比平常早結束，海步子便在晚間九點左右去了「小松」。

一如往常帶著笑臉進了吧檯，穿上圍裙，看了五、六位客人的面孔時，發現杉井阿姨和雪子姊的表情不太對。

兩人對看一眼，然後又往海步子看，這樣的情形重複了兩、三次。

「海步，你來一下……」

雪子姊小聲說完，離開吧檯到玄關的台階那裡輕輕招手，然後朝巷子深處走去。

海步子心想一定是跟直樹有關。不安命中了。直樹到底出了什麼事……。

海步子走出「小松」，跟著去雪子所站的巷子盡頭，卻因膝蓋發抖走不直。

「海步，你不知道賀川先生的事？」

雪子這樣問，海步子只是無言地望著她的臉。

雪子說，剛才在店裡跟賀川先生認識之後常有往來的奧田先生來了。他說他昨天去參加賀川先生的葬禮，順便去東京辦點事，剛剛才回到京都。我嚇了一跳，正想打電話問你怎麼沒通知我。

「咦？葬禮？誰的？」

海步子明明清楚聽到是賀川先生，卻傻了似地這樣問。

「你不知道嗎？聽說他在五天前的星期六，出差時在車站的收票口昏倒，救護車到車站的時候已經沒了呼吸心跳。」

「車站？哪裡的車站？」

「不知道，奧田先生說他也向賀川單車的人問了同樣的問題，對方只說是出差的地方，沒有告訴他是哪裡。」

海步子心想一定是滑川站或西入善站或入善站的其中一個，但她不敢說從星期五到星期六早上，跟直樹在滑川的老家共度兩人時光，只是默默望著雪子的臉。

你和賀川直樹的關係要持續到什麼時候？這種孽緣繼續下去，你以為有誰會幸福？都可以知道將來會變得怎麼樣。凡事都有結束的一刻。我看你們是時候該分手了吧？

短短一週之前，雪子才這樣罵過她而已，因此海步子不敢說出真話。脫掉圍裙交給雪子，請她從吧檯內取來自己的側背包，海步子當晚沒有在「小松」

幫忙，就在宮川町的道路向北走，走到大和大路通的南座旁邊，在四條通路口站了許久。

來來去去的人很多，呆立在那的海步子阻礙了人們的通行，一個故意撞上來再啐她的男人狠狠瞪了她一眼。

她不想回下鴨的公寓，卻也無處可去，便朝八坂神社走。

那天直樹就死了？就在我去姊姊夫家幫忙法事的時候？真的嗎……。

可是，奧田先生參加了賀川直樹的葬禮。奧田先生不可能說謊。他沒必要編那種故事。

去滑川吧。然後，去滑川站、西入善站、入善站問站務員。就問他們說，聽說星期六有人在收票口過世了。

西入善站沒有站務員，可以去問站前的酒行。

「Cuthouse Clip」下鴨店是海步子負責的，她決定拜託最值得信賴的助手當一天店長。若搭早上頭一班特急雷鳥號，應該傍晚就能回京都。

第二天，她一到滑川站，便問了收票口那名中年站務員，聽說上個星期六有個男人在這裡過世，那個人大概多大年紀？

站務員有些訝異地看著海步子，告訴她：

「五十歲。他在我眼前蹲下來，我趕緊叫了救護車，可是沒救回來。他是騎著腳踏車從那邊過來的。」

他指著海的方向。

「你問這些做什麼？認識的人嗎？」

海步子避而不答，給了票、走出收票口，買了前往富山的票後又立刻通過收票口，去到對向的月台。她刻意避免買到京都的車票。

是嗎，所以我高中騎的腳踏車才會停在停車場啊——弄清楚的當下，海步子頭一次痛哭失聲。

這些，是海步子所說。她在滑川海邊的家與直樹分開後，過了六天又去了滑川，確認直樹之死的大致經過。

甲本雪子從海步口中聽到這段過程，是直樹死後二十天左右。

但是，當時夏目海步子還不知道自己懷孕了。

十五年前，海步子三十二歲，所以今年應該四十七歲了——雪子聽著巷子裡的腳步聲想。

夏目家代代均為滑川漁港的漁夫，到海步子的父親是最後一代。一來是只生了兩個女兒，後來海步子的父親又在隆冬海上捕魚時受重傷，失去右臂。

雪子不知那次是什麼樣的意外，但漁業公司給付了一筆不小的補償金。父親傷癒後，還在思考往後要如何生活時，卻因感冒遲遲未痊癒而病倒。

三十八度左右的發燒，才剛退便又燒起來。想來是重傷後體力不佳，父親說只要靜養就好，不肯去看醫生。

兩天後的晚上，父親呼吸困難，意識不清，當時才高中三年級的姊姊跑到附近的醫院找來醫生。

醫生說，父親罹患很難纏的肺炎，叫了救護車把父親送到大醫院，但翌日中午，父親便去世。海步子當時還是國中生。

正好那時，滑川市幾家公司的工廠在徵才，其中有一家汽車零件製造商。父親任職的漁業公司的社長透過關係，介紹海步子的母親到那家工廠的員工餐廳工作。

所以，父親死後，母親才得以獨自將海步子和姊姊扶養成人，兩人都念到高中畢業。

為海步子的姊姊介紹工作的人也是漁業公司的社長。

海步子的母親雖身為漁夫的妻子，但在她們姊妹還小時，便一直想讓她們培養一技之長。

大女兒生性膽小內向，待在當地的公司當職員看來最適合她。

小女兒則是動不動就做出異想天開的事讓父母吃驚，但機伶又天不怕地不怕，或許可以將自己的小小夢想寄託在她身上。

海步子的母親這麼想，便勸她從護士、美髮師、營養師當中選一個。三者都是海步子高中畢業後必須再去專門學校進修兩、三年的職業，由於丈夫重傷之際，漁業公司所付的補償金都沒碰，她決定用這筆錢送小女兒去學習。

海步子選了美髮師這條路，弄到京都最好的美容學校的簡介。明明富山市也有美容學校，但海步子堅持無論如何都必須去京都的學校，編出種種理由說服母親。

母親一眼就看穿海步子的盤算，但還是決定讓女兒如願。女兒出生以來便一直生活在滑川舊街道的海邊，長到十八歲，當然會想離開父母的管束，東京也好、大阪也好、京都也好，就想在大都會生活。

不止是父母的管束，從小就看她長大的左鄰右舍的視線，有時候比囉嗦嘮叨的父母更煩人。

也不知是誰在哪裡盯著，「夏目家的小女兒昨天晚上十一點回家，今天早上六點又出門了」，這種事不到半天就人盡皆知，甚至傳進本人耳裡。

好，你就去京都的美容學校。但是有個條件，要圭子阿姨肯照顧你。

母親這麼說，然後打電話給自己的表妹甲本圭子商量。圭子娘家是黑部市的兼業農家，她自當地的高中畢業後便在甲本刀具店工作，六年後嫁給了繼承家業的兒子。

甲本圭子也相當猶豫，但還是說先把本人帶來再說。還附帶一句，十八歲的女孩最容易出事，就算讓她照顧她也無法勝任。

雪子當時二十四歲，辭掉工作在母親的茶屋風格酒吧「小松」幫忙了兩年。丈夫的母親，也就是雪子的婆婆甲本圭子，是江戶時代傳承至今的「甲本刀具店」迎進門的媳婦中，頭一位不是京都出身的。

京都千百年來的風俗習慣、如何分辨京都人獨特的真心話與場面話、如何做生意、如何管控家計……。

這些大大小小的事，無一不是京都人才能心領神會，也無一不需耗神費心，很多夫婦都因此而產生裂痕。

尤其像「甲本刀具店」這樣世代傳承的人家，可以說只有京都土生土長的女人才能勝任。

然而，圭子與生俱來的落落大方與從容無憂，不會放不下婆媳之間的摩擦，不知不覺甲本家的主導權就落到她手上。與此同時，也讓公婆認為，好啦，我們兒子配那種傻里傻氣的媳婦最適合，就別再嫌東嫌西、囉哩囉嗦。

雪子認為，正因為自己的婆婆是這樣一個人，才會答應照顧表姊那位高中剛畢業的女兒，拜託母親杉井讓她住在「小松」二樓的三坪房。

海步子在京都住了下來，白天上美容學校，晚上負責整理「甲本刀具店」的傳票和打掃店內，把交給自己的工作打理得一絲不苟，「小松」忙的時候，不用這邊主動開口也會進吧檯幫忙。

母親房間隔壁住了海步子，在那之後，雪子也將生活切換至之前租了卻一直只有白天才會用到的公寓。

「小松」沒有浴室，附近的澡堂也歇業，所以之前有很長一段時間，租這間公寓等於只是白天用來洗澡而已。

海步子二十歲自美容學校畢業，便在白川通上的「Cuthouse Clip」就職，學習如何在第一線工作。

她在髮廊從助手當起，首先學待客。如何問候客人、如何招呼、行禮，接電話時的談吐……。這些全都學會之後，便負責為客人洗頭。而一開始也只是放温度宜人的熱水而已。

經過六次店主和熟練的前輩監督的洗頭考試，合格之後，接著學上髮捲。上髮捲的技術也要經過四、五次考試。考試期間，也要學習如何塗染料，練習無數次，同時也學習上燙髮劑。

通過上髮捲的考試之後，便進入吹整與夾燙的練習。這方面也必須通過八次考試。

接下來便是修剪的技術。這是最考驗美髮師技術與美感的難關，必須通過十次考試。

要通過這一整套考試，需時三至五年。

「好，還可以。總算可以碰客人的頭髮了。」

海步子在「Cuthouse Clip」學藝的第四年，得到店主這句話。

店主雖然才三十多歲，但會找時間去東京的六本木和青山，向自己景仰的知名美髮設計師學習，習得了新技術，對有資質、有潛力的員工也傾囊相授，毫不藏私。

他在左京區下鴨的高級住宅區開了「下鴨店」，半年後便將店交給海步子管理。當時海步子二十六歲。

正好在那陣子，海步子的姊姊結婚，三個月後她們的母親查出癌症末期，如醫師所預告的，於半年後去世。

當時祇園祭正要邁入高潮，雪子無法回滑川參加葬禮。

賀川直樹與平岩壯吉在置屋老闆娘介紹下初次來到「小松」，是海步子的母親病逝的兩個月之後——雪子邊想邊看和式衣櫥上的鐘。快三點了。

「嗚哇，半夜三點了。不睡不行。」

雪子出聲這樣說，鋪了墊被。睡床睡了二十幾年，不在厚厚的床墊鋪上墊被就會腰痠背痛。全身莫名僵硬痠痛，一定是昨晚沒鋪床墊就睡的關係，但與茂茂的諜對諜太耗神也是原因之一。

茂茂說他在富山見到賀川直樹的女兒時，我為什麼那麼驚慌呢？雖然是擔心海步子該不會沒有遵守她答應平岩壯吉的條件，但似乎不止如此。她是擔心佑樹。佑樹十四歲，還不到可以告訴他的年紀。

是因為心裡湧上一股強烈的意念，想著等他身心再成熟一些，一定要讓他長大之後仍保有他與生俱來的天真爛漫。

雪子這麼想，吃了一顆醫師開的安眠藥，看了月曆。十月中有連假。目前還沒有計畫。

去一趟富山吧。想看看與媽媽住在滑川海邊古老兩層樓房的佑樹。

上次見面，是佑樹升國中那個春假。小學畢業典禮的第二天，他和海步子一起來「小松」，在自己的母親曾經住過的三坪房住了兩晚，之後就沒見面。

不知丈夫能不能一起去。既然計畫要讓佑樹就讀京都大學，畢業後再到美國優秀大學留學念碩士，那再不開始就來不及了。

是丈夫自己向佑樹拍胸脯說要幫他擬企畫案，他該不會忘得一乾二淨吧。史丹福大學很不錯，不，還是哈佛。丈夫說得豪情萬丈，佑樹也開心應道，「嗯，我會照那個企畫用功讀書」，然後問企畫是什麼？在場的人全都笑了。當時在場的，有我，海步子和佑樹，丈夫，婆婆，老大晃良，老二晃光……。

雪子扳著手指數著，邊想為什麼佑樹那孩子這麼招人疼呢。

整個人莫名清醒，往事一一浮現。

一旦吃了安眠藥，就必須趕快就寢閉上眼睛。若是錯過入睡那一瞬間可能會睡不著，第二天反而因為藥效的關係，醒來之後很不舒服。

雪子這樣警告自己，關了燈，決定十月的連假去滑川，卻不是很清楚究竟要去做什麼。

十月中旬的星期天早上，第二天是國定假日的連假，甲本雪子的丈夫開車載她一起前往富山。

從京都東交流道上了名神高速公路，進入北陸高速公路，過了武生，夏目海步子便打電話來。

「你們現在在哪裡？」

被這樣問起，雪子將自己的手機用力貼在耳朵上，答道：

「過了武生的交流道。」

丈夫正晃正好加速要超越前面的大型拖車，所以聽不清楚海步子的聲音。

「咦！還在武生？佑樹連早飯都沒吃，一心等著星鰻棒壽司呢。」

「就是請人家做佑樹的最愛才這麼晚呀。那家店，十點才開始。我算了算，那樣要十一點才能出發，昨晚打電話去訂，被念說星鰻滷好要放涼了才能做成棒壽司，只好待在店門口等。」

「等星鰻變涼嗎？」

海步子笑著說，和應該是在旁邊的佑樹小聲說了什麼，然後傳話說：

「佑樹說他快餓死了，還是要等星鰻棒壽司。」

「你現在在哪裡？店裡？」

海步子回答對呀，接著說她打算等雪子姊和正晃哥來店裡看一下，就一起回滑川，然後掛了電話。

雪子轉述與海步子的通話內容，正晃那高一百八十七公分、重一百二十公斤的身體憋屈地塞在駕駛座上，開著車說：

「還要兩個鐘頭呢。佑樹那小子，真的很愛這星鰻棒壽司啊。」

然後要雪子拿出儀錶板裡的信封。他說，裡面是他參考任教於補習班的朋友的 Knowhow 所擬定——「夏目佑樹考取京都大學合格企畫書」，印出來足足有七張。

「到哈佛大學或史丹福大學留學念碩士的企畫呢？」

雪子邊問邊打開儀錶板，拿出一個印有補習班名稱的大信封袋。

「那個補習班的專家笑我說，又還沒決定要念什麼系、走哪一條路，怎麼知道讓他去美國哪個研究所留學才是最好。」

「哦，是嗎，說的也是。也不知道佑樹想走哪一條路。才國二嘛，哪知道將來要做什麼。」

「而且看是要走文科還是理工，要加强的科目就不同。想進東大或京大，國二才開始準備就算慢了。不過看數學的成績，大概就能有個譜。我們高中也算是升學名校，有不少會念書的孩子，也還是很多連定理都不懂就升級了。」

「定理是什麼？不是公式？」

雪子問。

「嗯，不是。例如九九乘法表。那就是叫你硬背，不會告訴你四七為什麼是二十八對吧？不把這無條件塞進腦子裡，就算教了如何解方程式的公式，也解不了問題。在解釋為什麼會變成這樣的大道理之前，先記住再說。像這類定理很多。不止數學，英文、國文、化學都有。也不是只有念書才遇得到。工匠藝師的世界，搞不好到處都是定理。先背起來、先塞進腦子裡再說。不是有很多熟到不用想，身體自動就會反應的嗎？在演藝圈也一樣。」

原來如此，雪子心想，這麼說的話，世上還真是有很多定理。

雪子說自己看了也不懂，便把大信封放回儀錶板裡，然後發現這是蜜月旅行以來第一次和丈夫單獨旅行。

話說回來，甲本家為什麼就只有正晃個子這麼魁梧呢？她問了公公。

「唔，我爸爸、我祖父、我曾祖父，大家都是日本人的平均體格啊。可能是好幾代以前，混了一個身形像相撲選手的巨漢吧。然後基因不小心就傳到他身上了。」

公公也只是以悠哉的語氣這樣回答。

明明是星期天，北陸高速公路上的車子卻很少，從宮川町專賣星鰻和鯖魚棒壽司的老店來到富山交流道還不到四小時。

從連接富山城東側的國道四十一號筆直往北，兩側是因二十年前政府推行都市重畫而集中的商業區，海步子開設的「Cut Salon Bob」本店就位在裡面的中心區域。

三年前，海步子在本店西北方的新商業區開了分店，由京都時代擔任自己助手的女性當店長。

雪子指著國道右側，說那裡大概就是「Cut Salon Bob」所在的商業區時，就看到佑樹站在看似購物中心的建築前。

上次見面是他小學畢業來京都時，雪子驚訝著短短兩年竟然能長這麼高，一面回想自己兩個兒子的國中時代，一面從副駕駛座向佑樹揮手。

本以為他大概沒看到，但見佑樹細看一輛輛從國道北上而來的車，一看到雪子和正晃的臉，便大大揮手，跑到人行道和馬路交界的地方。

然後以姿勢示意跟著他，引導他們前往停車場，然後又小跳步般跑走。

「原來他一直站在那裡等我們呢。竟然來歡迎我們……。這孩子真的好可愛。」

聽了雪子的話，正晃笑著說：

「他是來歡迎星鰻棒壽司的吧。餓了嘛。」

雪子立刻感受到這裡是攬客能力很强的地區，前來購物、用餐的衆多人群，以及整排店鋪的活力讓她看得出神。

這時候，腋下夾著一個大側背包的海步子從其中一角小跑步過來，笑著對佑樹說了什麼。

「咦！還要三十分鐘才能吃？」

佑樹說，從海步子手中接過車鑰匙，走向停車場。

海步子示意要雪子搖下車窗，解釋說有個麻煩的客人沒預約就跑來，她趕緊從後門逃走，現在要直接回滑川，要他們跟著自己的小型車走。

「可是我好想看看海步的店……」

雪子還沒說完，海步子便朝停車場跑了。

雪子回到他們剛才來的國道四十一號，正想著是不是要走北陸高速公路到滑川交流道時，只見海步子所開的小型車朝富山市的中心區域行駛，在富山城前的路口右轉。

走著走著，雪子漸漸不知道自己位在富山市内的哪個地方。

進了國道八號，過了上市川，海步子的小型車隨即向左轉，進入有工廠和倉庫的地區。

原來如此，南邊是一大片田園，那這邊就是應政府招商前來的各種製造公司設廠的地方吧——這麼想著，車子越過北陸本線鐵路的平交道。

從這裡開始，海與堤防時而出現時而消失，來到老舊木造建築並排的小路時，海步子停了車。

佑樹下車，告訴他們房子與房子之間的空地是海步子租來的停車位。

正晃讓車慢慢跟著幫忙引路的佑樹，轉向一幢木牆已變成深褐色的兩層樓房屋旁。左右兩家似乎都是空屋。

「這就是舊北陸街道了。」

正晃說，停好車，從後車箱裡拿出幾件行李。背起保冷箱——裡面是和保冷劑放在一起的鯖魚和星鰻棒壽司，以及海步子喜歡的京菓子。正晃提起塞滿換洗衣物的大波士頓包，一臉受不了地說：

「好重啊。這些全都是你的化妝品。瓶瓶罐罐的，重得讓這一個提帶都壓進肩膀的肉了。」

「重的是你的枕頭，沉甸甸都是紅豆。你知道那有多重嗎？我的化妝品才只有一點點。」

「沒這個枕頭我睡不著。我是很細膩的人。」

正晃這幾句話讓佑樹笑了。

海步子停好她自己的小型車，等著與他們會合，佑樹走在舊北陸街道上，隨即轉進靠海那邊的巷子。

海步子他們住的那兩層樓房屋，所有木牆都包著波浪板狀的新建材，後面緊鄰高高的堤防。堤防底下種了花。

房子與堤防之間是一條長長的可容下一輛小型車通過的路，遠遠的海岸線看起來就在自己面海而立的正前方，雪子便問：

「那是北邊？」

「東北邊。就魚津那邊。」

這樣回答後，海步子打開玄關的格子門，邊向家裡說：

「我們回來了。」

咦？這裡不是只住了兩個人嗎？雪子從玄關台階望向黑亮的木頭走廊，一名身穿深藍色套頭衫和米色七分褲的二十幾歲女孩，打開上半部是毛玻璃的門走出來。

「歡迎歡迎。」

她有禮地向大伙行禮。

「這位是脇田千春，我姊姊的女兒。從入善町來我這幫忙。」

海步子這樣介紹，便領著雪子和正晃到通往廚房的窄廊左側的四坪房間。後面是一個三坪大的空間，可以用紙門隔成一個房間，再過去是緣廊，從那裡可以到後院。

玄關旁將近四坪的房間是鋪了榻榻米的和室，但上面鋪了地毯，放了桌椅，靠牆有一座長沙發。

千春說，以為他們會更晚回來，什麼都還沒有準備，問海步子午飯怎麼辦。

「我請人帶了全日本最好吃的鯖魚棒壽司和星鰻棒壽司來，大家一起吃吧？佑樹好期待，從早到現在什麼東西都沒吃呢。」

「那，我來做茗荷味噌湯。我向藤井奶奶要了一些味噌回來。」

「啊，好極了。茗荷味噌湯和棒壽司最搭了。」

雪子看到海步子和她外甥女千春說話的表情，感覺到，啊，海步子很好，日子過得很充實。

佑樹拿出放在走廊的保冷箱裡的東西，一一放在桌上。

用竹皮包裹的棒壽司中，鯖魚和星鰻各五條，雪子覺得有點多，但想到食量正大的佑樹最愛這個，便大手筆地買下去。

加上海步子的外甥女，也許數量正好。雪子這麼想，不如趁著煮茗荷味噌湯這段時間，到街道一帶走走。

因為她很少在汽車前座一坐就是四個鐘頭，起身後覺得整條腿都腫了，腰也好痠。

「真是個寧靜的好地方。」

正晃在緣廊上坐下來，這麼說。

「因為以前是宿場町啊，到處都有老房子。」

海步子在廚房應道。

雪子說，我去街道散個步，在玄關的台階坐下來穿鞋時，看到放在玄關的腳踏車。

唔，這好像叫作小徑車。最近很受年輕人喜愛。一種車輪小、外觀時尚的腳踏車。一定是佑樹央求母親幫他買的吧。

雪子邊想邊看車體主軸的碳纖車身。上面有「KAGAWA CYCLE」的品牌名。

回頭一望，海步子停下正切著茗荷的手，從廚房看著雪子。

「這是賀川單車的腳踏車吧？」

不出聲只動口問了海步子，她微微苦笑著無言點頭，放下菜刀洗手，來到玄關穿上涼鞋。

雪子與海步子並肩從巷子一來到街道上便問：

「你買賀川單車的小徑車給他？」

「是佑樹自己選、自己在富山市內的腳踏車行買回來的。」

這樣說完，海步子又苦笑，說為了買那輛小徑車，佑樹把這四年存的壓歲錢一口氣全都用掉。

「看他買了賀川單車的腳踏車回來，海步一定也嚇一跳吧。」

「嗯，我是嚇了一跳。聽說日本做腳踏車的廠商就有一百多家，不過不是每家都做一整輛就是了。我問他為什麼選這輛，他說小徑車國產的就是賀川單車的最酷……」

海步子在一戶有著氣派的紅殼格子的老宅前停下腳步。這裡八成是宿場町最大的人家。

從建築可以想見這裡曾是一戶大商家，屋瓦後方遠處，可以望見立山連峰最高處的稜線。

「今天真是經典的秋晴天氣呀。」

雪子喃喃地說，本想提及十五年沒出現的茂茂前陣子來到「小松」，卻改變主意。她覺得不說比較好。

一切早已了斷。舊事重提也沒有意義。

話雖如此，當雪子在街道上緩緩散步時，問起她是不是後來都沒有再見過平岩壯吉。

「嗯，白紙黑字說好的。所以我才會收了錢。有了那筆錢，我才能開自己的店，也才能養育佑樹。不過，大概過了三年左右，平岩先生來過店裡。我剛好不在……。聽說平岩先生坐在店裡一角的椅子等了二十分鐘左右，在自己的名片背面寫下『看來生意興隆，真是太好了。我放心了』，交給店裡的人就離開了。建議我把店開在新商業區的是平岩先生，『Cut Salon Bob』也是平岩先生取的名。我想，他是為了親眼看看髮廊能不能經營下去，才特地大老遠跑來富山。」

雪子這才知道原來店名是平岩壯吉取的，便停下腳步問：

「Bob是平岩先生取的？」

「嗯。他說我想的店名都太刻意了，他不贊成。他想了一下，說『Bob』怎麼樣。又說，女性有一種髮型就叫鮑伯頭，他記得有個時期，因為奧黛麗．赫本在《羅馬假期》這部電影裡剪了鮑伯頭，年輕女子全都跟風。店名最好是兩個字或三個字，這樣人人都可以馬上記住，所以他認為『Cut Salon Bob』很好，問我意下如何。」

「用他那張一點笑容也沒有又可怕的臉說『Bob』……」

雪子驚訝的說，讓海步子笑著回：

「我說，那我就取這個名字，很佩服他這麼快就能想出名字，結果他說，『那是我家小狗的名字，我老婆當小孩來養』……。平岩先生那時的表情好逗趣，我頭一次在平岩先生面前笑出來。」

說完，瞇起眼仰望天空。

雪子想起自己十四年前也以證人的身分，與她待在一個飯店房間裡並肩而坐的緊張回憶。

我沒想過要賀川家一分錢。賀川直樹不知道夏目海步子這個女人肚子裡有自己的孩子就死了。當然，直樹的妻兒也永遠都不應該知道。我決定要生下孩子，並不是因為我想藉此向賀川家要錢。是我自己下定決心，要生下直樹的孩子，扶養他長大成人。我要守住直樹這個祕密，尤其對他的妻子絕對保密。無論我自己如何，我都不願讓直樹的妻子傷心難過。

海步子這樣堅持，是雪子的母親說服她，這件事最好讓平岩壯吉知道。

那時候，海步子已懷胎六月，墮不了胎。

海步子在她懷孕五個月左右才告訴雪子，也就是特意等到不能墮胎才說。

雪子的母親打電話給平岩，說有件事無論如何都非談不可，約好時間便獨自去東京。

平岩從她電話裡的語氣感覺此事非同小可，便安排神樂坂一家小型餐廳的二樓包廂。

不可思議的是，平岩從來沒有問過那是否真為賀川直樹的孩子。平岩說，請給我兩、三天想想該怎麼做最好，在包廂裡端坐，深深行禮。雪子的母親頓時理解其中意味，只說了海步子有美髮師執照，在京都一流的髮廊累積了豐富的經驗，便自餐廳告辭，當天就回京都。

兩天後平岩來電說，他認為等海步子小姐生產完、能工作了，開一家自己的髮廊對她未來生計是最好的選擇，問她們意下如何。

但是，在那之前還有一點時間，所以他會先提供一千萬圓作為生產和生活的費用。另外再準備開設髮廊所需的一千萬圓，不過準備這些錢他必須先做一些安排，希望給他時間。

下週，他會請律師陪同出席，支付前期這一千萬圓，屆時，請海步子小姐在切結書上簽名蓋章。

切結書的書面聲明寫道，將來不對任何人透露她與賀川直樹的關係，若透露了，將歸還所收受的金錢。

律師雖說只有這樣的內容令人不安，但我認為這份切結書就足夠了，您認為呢？

雪子的母親將平岩這份提案轉達給海步子，而海步子應允了。

五天後，在平岩壯吉安排的京都一家飯店的小會議室裡，海步子收下一千萬圓，並在切結書上簽名蓋章。

「您，和您的家人只要有人洩露都一樣。」

聽律師這麼說，雪子氣得發抖，但聽到難得露出笑容的平岩壯吉對海步子說了一句溫柔的話，平息了怒氣。

「但願你能生下一名健康的好孩子。」

海步子在京都生下佑樹，從他三歲左右起，著手準備開設自己的髮廊。

決定將店開在富山市內後，海步子退掉京都的公寓，回到滑川已閒置好幾年的老家。

白天，將佑樹託給入善町的姊姊，開始找尋店面的同時，通知平岩壯吉這件事。

於是，平岩單獨來到富山，將另外一千萬交給海步子，和她一起看了幾個開店的候選地點。

原來，「Cut Salon Bob」的店名就是當初他幫忙取的啊。太太當親生小孩疼愛的狗狗的名字……。

雪子覺得太好笑，好想看看那隻叫鮑伯的狗。但，都過了十一年，也不知道鮑伯是不是還活著……。

想到這裡，雪子問海步子：

「平岩家的鮑伯是什麼品種的狗？」

「好像是不知道爸媽是誰的米克斯犬。平岩太太聽到被雨淋濕的小狗在鄰居屋簷下哭，撿回來的。」

海步子也笑著說。

味噌湯多半已經做好，餓著肚子的佑樹一定正坐在星鰻棒壽司前面等吧。

雪子這麼說，準備從偌大的老宅前折返。

這時，海步子滿心懷念地說，對於雪子姊母親當時的當機力斷和行動力，她的擔心遠遠大於驚訝。

「就是啊，我也是，簡直嚇壞了。我媽每次都被客人笑說，打開『小松』的格子門，第一眼看到的便是『活像垂眼招財貓在笑』的老闆娘。我永遠不會忘記，像她這樣一個人，那天穿上她最好的和服，獨自搭新幹線，直闖平岩先生指定的那家神樂坂餐廳。我媽以前只是個烏龍麵店的老闆娘。雖然在宮川町的花街開了『小松』這家茶屋風格酒吧，卻不是擅長處理客人、藝伎、男女之事的老狐狸。真要說起來，她對那類事情還特別生疏呢。在我媽回到京都之前，我擔心得胃都痛了。」

「我也是。」

海步子這麼說著，朝家裡走，這時，雪子忍不住對她說，前些日子茂茂來過「小松」。

明明決定不提卻不小心說出口，雪子很後悔，正想改變話題。

「茂茂？北田茂生先生？直樹很喜歡茂茂呢。在滑川車站去世的前一晚，還說茂茂的公司好像很危險，非常擔心。既然他去了『小松』，可見已經復活了吧。」

海步子這麼說，雪子只好延續著話題。

茂茂是來歸還十五年前沒付的帳款，但其實好像是想打聽賀川直樹的事。因為，茂茂和當年跟他很要好的公關小姐在富山市內見面時，才得知賀川直樹的死訊。在知道和前公關小姐一道來富山的女子就是賀川直樹的次女時，他更是驚訝不已。

這樣解釋後，雪子又繼續說明，祇園的前公關小姐為何會認識賀川直樹的次女。

「咦，克拉拉社的編輯？是不是茂茂喊她作『多美』的那位公關小姐？她當時還是大學生呢。」

「嗯。賀川先生的千金是童畫作家，在克拉拉社出了好幾本繪本。筆名是本名賀川真帆的平假名──『かがわまほ』。」

海步子停下來，無言注視雪子。見她嘴唇微微顫抖，雖不知原因何在，雪子仍暗怪自己嘴巴不牢靠。

寧靜的舊北陸街道滿是明亮的秋陽，遠處連綿起伏的立山連峰鮮明得猶如明信片上的照片。近處，富山灣的海潮聲以規律的間隔作響。

雪子認為，都是這宿場町的寂靜，立山連峰清澄的威儀，和近在呎尺的海潮聲，害自己不小心多嘴。

海步子仍雙手掩著嘴，注視著雪子。

「名叫かがわまほ的繪本作家？真的嗎？」

問的同時，眼中已蓄滿淚水。

「怎麼了？」

雪子驟然心生不安，抓著海步子的手肘，轉進海那一側的小巷。兩人都是空手出門沒帶手帕。

要是這樣回家，大家看到海步子的臉一定會驚疑不定……。雪子會如此擔心，是因為海步子的眼淚已從臉頰滑到下巴滴落。

看來海步子也認為不能就這樣回家，只見她穿過一整排栽種了好幾種觀葉植物和秋花的巷子，走到高高的堤防前，爬上架在那裡的梯子。

雪子心想，不知自己爬不爬得上去，還在猶豫時，海步子便朝她伸出了手。

總算在堤防上坐下，潮界線的動態就連極少看見大海的雪子也能識別。

「好高的堤防啊。不蓋這麼高，海浪就會打到房子嗎？」

雪子問。

「富山灣沿岸，尤其是縣的東部，會有一種叫迴轉浪的大浪。」

這樣告訴雪子之後，海步子說，佑樹從快四歲到小二這段期間，她一直都有買克拉拉社出版的「かがわまほ」所畫的《温柔的家》這系列繪本給他，一本都沒漏。

佑樹喜歡かがわまほ老師的《温柔的家》，由衷期待著新的一集出版。

大多數的男孩上了小學就進入流行的漫畫世界，不再看幼兒的繪本，但佑樹一直到小學二年級都還是《温柔的家》的書迷。

這一系列以十集告終，至今佑樹仍珍重地收藏在自己的書架上。

佑樹進了幼稚園不久，就學會寫大部分的平假名。他會看著不知已經翻了多少遍的かがわまほ老師的《温柔的家》，在只屬於自己的幻想世界裡玩耍，所以我就建議他寫信給老師，跟他說寄到出版社的話，老師應該會收到。

佑樹嚷著說要寫要寫，握著短短的鉛筆，在我買回來的信紙上寫信。

一開始，文句幾乎都是我幫他想的，但他好像不滿意，從晚上八點寫到快十點，一手拿著橡皮擦寫了又擦、寫了又擦……。

好不容易寫好的信，實在很有意思，我到現在還記得。

——かがわまほ老師，你好。我是夏目佑樹。幼稚園。五歲。我好喜歡かがわまほ老師的畫。我好喜歡温柔的家。你喜歡我嗎？かがわまほ老師，請你喜歡我。——

那時，他很努力才勉强寫得出平假名，所以每個字大小不一，信紙也因為被橡皮擦擦過好幾次，擦出了破洞，光寫這些字就用掉五張信紙。一方面也是因為他還不懂得把字寫小。

我把那五張信紙裝進信封，收件地址和寄件人的姓名由我代他寫，然後丟進郵筒寄出去。

海步子說到一半，雪子就覺得全身起了雞皮疙瘩。看到自己的眼淚落在鐵鏽色的水泥防波堤上。

「過了兩週左右，收到回信，是かがわまほ老師寄來的。」

「咦咦！她回信了？」

「嗯，親筆信，字很工整。在信上空白的地方，還用很細的筆畫了彩色的

《温柔的家》裡的人物。信的最後，用平假名寫了『我好喜歡佑樹小弟』……」

雪子覺得所謂的語言文字全都從自己的腦漿裡消失，只是默默一直將視線投向遠方的海上。

富山灣的海面上出現與海同色的、兩根角一般的東西。那到底是什麼呢？正想著是不是突然發生所謂迴轉浪這可怕的東西。

「收到かがわまほ老師的信，佑樹高興極了。那天晚上太興奮，要哄他睡著哄得我好累。」

海步子說，露出柔和的笑容，往海上的兩根角看。

兩人沉默了一陣子，兩根角越變越大，海步子提了住在這附近的漁夫的名字，說：

「他們是兄弟。兄弟船。哥哥和我是高中同學。」

哦，原來是兩艘漁船要回港啊。雪子這麼想著，注視著怪獸的角一般的東西逐漸變形為小帆船。

兩艘漁船略微改變行進方向，朝港那邊駛去時，帆消失了，白色漁船的小駕駛艙裡，男子的身影意外清晰。

原來是那間駕駛艙讓我誤認是帆船的帆啊。海浪聲明明很大，看起來卻那麼平穩。啊啊，好幸福。來滑川真好。

雪子在內心如此低語。然後明白，包圍著自己的幸福感，是由かがわまほ老師寄給佑樹的信所帶來。

街道那邊傳來脇田千春的聲音。

「大家都在等呢。」

「抱歉，不小心就聊開了。」

海步子回頭說，率先下了防波堤，然後幫雪子爬下來。

「我剛才不是說我忙著準備開髮廊時，把佑樹託給入善町的脇田家嗎？那時候千春大概九歲還十歲吧。一放學回來，千春就會陪佑樹玩。帶他上廁所、幫他洗澡。那時候，佑樹等於是千春在帶的。」

說著，海步子走向千春正在等的街道。然後，看著千春小跑步回海步子家的背影，說：

「佑樹有生以來寫的第一封信，是寄給繪本作家『かがわまほ老師』。佑樹有生以來收到第一封寫給自己的信，寄件人是『かがわまほ』。……怎麼會這樣呢。」

喃喃說著，停下腳步雙手蓋臉，又哭了。

「再哭，進不了家門喔。」

說歸說，雪子也控制不住眼淚。

正晃喝了三瓶罐裝啤酒，各吃了三片星鰻和鯖魚棒壽司，上二樓面海的房間午睡去了。

兩種棒壽司各解決一條，喝了兩碗茗荷味噌湯後，佑樹拿著封面印有「夏目佑樹考取京都大學合格企畫書」的冊子跟在他口中的「大個子姨丈」上樓，躺在旁邊，就這樣睡著了。

不知從何時起，佑樹就喊甲本正晃「大個子姨丈」。

雪子看千春在廚房洗碗，便喝著熱茶，小聲問海步子「かがわまほ」的回信還在不在。

「應該小心保存在二樓那孩子的房間裡。我猜，應該是書桌右邊抽屜最下面的地方吧。他在那裡藏了很多寶貝。」

海步子露出笑容說。

「十四歲男孩的書桌抽屜裡，應該有母親看了會昏倒的東西。不過，要是頭一次來滑川玩的雪子阿姨問他，能不能看かがわまほ老師寫給他的信，佑樹一定會覺得奇怪吧。而且都十年前的事了……」

聽雪子這麼說，海步子回答她會想個不讓佑樹起疑的理由，晚上讓佑樹把信拿出來，然後看了人在廚房的千春。

接著壓低聲音說：

「千春一個月之前還在東京上班呢，在西新宿一家建設機械租賃公司。」

千春有一個哥哥，一個弟弟和一個妹妹。

父親去世之後，千春的哥哥跟隨父親的腳步當了兩年的兼業農家，一面在採砂公司上班，一面在六十公畝的田地種米。

但是，家裡正值青壯的男丁只有一人，加上母親健康出問題，難以管理六十畝的田地。

正好在這時候，附近農家來問能不能租下他們家的田地，儘管租金不多，還夠付固定資產稅。

房子、土地、田地都是祖先代代傳下來，不必付房租。國家因調整米價而訂的規定，只會讓不滿年年升高。

不如乾脆別種米，專心當採砂公司的會計。

千春的哥哥這樣判斷，將六十畝的田地租給附近的農家。

千春透過採砂公司的社長介紹，去東京的建設機械租賃公司上班時，母親與嫂嫂多年的不睦已陷入僵局。

雖是常見的婆媳問題，但畢竟清官難斷家務事。

解決的辦法就是自己一家搬出去。為了自己的母親和妻子而處處小心、煩惱的日子，他已經受夠了。

脇田家的長男就這樣下定決心，跑到富山市內找新的工作。

富山這個地方，因地緣關係，人民非常團結。

岩瀨濱附近的富岩運河東邊，住著一位入善町出身的威權人士，脇田家的長男在該人介紹下，錄取一家特殊金屬加工公司的會計部門。當時千春在東京工作約半年。

千春雖然沒有向家裡任何人提過，但東京的生活令她感到痛苦。也就是，千春對東京這個地方水土不服。

千春是個極會忍耐的女孩，她也曾努力適應東京的生活，但漸漸地她得了嚴重的思鄉病，假日一步也不離開三坪的小房間。

公司裡雖然有她會怕的人、有點壞心眼的人，但她不是個輕易氣餒的女孩。工作上手了，也結交了要好的同事。可是，每當要去公司上班時，她從房間踏出第一步就覺得呼吸困難，臉色發青。一想起故鄉入善町那廣大田園地帶的風景就掉眼淚。

今年夏天，千春打電話來向我說了這些。

我叫她立刻回富山。因為我認為再這樣下去，很可能會發生什麼無法挽回的憾事。

自小，千春就從來不耍任性，也從不會堅持自己的主張。

這樣的千春沒有向母親或哥哥求助，而是來找海步子阿姨。她在東京一個人的生活已經讓她的精神狀態逼近極限。

以她的個性，首先一定是覺得對不起為她介紹工作的人、僱用她的公司，不敢說要辭職。

就算回了富山，也不能遊手好閒。話雖如此，又無法保證可以立刻找到工作。但再這樣下去，精神一定會出問題。

千春這樣思索著，實在走投無路，才決定打電話給海步子阿姨。

在富山找工作的事，回來再想。要是找不到，就到「Cut Salon Bob」幫忙。我店裡現在也需要一個專門處理會計、安排客人預約和其他瑣碎業務的員工。這些工作我可以安心交給千春。總之，你盡快回來。

聽了我的話，千春在電話裡的聲音才開朗起來。

掛了電話，我等到晚上才和千春的哥哥聯絡。

他搬出入善町的家，和妻兒住在岩瀨濱的富岩運河東邊新建的出租公寓。

「她不適合一個人住東京。我最擔心就是這一點。」

千春的哥哥這麼說，隔兩天的星期日，他會去一趟東京。接著說，回富山的工作有眉目了。自己之前服務的那家採砂公司，有個工作多年的女職員因為生產要離職，正在找接任的人。

最好能長期工作又是在地人，但採砂這一行全都是男人，辦公室附近又有好幾座粉碎機和大型輸送帶不停運作。砂石車也頻繁出入。員工當中很多人態度差、說話又粗魯。所以，新進的年輕女同事還沒適應工作就會辭職……。

辦公室和工地就在入善町的黑部川旁邊。距離脇田家開車十分鐘，騎腳踏車不到三十分鐘。

儘管如此，如果是千春，應該不會對碎石機揚起的沙塵叫苦。最重要的是，每天都可以就近看到千春最愛的黑部川清流。

千春的哥哥這樣想著，在去東京之前，他先拜訪了採砂公司的社長，並向他說明原由，拜託社長能不能僱用千春。

社長說先來面試再談，但其實也沒什麼好面試的，社長以前就認識千春，建設機械租賃公司的工作就是由他介紹。

也許是擔心透過自己推薦去上班的女職員，辭職回鄉之後馬上又聘用，會讓那家租賃公司感到不舒服。

千春搭九月一日的高速巴士夜車，第二天回到入善町的家。

兩天後接受採砂公司的社長和總務部長的面試，當場就被錄取。

「田山土石」——一家總共有十名正職員、兩名兼職員工的公司。

趁海步子說話時，千春走出廚房旁的後門，騎著腳踏車不知道到哪裡去。

海步子說，大概是去買烤肉用的木炭，上了二樓，卻又躡手躡腳下來。

「他們兩個都睡得好熟，昏睡那種。那個房間面後方，等會兒一直到太陽下山都會西曬。我自己可以把佑樹移到靠隔壁街道旁邊的房間，可是正晃哥就算我們兩個合力也拖不動。雪子姊，你老公怎麼長那麼大隻？真的是『大個子姨丈』。」

「他的大個子，對他的人生一點幫助都沒有。」

聽雪子這麼說，海步子放聲笑了。

海步子姊姊的婆家，也就是千春出生長大的家，佑樹在媽媽於富山市內工作期間待過的田園裡的家……。

似乎是典型的富山東部以種稻維生的農家，真想去看看。我也買了京都的和菓子準備要送給海步子的姊姊。之前一直沒見過她。從這裡到入善町會很遠嗎……。

雪子說起這些，海步子便看看擺在電視機上的座鐘，說道：

「那，我們現在就去吧。回來的時候去生地的魚市場買魚。烤肉只有肉和菜，你們大老遠跑到滑川沒吃魚豈不可惜？那裡什麼魚都有。還有雪子姊沒見過的魚呢。」

說著，從肩背包裡拿出便條紙和原子筆。

我們去一下入善町的脇田家。順便去生地的魚市場挑一些魚回來。七點開始烤肉。

海步子在便條紙上草草寫下這些，留在餐桌上。

走到停車場，啓動小型車的引擎之後，海步子想了一會兒，然後對雪子微微一笑，問道：

「要不要去滑川站看看？」

脇田家比北陸高速公路更靠山，從滑川過去如果走高速公路比較快，但既然都來滑川，看看舊北陸街道的老街，慢慢沿海而行比較有趣——海步子這樣提議。

滑川站……。對啊，就在這附近。佑樹父親去世的地方。他騎海步子的腳踏車到車站，把車停在車站旁的停車場，走向車站的收票口……。

雪子其實不太想看滑川站的收票口，卻脫口說：

「嗯，去緬懷一下賀川直樹先生吧。」

從街道往滑川漁港走一小段，便來到通往車站的大路。從那條路往山那邊走就是車站。一個別緻的紅磚色車站。

車站西側有一座帶頂棚的腳踏車停車場，停車場斜對面就是派出所。

海步子說，再往西一點還有超市、小吃店和市立圖書館，將小型車停在候客的計程車後方，走進車站建築。

雪子心想，看來海步子已經放下遙遠的過去，也跟在後面走到收票口前。

「每次來這裡，心就會猛跳。」

海步子這麼說，手輕按胸口。

我想在滑川站，賀川先生倒下的地方，靜靜默禱——雪子心頭浮現茂茂這番話，微微低頭閉上眼睛。

茂茂說他自己也想騎一趟他建議賀川真帆和克拉拉社編輯的路線，而今天正是適合騎車的好天氣，而且是假日。

一這麼想，雪子就覺得會在滑川的某處和茂茂不期而遇，便很想趕快離開車站。

雪子說我們走吧，從車站朝小型車走，海步子對她說，回程再去魚市場，我們先去入善町的脇田家吧。先把事情辦完，再慢慢逛魚市場買東西，或是欣賞海邊風景，比較從容。

雪子沒有其他異議。說要辦的事，也只是去向未曾謀面的海步子的姊姊打聲招呼，送上京菓子而已，但把非做不可的事先做完總是比較好。

這樣的話，我們走北陸高速公路，從滑川交流道上去，入善交流道下來——海步子說，駛過車站西邊的平交道。

北陸高速公路上，連同立山連峰在內的北阿爾卑斯群山一覽無遺。海步子說，一年之中也只有寥寥幾天能看到如此壯觀的景象。

車子下了入善交流道，海步子先走通往山那邊的路，然後駛入細細的田間道路。田園裡有好幾條田間道路。不是京都那種棋盤方格狀，而是蜘蛛網一般，遍布在彷彿無邊無際的田園地帶中的每一個角落。

田裡已經沒有稻穗了。稻子在九月中旬便收成。

「這一帶的農家都好大喔。瓦片屋頂很氣派，建築結構也很紮實。鄰居也不是在隔壁，都離得好遠呀。要是缺個醬油想去借，也太遠了。」

雪子的話讓海步子笑了，她說：

「可是，這一帶的農家差不多都這麼大喔。」

不過，富山的田園地帶的特徵——屋敷林，最近新種的農家變少了。

「以前一生孩子，就會在家四周種樹。是為了防風、防雪沒錯，不過等孩子長大，便砍掉那些樹，用來做各種東西。家具啦，箱籠啦，和式桌啦。房子在廣大的田園裡分得那麼開，都沒有東西可以擋風不是嗎？這些樹確實可以擋風擋雪，但收拾落葉枯枝可累了。就算男丁多的人家，要把家裡土地上的樹枝整理乾淨也得花個三、四天。像脇田家現在沒有男丁，根本沒辦法。千春的弟弟才高中，要他在假日拿耙子掃把掃枝葉，他才不幹呢。所以，最後都是千春在做。」

海步子這樣說明，然後把車停在田間道路上，指指前方。

這裡還看不見，不過這條田間道路一直走，就會出現一座紅色的橋——愛本橋。

賀川直樹在結婚前不久，還在一家大型鎖鍊製造商當技術員時，曾因公造訪黑部市，那時由客戶開車帶他去逛魚津港和入善漁港。還從入善町一個叫舟見的宿場町去了愛本橋。

直樹在夜晚的愛本橋上看到了美景如同梵谷的《星夜》。

多年後，在宮川町的「小松」初次見面時，他一知道我是滑川人，就問我有沒有去過「愛本橋」。

我去過很多次。姊姊嫁到入善町的農家，從那裡騎腳踏車到愛本橋大約三十分鐘。愛本橋被一九六九年的豪雨沖走，後來又在原址下游五十公尺的地方蓋了新橋。

賀川先生看到的，應該是那座新橋。

我這樣回答後，直樹就說，真想再次站在夜晚的愛本橋上，再遇見當時的梵谷《星夜》，但若不是各種條件都齊全，恐怕同樣的情景不會再出現。

在那之前，我沒看過梵谷的《星夜》這幅畫。幾天之後，我有事去大阪，便去梅田一家大書店找了梵谷的畫冊，才第一次見到《星夜》……。

海步子說完，向雪子靦腆一笑，發動小型車，很快便在田間道路左轉，經過一戶屋敷林特別高的大型農家時，說：

「脇田家那六十畝的田，就是租給這戶人家。」

進入縣道，又轉進另一條田間道路，右邊就是一戶有著長長圍牆的農家。那是兩層樓的老宅，圍牆與玄關之間還建了水池。

「到了。」

海步子說，將車停在水池旁。海步子的姊姊從玄關出來說：

「歡迎歡迎，遠道而來辛苦了。」

帶著笑容行禮。

聽說她這幾年身體不好，但看她臉色紅潤，氣色挺好的呀——雪子這麼想著，下了車，向她行禮說了些初見面寒暄的話。

富山人與其他縣民說話時會說標準語。現年六十歲以上的人無法切換自如，但富山腔的語調和標準語一樣，所以去了東京很快就能掌握東京的語言。關西腔就難了，因為語調截然不同。

雖然以前就曾聽海步子這樣解釋過，但當雪子聽到海步子的姊姊說：

「妹妹一直深受照顧，我卻一次都沒有去問候過……。請進、請進。」

不禁莫名佩服，覺得果真如此。

從寬闊的玄關台階來到走廊，雪子對柱子之粗大吃一驚，仰望她們被領進去的房間那高高的天花板。

裸裎在外的樑柱也很粗，看得出來用的是樹齡百年以上的木材。柱子和天花板都上了漆，與旁邊和後面房間之間的紙門並未裝上，所以雖然還不到旅館大宴客廳那麼誇張，卻也足以讓人手足無措，不知該坐哪裡才好。

最後面的房間有一座大佛壇，旁邊靠近天花板的地方，掛著應該是脇田家曾祖父母、祖父母，以及海步子姊夫的遺照。

雪子在海步子姊姊相勸下，坐在沙發上，沙發後是一座大書架，井然有序地收放了百科全書、畫冊、鄉土誌等書籍。

這高高的天花板上頭還有二樓呢。究竟有幾個房間啊？

走廊深處似乎是廚房兼餐廳，旁邊好像也是個相當大的房間。佛壇所在的房間左右也有房間。

雪子問坐在一旁的海步子，全部一共有幾個房間。

海步子扳手指數了數回答：

「十個吧。加上廚房就十一個。」

以漆器餐盤端了裝在茶杯裡的熱茶進房後，海步子的姊姊並沒有坐在沙發上，而是在鋪了地毯的地板上端正跪坐，再次為甲本家照顧海步子的種種而誠摯道謝。雖然沒有明白說出來，但雪子感覺得到，她指的包含很多賀川直樹死後之事。

「兩年沒見，佑樹就長大好多，我好驚訝。」

雪子說。

「最慶幸的是他成了一個人見人愛的孩子。」

這樣說完，海步子的姊姊拿著雪子送的糕點，供在佛前，笑說這個房間本來可以清楚眺望立山連峰，但亡夫太過講究的餘興壞了事，現在要踮起腳才看得到。

雪子不明白她的意思，便走到大佛壇旁，從那裡看庭院。

只見水池四周種了各種植栽，但雪子也看得出那不是出自園藝師傅之手。樹木還小的時期，多半是想以聳立於牆後遠方的立山連峰為借景，花了不少心力構思燈籠和植栽的配置，但等樹長大了，不要說燈籠，連遠方的立山連峰都被隱蔽，裝飾在庭院一角石頭上的假鶴，也蒙上髒污變成灰色，看來像是被丟棄的不可燃垃圾。

「這個院子，是您先生自己做的？」

雪子這樣問。

「他坐在那邊的一坪半小隔間裡，一直看著立山連峰，畫了一張又一張的設計圖，花了好幾年自己打造。沒把樹長大以後的事考慮進去。」

海步子的姊姊笑著說。

「那是什麼？」

雪子指著水池與圍牆之間的一塊大石頭問。庭石上放著其他石頭，形狀像水管切片，中間有洞。

「在緣廊躺下來，立山連峰最高的地方剛好會落在那個洞裡。可是何必特地從洞裡看呢……」

「那隻鶴呢？」

「哦，那個只要打開馬達，水就會從長長的鳥嘴噴出來。說不用給院子灑水，鶴就會幫忙灑了。可是，一下子就壞掉，成了個普通的擺設。」

「不過，一個人要打造出這麼大一座庭院也不容易呀。要是您先生還在，一定會勤於修剪樹木，變成一座讓立山連峰看起來更美的庭院。」

「他還在的時候就死心不修剪了。每次坐在緣廊就説，真是失敗的設計。」

海步子以食指點點自己的錶。

雪子回到沙發上，喝著茶，再次眺望粗大的樑柱和高高的天花板。千春在這麼大的家成長，難怪她的心會被東京的生活折磨得疲憊不堪。一個人住在三坪大的公寓小套房裡，擠滿乘客的電車，在充滿巨大的噪音和無謂的光亮的東京工作，只怕我也會崩潰……。

雪子這麼想著，問海步子：

「冬天一定很冷吧。只開煤油暖爐的話，屋裡也不夠暖吧？」

「以前，這裡砌了地爐。」

説著，海步子指指茶几底下。同樣是入善町，海邊與山邊的氣温不同，雪量也不可相提並論。現在雪雖然變少，但脇田家這邊算是黑部峽谷的山腳，常常富山市内沒下雪，這裡卻在下。

海步子這樣説明，然後説：

「姊，我們先走了。千春還在等我們呢。」

説完站起來。

「我姊很愛講話。和剛認識的人一開始話很少，可是話匣子一開就會停不下來。」

告別脇田家，從另一條田間道路駛向海邊時，海步子這麼說。

四點半了，割完稻過了二十天的稻田卻像被秋天的太陽烘烤著，每一個角落都逃不過。

雪子一直以為割完稻之後有一段期間，田地裡會架起木頭，曬割好的稻子，但到處都沒見到那樣的光景。雪子問了海步子。

「哦，曬米架啊。現在幾乎沒有農家會曬稻子了。大家都用烘稻機。不過有些農家會把自己要吃的拿去曬。」

「為什麼？」

「因為還是曬過的比較好吃呀。」

「哦，那就是說，好吃的米自己吃，不好吃的給我們吃？怎麼可以這麼不公平！」

海步子笑著說：

「那是種稻農家的好處嘛。一點點額外的好處。」

邊說邊放慢車子的速度。放學的國中生在田間道路上騎著腳踏車，成群結隊地往海那邊騎。

太陽光開始略帶紅色。

海步子從田間道路轉進縣道，讓小型車駛往黑部川，稍微回到山那邊。

在來到一座名為新川黑部橋的橋畔河堤二十公尺處停了車，說：

「那就是愛本橋。」

朝河的上游看。遠遠的有一座紅色拱形的橋。

在山突然變為平原之處有一道小紅弧……。隱藏在濃綠圍繞、湍急水路深處的小紅點……。

啊啊，我也覺得那座橋很美。簡直就像剛從舞伎升為藝伎的「文彌」。再也不會有性感得如此清純的藝伎了吧。一小顆極品紅寶石在緊緊包裹的綠色和服中透出一絲嬌豔，若隱若現。她就是這樣一名藝伎吧。

為什麼會想起去年春天去世的「文彌」呢，雪子邊想邊望著看過去只有五公分長的愛本橋。

海步子說，更下游的另一座橋上也看得見，但從那裡看見的愛本橋只是一個紅點。

「我剛剛突然想起了文彌……。為什麼呢？看了橋卻想起人，連我自己都覺得奇怪。」

啊啊，海步子低呼一聲，下了車，走上黑部川的堤防。雪子也跟著過去。每當河畔青鬱的樹木搖曳，紅色的橋便時隱時現。

「對我來說，她是個難忘的藝伎。比我還小七歲……。竟然三十九歲就死了……。有一次，文彌姐兒有點醉了，在『小松』吹奏笛子。在那幾天前，我才剛知道自己懷孕。我去白川通的婦產科就診，醫生說絕對錯不了……。可是那時候我沒有告訴任何人，因為我決定要生。那天，文彌姐兒陪著一名富豪小開來『小松』。就是被一大群狗腿簇擁著，聲勢驚人的那個人。」

聽了海步子的描述，「哦，那個人啊」雪子想起長相，卻想不起那位小開的名字。

他被那些狗腿拱著投資國外休閒度假產業，背了天大的債務，五年前上吊死了。

「那天，雪子姊重感冒休息。」

海步子在這裡暫停了話題，說還是想讓你從下面那座橋看愛本橋，便催著雪子回到車上。

從黑部川東邊的入善町的田間道路往下游走，有一座整頓得很漂亮的公園。駛入東西向切過那座大公園的路，海步子在橋中央停了車，說要從這裡才看得見愛本橋。因為河兩岸茂密的樹木會擋住愛本橋。

從剛才那座橋上遠望的愛本橋，看得出橋的形狀，但此刻雪子看到的是個小小的紅點。

「喏？就是文彌姐兒吧？」

海步子笑著說，朝照後鏡看。雪子心想，這條路看來常有大型車經過，要是後面有砂石車過來，她們就得移車過橋，否則會把路塞住……。

但，雪子也明白了，這座橋就只有現在停車的地方才看得到愛本橋。真的呢。正是被安排了宴席工作的文彌，邊顧慮著其他「地方」，邊吹笛子的風情……。

雪子這麼想。

「地方」的主要工作，是在席上演奏三味線、笛子、太鼓，為藝伎和舞伎的舞蹈伴奏。有時也會應客人要求，在沒有舞蹈的情況下獨奏。

藝伎過了一定的年齡，若還想繼續在花街工作，便會磨練技藝轉行為「地方」，改換到襯托藝伎和舞伎的那一邊。

對這樣的地方和囃子方而言，文彌的笛子等於搶了自己的工作。但是，若客人強烈要求聽文彌吹笛子，地方的女樂手們也只能藏起自己的心思，聆聽文彌吹笛，在樂曲結束時笑著鼓掌。

「長谷川」的老闆娘為此很擔心，便命令文彌捨棄笛子。要是不願意，就答應我，無論什麼客人要求，都不會在宴席上吹笛。一名跳舞的藝伎在席間與「地方」為敵算什麼呢？

然而，文彌一不吹笛，想盡辦法要她演奏的客人反而變多了。於是，她在身為超一流藝伎的同時，笛藝也變得越來越知名。

因為不在席間吹笛，反而使她身為竹笛演奏者的名聲越來越響亮，那時文彌的美，令雪子非常難忘。

「無論是祇園、先斗町、上七軒還是宮川町，都不會再有像文彌姐兒那樣的藝伎了。」

海步子說。為了讓路給後方來的砂石車，她將自己的小型車開過橋，直接駛入黑部市那邊的路，朝海而行。

「那天晚上在『小松』聽到的曲子不知道叫什麼。實在太美了，我聽到一半就熱淚盈眶，想問曲名卻沒問成。」

說完，海步子默默地開了一陣子的車。

從北陸高速公路下方鑽過，駛過新興住宅區旁，過了北陸本線的平交道時，海步子說：

「文彌姐兒知道我和賀川直樹的事。」

花街的世界很小。有人以「餘光如劍」形容花街人獨有的眼光。明明是看著前方，卻能看出右邊誰和誰關係匪淺，左邊誰和誰正針鋒相對。「那兩個人差不多快結束了」的直覺也從不失準。

雪子這麼想，便說察覺海步子和賀川直樹兩人之間的事，恐怕不止文彌一個人。

「嗯，是啊。可是，我想文彌姐兒也知道佑樹是賀川直樹的孩子。」

海步子這句話令人吃驚，雪子問道：

「怎麼會？文彌見過佑樹？」

「嗯，只見過一次。佑樹一歲半的時候。」

然後，海步子說了東山區一座有名的寺廟，當她在那附近路上推著佑樹的嬰兒車時，被穿著喪服的文彌姐兒叫住。

文彌姐兒剛去參加她舞伎時代以來的茶道老師的葬禮。其他要好的藝伎都搭計程車回去了，自己想在這附近走走。文彌姐兒這麼說，問我要不要一起去附近一家老甜品鋪。說那裡的奶油蜜豆，這麼小的孩子應該也愛吃。

那時，我因為「Cuthouse Clip」開店以來的老客人在南禪寺附近新居落成，前往送禮後，正在回程的路上。那位客人很愛說話，再加上平日無聊，要是我一個人去，她會留我至少聊上一個鐘頭，所以我才帶佑樹去。

我料定若帶著年幼的孩子，她一定不會强留，果然，我在玄關聊聊就順利告辭了。

因為身旁帶著佑樹，我不是很想去，卻又無法拒絕文彌的邀約，所以我們在豪宅林立的路上向北走，進了通往東山的一條寧靜小路。那裡有一家老甜品鋪，就在圓山公園南邊。

前來參加葬禮的人很多，上香排了好久，站累了。文彌姐兒這麼說。

「這孩子好乖呀。」

她讚歎地看著佑樹。

我對外都宣稱孩子的父親住在富山，孩子出生前就病死了，所以文彌姐兒也知道。

「弟弟叫什麼名字？」

文彌姐兒對著明知道還不會回答的佑樹問。

我代答說叫夏目佑樹，在杯墊上寫了四個字的漢字。

之後，我們閒聊了二十分鐘，佑樹卻哭了起來，我們便從店裡離開。

文彌姐兒邀我一起搭計程車，但我想幫佑樹換尿布，便老實跟她說。因為我看到從店裡往東山方向的路上有個像公園的地方。

文彌姐兒便笑著說：

「那，阿姨就先走了。直樹小弟，再見喔。」

輕輕摸摸佑樹的臉便走了。

我當場杵在那裡，直到再也看不見文彌姐兒一身黑和服的背影。

我只知道她不是故意叫錯的，也知道文彌姐兒並沒有發現自己把「佑樹」說成了「直樹」……。

實在很像文彌會做的事。在楚楚動人的風貌身段之下，隱約可見她天生的好強和調皮，有時會意外說出很離譜的話。好比在被安排了工作的宴席，不經意地脫口說出京都花街犯忌的話。而客人就愛這樣的藝伎文彌。

雪子心裡這樣想，但在前往黑部漁港的車上，一直默默無語。

魚市場之後就是黑部漁港。

在停車場停好車，海步子低聲說：

「文彌姐兒很喜歡笛子。沒有理由。就是喜歡，想學更多的名曲，想自己吹奏。她在東山區那家甜品鋪也是這麼說的，說她自己也不明白為什麼會如此深受笛子吸引。」

她邊說邊望著豎立在不算大的魚市場前的好幾座立旗。

旗子上染繪著魚和波浪的圖案，從雪子所在之處，可以看見被防波堤包圍的黑部漁港左半部。

為什麼我又想起文彌這名藝伎呢？雪子坐在車子的副駕駛座想。

還在上幼稚園的佑樹寫信給「かがわまほ老師」，收到了回信……。大約十年前，發生過這樣的事。而直到今天，海步子才知道畫《温柔的家》的人就是賀川直樹的女兒。

——你喜歡我嗎？かがわまほ老師，請你喜歡我。——

——我好喜歡佑樹小弟——

多麼感人的對話啊。也許如此幾近奇蹟的事正處處發生，只是人們沒有發現對吧……？

也許是這樣的想法不斷刺激我這個人的感性，讓我從佇立於遠方的愛本橋聯想到文彌……。

雪子這麼想著，注視魚市場的立旗不時迎風飛揚。

「我和雪子姊，今天都有點怪怪的呢。」

海步子說。

朱紅色的太陽正要落入魚市場的屋頂後方。

雪子覺得，好像有半個黑部漁港都擠滿了跳動的紅色魚群。

魚市場裡雖然有很多沒看過、甚至連聽都沒聽過的魚，但海步子說她已經在富山市內的百貨公司食品賣場買了很多高級牛肉和香腸，所以雪子只買了一大尾竹筴魚，請店裡的人處理成三片，好做成醋漬竹筴魚，兩人便踏上歸途。

離開黑部漁港，途經魚津港，穿過舊北陸街道兩旁的市區，等到一過滑川漁港，海步子便在自家附近停了車，從背包裡拿出裝有化妝品的小包包。

只顧著看四周景色的雪子，這才發現離開黑部漁港後，海步子便一直一語不發，默默流淚。

「對見都沒見過的『かがわまほ老師』寫請你喜歡我，佑樹才念幼稚園就懂得怎麼撩妹了。」

雪子為了逗海步子笑這麼說。

「那孩子呀，對女生完全不行。只敢遠遠看他喜歡的女生。」

「只有媽媽會這麼想。」

雪子特意用花街腔强調這句話，學著歌舞伎中「乾旦」的語調這麼説著。

「我這陣子愛哭到連自己都覺得奇怪。」

海步子邊略為補妝邊說。

「四十七了嘛？差不多要開始囉，更年期。」

「更年期？對喔，是因為更年期的關係嗎？説的也是，時間差不多了。有很多類似的症狀。雪子姊呢？」

「我都五十三，快五十四了。在雙六[3]裡就是破關啦。我現在可輕鬆愉快的呢。」

大概是覺得雪子這個説法很好笑吧，海步子在駕駛座上笑彎了腰。

後院的烤肉烤到晚上十點多還沒停。海步子和正晃兩人喝光一瓶紅酒，接著又喝起罐裝啤酒，和正晃一搭一唱活像唱雙簧，實在有趣，佑樹和千春都捨不得離開烤肉爐邊。

雪子正擔心起千春之後怎麼回入善町的脇田家，但千春説她把腳踏車停在入善站。

雪子覺得從北陸高速公路的入善交流道過去的距離也不短，便問從車站到千春家騎腳踏車要多久。

「從家裡到車站三十分鐘。從車站到家裡因為是上坡，大概五十分鐘吧。」

千春回答，說她辭掉東京的工作以後，之前部門同事出錢合買了一輛腳踏車送她。

「千春看到送來的腳踏車，嚇了一跳。」

佑樹笑著說，一面吃著烤焦的香腸。

那是一輛有兩個座墊、前後兩組踏板，如假包換的雙人協力車。

——他們問她喜歡什麼款式的腳踏車，千春想要後座堅固得可以載人的那種，便說希望可以雙載的腳踏車。因為最近很多腳踏車的後座都做得太輕巧，只能載一點小東西。

然而，前輩爽快說「好，我知道了，兩人騎的腳踏車是吧」，在網路上買了送來的，卻是觀光區出租腳踏車店會有的那種雙人協力車。看起來是雙輪，但後車輪有兩個，所以其實是三輪。

千春大感為難。因為那看起來一個人騎太重，而且一人獨自騎那種車也太丟臉了。

千春怕毀了前輩一片好意，猶豫著要不要發訊息告訴前輩自己想要的不是這個。

一個人騎會太重嗎？雖然很想試騎一下，但試騎了就不再是新車，無法換貨或是退貨。

正苦思著該如何是好時，佑樹來脇田家玩，千春便問了他的意見。

於是，佑樹從箱子裡取出還包著塑膠袋的協力車，說要是他的話他會騎。又說，有需要的時候會很有用。

問他什麼時候會需要？他卻沒有回答。佑樹只說，既然後座的人也可以一起踩踏板，那騎起來應該比一般腳踏車載人來得輕鬆許多。

他說的沒錯。這種腳踏車就是專門製作給兩個人騎的。

千春這麼想，便認為前輩會在網路上找到這輛車買來送她也是一種緣分，便和佑樹一起把腳踏車拆了箱，前座調成適合自己的高度，先一個人在家附近的田間道路試騎。

騎起來比她預想的還輕，這樣就能載母親到入善站附近的醫院了。

然而，從家裡到車站多是下坡路，但回程怎麼辦呢？母親的身體其實沒有哪裡不好，但正在為三年前開始的輕微憂鬱症接受治療。

據說是更年期引發的毛病，但至今還是有某些日子會突然失去活力，那種時候連人都不願意見，也不願進廚房，一連兩、三天會像半個病人般時臥時起。

醫生再三叮嚀，交代這時千萬別想著要打起精神、至少洗個衣服什麼的，就讓身體隨心所欲，愛躺著就躺著，不必硬撐，不久一定會好的。

狀況不好時，母親能在後面踩踏板，跟我一起從入善站附近的醫院騎車回家嗎？

佑樹知道千春擔心什麼，說不如我來扮演阿姨，我們騎到醫院試試。那天，這附近的農家正同時開始割稻。

去程很舒適。不僅舒適，是痛快得想直接騎過車站、騎過田園一路到海邊。

他們在醫院前迴轉，在車站前的路開始直線前進時，佑樹就不踩踏板了。他只是坐在後面的座墊上抓著把手問：重嗎？會累嗎？腿有多吃力？

千春回答說，和騎普通的腳踏車載母親差不多，兩人特地繞到黑部川那邊回到脇田家，接著換佑樹坐前座，千春坐後座，又再次騎到醫院。

千春和佑樹一路上又叫又笑，又是向正在割稻的熟面孔大聲喊「大家好」，又是突然加速來到愛本橋附近，繞到舟見那邊的村子才回來。回到家之後，佑樹說：

「在馬路上騎這輛腳踏車八成是違規的。要是被警察伯伯看到會挨罵，到時候就假哭道歉吧。」

他們已經知道兩個人一起踩，就算騎很遠也不怎麼累，於是在脇田家稍事休息後，又決定騎到入善漁港。

佑樹小時候，千春常讓他坐在沉重的舊型腳踏車後座，載他去入善漁港玩，看看在碼頭上釣魚的釣客們的漁獲。

千春和佑樹都很喜歡從入善町靠山這邊的脇田家到入善漁港的路。

黑部川的水在遍布田園的溉灌水路裡幾乎快滿出來，注入每一塊田。這些水路在田間道路兩邊，以堪稱急流的流勢嘩啦啦地流著。

彷彿被稻子與水路清冽的水流包圍著，田間道路以肉眼不易發現的下坡指向入善漁港，這條最美的路，是千春和年幼的佑樹一起發現的。

路上車子很少，又有最適合休息的寺廟和神社，而且從家裡到漁港幾乎是一直線的最短路線。

在割稻期間，滿路都飄散剛割下的稻莖所散發出獨特的芬芳。

和佑樹一起踩著協力車去到入善漁港，在釣客排排坐的碼頭上玩，然後從緊鄰漁港的黑部川入海口眺望立山連峰時，千春才突然發覺母親現在精神彷彿變好了。

憂鬱的症狀偃旗息鼓了。雖然不能掉以輕心，多半也還必須繼續服藥，但或許已經突破最大的關卡。

原來啊，母親的憂鬱症是我去東京工作之後才惡化，一定是因為擔心女兒的關係。我也是，每次聽弟弟妹妹在電話裡說起母親的情況就擔心，越來越沒活力。

彼此互相擔心，分別在富山與東京得了類似的病。

一想到這裡，千春便決定向前輩平松純市道謝，送了她這輛一人騎嫌車身太長、又引人注目的雙人協力車。

所以，昨天晚上，她先寫了道謝信，投進入善站附近的郵筒。

可是，光寫信還不夠。原想送一些上好的魚乾作為禮物，但平松前輩好像單身也沒有女朋友，這麼做反而只怕給他添麻煩。

那麼，送些什麼好呢？千春從今天早上就一直在想。——

千春將烤肉用過的網子搬進廚房、收拾碗筷，一開始斷斷續續的，後來夾雜著方言流暢地說完這些，然後問海步子：

「我今晚可以在這裡過夜嗎？」

說她怕今天會弄到很晚，事先做了準備。

然後又說，下週起要去上駕訓班練車。

她被新公司的上司罵說，富山的女人怎麼可以怕開車。如果只是上下班，騎那輛怪腳踏車是沒問題，但她經常要跑銀行和市公所，一個人氣喘吁吁踩著雙人協力車怎麼工作。

看千春端著一疊盤子去廚房，雪子對海步子說：

「那孩子好愛說話呀。我還以為她是個沉默的女孩呢。」

「她那一點就像她媽媽。熟了之後舌頭就靈光了，說個不停。」

聽海步子這麼說，坐在緣廊的佑樹笑了，說媽自己也一樣，這是遺傳啊。

雪子看著笑起來眼睛瞇瞇下垂的佑樹，覺得這孩子的笑容和小時候一模一樣，一點也沒變。這張俏皮的笑臉真是人見人愛。到底是像誰呢？像媽媽，還是像爸爸？

雪子看著後院的木牆，試著想起賀川直樹的笑容，但並沒有成功。
海步子要她別幫忙收拾，好好去泡個澡，雪子便與正晃一起上了二樓，從旅行包裡拿出換洗的內衣褲和睡衣。
正晃坐在面海、外推的窗戶旁說：
「啊，漁船要出海了。」
雪子便來到丈夫身旁看夜晚的海。三艘小型漁船正要從滑川漁港出海捕魚。看得出其中兩艘是釣透抽的船，但另一艘漁船的甲板上並沒有發出强光的燈泡。
當那些漁船開到離岸相當遠的地方，舊北陸街道那邊與漁港一帶傳來的人聲車聲合而為一，形成熱鬧卻絕不刺耳的喧嚷。
雪子心想，應該是漁夫們開始工作了，便在正晃腳邊坐下仔細聽樓下的動靜，然後小聲說起賀川直樹的女兒便是筆名為「かがわまほ」的繪本作家。
「哦，繪本作家啊。大概幾歲啊？」
雪子答道，聽說三十五歲了，又說才剛上幼稚園的佑樹曾經寫信給那位「かがわまほ老師」，而且很快就收到回信。

正晃一臉驚訝地望著雪子，沒有說話。

雪子正要說佑樹寫的信都是平假名的內容，和「かがわまほ老師」回信裡寫的句子時，發出很大聲音爬上樓梯的佑樹說：

「浴室在廚房左邊。浴缸很小，所以大個子姨丈要最後洗喔，不然熱水可能會全部流光。」

然後，打開自己的書桌抽屜，從一個看來應該是存放寶物的竹編盒裡拿出一封信，遞給雪子。

雪子知道他是因為母親請他讓阿姨看「かがわまほ老師」的回信才跑上樓的，但還是無法在佑樹面前看那封信。

「看完就放在我書桌上。」

說完，佑樹就跑下樓。

佑樹沒問為什麼想看這封信，雪子鬆了一口氣，凝視以纖細的毛筆字所寫的「夏目佑樹小弟弟收」，又望著封底的「京都市中京區克拉拉社 轉交 かがわまほ 寄」的字許久。

「就是這個嗎？」

正晃問，從雪子手中拿走信封，取出裡面的信，卻沒有先看，而是催她快看，不然佑樹可能就回來了。

「嗯，說的也是。」

雪子打開了與四方形的信封成套、對折起來的信紙。開頭先謝謝佑樹的來信，並誇獎他才幼稚園而已平假名卻寫得這麼好，讓她驚訝不已，然後換行以優美的字寫了「我好喜歡佑樹小弟」。在空白的地方，以多種顏色的顏料親筆畫了《温柔的家》裡和樂融融地生活在一起的烏龜、袋鼠、大象和獅子。

「是九年前。」

說著，雪子把信遞給正晃。

樓下的海步子在叫人。雪子準備好洗澡的東西下樓。

輪到正晃最後一個洗澡時，海步子來鋪床，看到放在書桌上的信只說了一句：

「真的是什麼巧合都有喔。」

便去拿正晃帶來的紅豆枕。

雪子正要說小心點不然會傷到腰，但話還來不及說完，試圖拿起枕頭的海步子便叫了聲：

「嗚哇！」

弓身扶著腰，皺著眉維持著這個姿勢。

「還好嗎？該不會閃到腰了吧？」

雪子趕緊去扶海步子。

海步子緩緩伸直腰，上半身左右扭轉兩、三次，露出驚嚇的表情問：

「好像沒事。不過，我剛才還以為真的閃到腰了。這枕頭是怎樣？有幾公斤啊？裡面裝了什麼？」

「紅豆。我老公的脖子不睡這個枕頭不行。」

雪子向海步子道歉，解釋說，正晃大學時代是橄欖球隊隊員，在全國大會的頭一戰就傷了頸椎，住院住了一個月，總算治好之後，還是經常為枕頭煩惱。

「睡這個裝了紅豆的枕頭就沒問題？」

「嗯，遇到這個枕頭之後，總算才睡得安穩。脖子這個地方呀，一旦受過傷就很難完全治好。據說當時的傷差一點就讓他從脖子以下全部癱瘓，所以光是逃過這一劫就要謝天謝地。後來他因為不得不放棄橄欖球只好專心念書，所以教師資格一次就考上。」

都快十二點了，還沒睡的佑樹跑上二樓，問信可不可以收起來。

雪子感謝他拿出這封他很珍重的信，然後說：

「這封かがわまほ老師寫的信，一定是佑樹的寶貝吧。」

「嗯，很棒吧？她親筆畫給我的呢！」

佑樹得意地說，把信收在竹編盒裡，便又下樓去。

不關窗會感冒的。氣温好像突然下降了。海步子這麼說，一邊鋪好床，問雪子夫婦明天有什麼計畫。

什麼計畫都沒有。只要明天晚上回到京都就行了，所以想從魚津走舊北陸街道一路兜風到黑部市，讓丈夫看看愛本橋，不過行程就看屆時的心情決定。

從京都出發時，丈夫也說想去一下高岡的市區和冰見的港口，但如果跟他說愛本橋讓她想起文彌姐兒的話，也許他會想去看。

丈夫曾向自己班上的男學生們說起國中畢業、年方十五就到宮川町的置屋「長谷川」的文彌有多可愛。

結果，那些男孩子為了看文彌一眼，又推又擠的，還鬧出一陣騷動……。

雪子說到這裡，想起當時的事露出笑容。

「哦，什麼樣的騷動？雖然我應該可以想像得到。」

海步子說，關上面向舊北陸街道的窗。見她也想關上面海的窗，雪子便說想看從滑川漁港出海的漁船所顯露驍勇的光，請她留著，披上厚針織衫在外推窗戶那裡坐下來，繼續剛才的話。

正因為任教的是私立男校，丈夫才會半開玩笑地告訴學生們有個可愛的見習舞伎，但班上特別調皮的六個高中生為了想看文彌一眼，跑到位於宮川町的置屋「長谷川」前的路上徘徊。

「文彌」是她當上藝伎之後的藝名，雪子想不起來她舞伎時代叫什麼。

京都花街的舞伎和藝伎，對頑皮的高中男生而言，是另一個世界的女人。比高嶺之花還高不可攀，完全在想像範圍之外，無法視為戀愛的對象。

可是，丈夫班上那些所謂的問題學生，看到文彌就像被雷打到一般。有為了在文彌去練習舞蹈的路上跟她說句話而蹺課的。也有一早便跑到「長谷川」，將情書投進信箱的。

「長谷川」的老闆娘察覺到四周莫名的騷動，既擔心這件事使文彌和同儕之間產生嫌隙，又認為必須防範未然，免得人家誤以為她小小年紀就學得心機世故，玩弄年紀相當的高中生，便去向學校抗議。

學校趕緊展開調查，這才知道煽動這些高中生的竟是他們的級任老師甲本正晃。

不止校長、教務主任，連理事會也來罵人，丈夫受了訓戒處分，學生們的家長也被請到學校……。

「結果呢？」

海步子笑著問。

「這是健康、正常的青春啊。會寫情書放進信箱，這年頭已經絕無僅有。我的學生犯法了嗎？聽說我老公擋在理事長和校長面前瞪著眼這麼說。學校那邊也就不了了之……。當時那群調皮小鬼，也不知道從哪得知文彌姐兒的葬禮，全都來了。一個繼承家業成了日本料理大廚，一個開了豆腐鋪，一個在大商社上班，一個成了精密機器的技師，一個自己開了好幾家燒肉店。個個都很有出息。」

樓梯聲響，洗完澡的正晃穿著睡衣走進房間。

海步子說，我們剛才在聊文彌姐兒呢，又說明天就睡到自然醒，別客氣，然後下樓去了。

「文彌？怎麼會扯到文彌去？」

正晃在佑樹的書桌前坐下，看著佑樹貼在牆上的大地圖問。

聽了雪子的解釋，正晃微微一笑，但什麼都沒說。

然後，看著夜晚的海片刻，才喃喃說：

「雖然來了很多人，但她的葬禮好寂寞啊。」

雪子說她看到愛本橋想起了文彌，然後盯著貼在牆上那張奇特的地圖看。

從剛才地圖就頻頻映入眼簾，雪子明明一點都沒有留意，這時卻好奇這是哪裡的地圖，仔細一看，上面詳細畫著從沒見過的陸地與海洋。

「這是哪裡？」

雪子問丈夫。

「俄國和部分中國和朝鮮半島那邊看過來的日本列島。」

「咦？這是日本列島？」

「嗯。我們在地圖上看的日本列島，如果從俄國、中國和朝鮮半島看過來，就是這個樣子。」
「佑樹怎麼會在牆上貼這種地圖啊？」
「他說他很驚訝。大概是換個立場，同樣的事物看起來就全都相反讓他很驚訝吧。」
然後正晃從波士頓包裡拿出數位相機，說這是趁你洗澡時拍的，給她看了照片。
是かがわまほ老師的來信。
「啊，又有兩艘出去了。準備烤肉前，佑樹帶我去漁港那邊，那時候港裡只停了三艘船。什麼時候又從哪裡跑來了啊。本來是在哪裡啊？」
雪子知道丈夫並不指望有人回答，也知道他雖然這樣念念有辭，思緒卻在完全不同的地方，便一直看著相機裡的信。
かがわまほ……。她是一名什麼樣的女性呢？賀川直樹的小女兒。雖然母親不同人，卻是佑樹的姊姊。繪本作家。如此用心地為一名幼稚園小朋友寫溫柔的信。我雖然不懂電腦，但如果拜託兒子，是不是能從網路上找到「繪本作家かがわまほ」的照片？

她是什麼樣的人呢？結婚了嗎？和佑樹長得像嗎？她總覺得會像得驚人。

正晃換到靠海的位置，在榻榻米上盤腿而坐，面向外推窗戶支著下巴，望著找不到水平線的夜晚的海，雪子小聲對他說出自己的想法。

漁港的吵雜聲消失了，在這個只聽得到遠處傳來的貓叫聲的家裡，好像連壓低聲音的悄悄話都會傳進樓下的佑樹耳中。

「別去找。不然搞到最後會對平岩先生毀約的。你的心情我明白，可是一旦向賀川先生的千金靠近一步，就會想再靠近第二步、第三步……」

不等丈夫說完，雪子便說：

「嗯，你說的對。那我就會越來越想讓佑樹和かがわまほ老師見面。」

「順其自然吧。我覺得佑樹和かがわまほ小姐總有一天會相見。聽你說起那封信的時候我就這樣覺得。順其自然，等時機成熟，佑樹就會知道自己父親的事。要是時機沒來，佑樹就永遠是個沒有爸爸的孩子。你也不希望佑樹因為大人的緣故，變成一個沒有爸爸的孩子吧？可是，現在還太早。不過要是你問我要等到什麼時候，我也答不上來。我是認為，時間會告訴我們何時是最好的時機。這封信就是最好的證明。」

正晃指指數位相機說。
關上窗，鑽進被窩，關了燈，雪子問正晃明天要去哪裡。
正晃回答：魚津、黑部市、愛本橋、高岡、冰見漁港。本來遠遠的貓叫聲漸漸靠近，來到海步子家的屋頂上時變得很大聲。
「這隻貓在戀愛嗎？真想請牠換一家屋頂啊。」
正晃說。

1——舞伎與藝伎平常的住所。

2——能樂、歌舞伎等日本傳統技藝的伴奏者。

3——一種日本傳統的桌上遊戲，類似象棋。

第四章

三天前，都已經十一月了氣溫還高達二十四度，出大太陽讓九月底首度白頭的立山連峰更添光輝，連田裡燒稻殼的煙都讓千春的心為之欣喜，但前天起轉陰又讓天氣瞬間變冷。

據說今早氣溫降到八度，想著漫長的冬天就此展開，千春在二樓自己房間的桌上備齊工具，好縫補長約五公分的烏龜布娃娃。

其實不必今天就開始縫補。甲本正晃與雪子夫婦在滑川過了一夜，翌日早晨出發後，海步子阿姨開車送千春回入善町的家，從大側背包裡拿出這個烏龜布娃娃說，你有空的時候，能不能把這個恢復成剛做好的樣子。

千春問是佑樹要求的嗎，海步子阿姨搖搖頭，說是我自己想這麼做的。

當下千春不覺得有什麼，但縫補這麼破舊的娃娃有什麼意義呢？佑樹早已不是會因為布娃娃開心的年紀了啊……。

這麼想之後，千春看了掛在眼前牆上的月曆。重要的事她都寫在上面。

十一月四日星期二的地方寫著「AM十點，縣政府」，五日記著「駕訓班，PM七點」，卻只有今天的欄位是怯生生的一排小字「PM二點，入善站」。

千春十一歲時，手做了這隻爸爸龜布娃娃，牠是住在《温柔的家》裡的三隻烏龜當中最大的。

當時剛滿五歲的佑樹纏著她要，千春便用日式裁縫專用剪刀和縫衣針製作，結果在一旁的祖母實在看不下去只好出手幫忙。

那是她有生以來第一次拿針，手法當然笨拙又危險，好像隨時都會戳到手指，本來打算默默旁觀的祖母不得不插手相助。

幫了一會兒，祖母便說做娃娃的事晚點再說，先學怎麼運針，要她拿舊毛巾對折縫成抹布。千春因此學會三種縫法。

祖母很驚訝說，縫得多好呀！而且一學就會，針眼也很漂亮，實在不像十一歲孩子縫的，原來千春的手這麼巧。

祖母誇獎的方式讓千春相信她不是客套。

當時，佑樹因為家裡的緣故寄放在脇田家，上學的地方不在滑川，而是下新川郡入善町的幼稚園。

他和母親海步子住在滑川，早上由海步子開車送他去幼稚園，中午過後由祖母走路接回脇田家，一直待到在富山市内開髮廊的母親來接回家。

佑樹從幼稚園畢業以後，又在入善町念了四年的小學，所以他在入善町有很多朋友。

除了髮廊的公休日，晚飯則在脇田家吃，也在脇田家和千春及千春的弟妹一起洗澡，所以幾乎等於住在一起。

每當想起那時候的事，千春都不禁感嘆海步子阿姨是多麼拚命工作，為育兒和工作耗費了多少精神體力。

但當她高中畢業到東京去工作之後，她才意識到是因為脇田家在入善町，海步子阿姨才能夠在富山市內開設「Cut Salon Bob」，並讓生意步上軌道。

而海步子阿姨比誰都清楚這件事，所以也教佑樹絕對不能忘記，要對脇田家心懷感激，若脇田家發生困難，海步子阿姨一定會鼎力相助。

千春看了桌上的鬧鐘，心想該出門了，望向玻璃窗外茶褐色的田地。

在初冬多雲的天空下，有時會因心境不同，看來像是漫無邊際的枯野。

想到今天也會看到枯野，千春心頭便浮現去年底，當她首次自東京返鄉時在大風雪中的西入善站。

她從東京搭上越新幹線到越後湯澤站，從那裡轉乘特急電車，到北陸本線的糸魚川站再轉搭前往富山的普通車，搭上也會停靠入善站的三節車箱的聯結電車，但在車上睡著了，直到西入善站才驚醒，匆匆下車。

只有千春一個人在那裡下車。因人人都要返鄉，完全買不到機票，她只好選擇搭電車，但車廂擠得令人無法動彈，從東京車站到越後湯澤站整路她都站在通道上。

從糸魚川站往富山方向的列車有位子可坐，這時候她才想到：啊啊，這樣就能見到好久不見的母親和弟弟妹妹。可以在自己出生長大的脇田家過年了。到了入善站就搭計程車回家吧。要是哥哥一家沒有搬出去就會開車來接我，可是現在沒辦法了。十點前才會到入善站，應該還有計程車。要是沒有的話，就打電話給京子請她開車送我回家吧。京子人很好，她家到入善站走路只要五分鐘，而且她滴酒不沾，就算家人們喝得正起勁也不用擔心……。

想歸想，保險起見，千春還是從車上打電話給這位小學以來的朋友。京子爽快答應，告訴千春無論有沒有計程車，到了入善站都再打一次電話給她。

於是千春安心了，呆呆望著車窗外，想著新潟和富山的雪質不一樣呢，不小心就睡著了。

錯過入善站，在西入善站那寒風陣陣、空無一人的昏暗月台下車，那一瞬間雖寒冷，千春卻因疼痛整個人縮起來。月台上的積雪一個腳印都沒有。

啊啊，真對不起京子。她都準備好來接我、正在等電話。

我總是這樣，迷糊蛋一個……。千春垂頭喪氣地走上通往無人收票口的天橋，驀地仰頭看漆黑的夜空，月亮出來了。

明明颳風下雪，月亮怎麼還那麼亮呢？千春納悶著停下腳步，心裡毛毛地抬起頭，根本沒有月亮，舉目所見，只有隨著風的強弱而忽左忽右、忽上忽下亂飄的雪。

幻覺，我看到幻覺了。可是，那比我之前看過的任何月亮都美。

歡迎回來。再也別去東京了。這裡才是屬於你的地方呀。

月亮是這樣告訴我、迎接我的。

一這麼想，千春便高興起來，在月台上站到全身雪白，一直抬頭仰望夜空，希望再看一次剛才的月亮。

千春腦中回想著天寒地凍的西入善站那個幻之月許久，準備下樓，卻又回到娃娃那裡，尋思起該如何縫補才好。

答應的時候沒想太多，現在卻擔心縫補只怕比重新做一個還難。

那隻爸爸烏龜布娃娃，是她以繪本作家かがわまほ一個字都沒有、純粹以畫來表達的《温柔的家》的角色為藍本，即便擅長縫紉的祖母出手幫忙，還是花了十天才完成。

沒有人規定書中的三隻烏龜是爸爸和小孩。但是，五歲的佑樹認為背上駝著另外兩隻烏龜、最大的那隻是爸爸龜。

千春更小的時候，在建設公司上班的父親收到一個住在大阪的學生時代朋友寄來的賀年禮，那是一個裝在很漂亮的桐木盒裡的蜂蜜蛋糕。大家從來都沒看過這種，母親小心翼翼地將包在銀紙裡的B4尺寸蜂蜜蛋糕拿出來，仔細切成長七公分、寬三公分的大小。

千春很想要那個有蜂蜜蛋糕香的漂亮桐木盒，但祖母說正好可以用來裝她嫁到脇田家以來收集的碎布，將盒子據為己有。

家裡沒有任何人知道祖母為什麼寶貝似地收集這些色彩繽紛的碎布，之前也從來沒有拿出來用過，卻在為佑樹做布娃娃時首度派上用場。

深綠、淺綠和鐵鏽色的碎布變成了有點走樣的爸爸龜，一直陪伴佑樹入睡直到上小學，接著便處處脫線，接縫也裂開了，塞在裡面的綿花跑出來，之後用紙包起來一直收在佑樹的書桌抽屜某個角落。

因為做了這隻布娃娃，讓千春意識到自己的手很巧。

在那之前和之後，千春無論做什麼，都是為四周提供笑料的丑角。

體育課被逼著踢足球，瞄準滾到自己面前的球卻一腳踢空，往後跌了個四腳朝天。

地板運動的前滾翻她也做不來。被笑動作像毛毛蟲，而且還是尺蠖那種。

打桌球時曾經因為沒打到球卻打到桌球桌的尖角，讓食指腫成兩倍粗。

接羽毛球的不是球拍而是額頭、鼻子、嘴巴。

她並不是故意要在同學面前搞笑。明明拚命努力不拖累大家，但千春的動作就是經常引起大爆笑。

五十公尺賽跑也是，只有千春跑的路線不是直的。

這樣的千春，一知道原來自己只有手指比其他孩子靈巧，便請祖母教她縫東西、織毛線打圍巾、手套，熱衷了一段時間，但升上高中就不再這麼做了。

原因之一是祖母去世，一起縫紉、編織的同好不在了，但其實是她織給哥哥的圍巾和手套，哥哥收到時顯然不怎麼高興，一次也沒用過。

到了十八歲，千春去駕訓班上課考駕照。

鄰居的朋友找她一起，而且母親和哥哥也說在富山尤其是農村地帶，不會開車生活很不方便，只好去了。但一起上課的朋友都考到駕照，千春的路考卻考了四次都沒過，上了好幾次特別講習，比大家足足晚三個月才終於考取。

只是，她考上駕照後就去東京的小野建設機械租賃上班，一年半後回到富山，家裡又沒車，於是她一直都是沒上路經驗的紙上駕駛。

家裡以前那台車，被哥哥搬走時當作自己的車開走了，母親又不會開車。

千春又看了一早不知已看過多少次的窗外那片與立山連峰相連的荒涼枯野，將前天天黑時送到的小型車新車鑰匙握在手心。

然後，在心裡說：

「去吧，千春。鼓起勇氣。」

她和佑樹約兩點在入善站。是她央求佑樹說，她要試開新車，不過心裡害怕，請他坐副駕駛座助陣。可是，她不敢說打算開上高速公路。

昨天在電話裡拜託時，說只在入善町裡開。

「多可怕啊，我才不要。」

被這樣一口回絕，千春纏著說我給你一千圓。佑樹提高價格，說三千圓我就陪你。

「佑樹不記得小時候我有多照顧你了嗎？我餵你吃飯、幫你換衣服、幫你洗澡……。因為照顧佑樹，我的少女時代是灰色的。」

聽了千春這幾句話，佑樹立刻把價錢降為兩千圓，雙方成交。

千春的房間是四坪的和室，但榻榻米上鋪了地毯，在緊鄰著妹妹三坪房間的厚灰泥牆邊，放著勉强可睡一個人的床。弟弟的三坪房間則在隔著窄窄走廊的對面。

如果沒有屋敷林，天氣好的時候，從他房間的窗戶應該可以看見黑部川的堤防。

二樓還有一間面向入善站、帶大窗戶的四坪房，從父親生前就無人使用。那房間也被高大的屋敷林擋住景色，可是明明這樣，夏季還是屋裡最熱的。

千春也明白，屋敷林是為了防風防雪而種，砍掉樹枝就失去意義，但只要颳點風、下點雨，後院便滿地散亂的枝葉，每次都要拿耙子打掃清理，實在太沒效率。

今天是十一月九日星期天。足球社的弟弟和富山市內的高中有一場對抗賽，一早就出門了，妹妹則去參加管樂社的練習。母親把客廳的沙發搬到廚房旁邊那個不知何時變成全家聚在一起看電視的小空間，吃過早飯後就一直在那裡整理相簿。千春，鼓起勇氣。跳進暴風雨中的大海吧。雖然不會游泳……。

千春在心裡這麼說，握緊新車的鑰匙，確認側背包裡帶了駕照，從廚房旁邊那座通到幾乎已化為儲藏室的三坪房的樓梯下樓。

脇田家的走廊也好、樓梯也好，每一塊木板都會發出聲響。根本不能有祕密。完全是一幢不知尊重隱私為何物的房子。

千春這麼想著，在下面數來第二階踩了兩、三次。自己從東京回來之後，這一階便開始嘰嘰嘎嘎響。

「我出門了。」

千春對母親喊。

「開車小心啊！佑樹真的肯陪你？」

「嗯，我們約在入善站。」

「佑樹還真是不怕死呀。」

母親笑著說。

接著說整理相簿時看到好多佑樹四、五歲的照片，想叫千春來看，但千春發現自己緊張得拿鑰匙的手都出汗了，隨便應一聲便走到玄關，穿上運動鞋。

前天，千春從採砂公司下班，騎著座墊、踏板、把手各有兩組的雙人協力車回到家，就看到汽車公司的兩名職員坐在庭院的水池邊喝茶。

說是他們到得比約定的時間早，就修剪了院子裡的樹木。

聽母親說，把這棵樹的樹枝剪下來，就可以從那個前衛藝術般與庭院造景不搭調的異形石洞中看到立山連峰。

他們交付小型車之後還必須回公司，所以其中一位開著新車，另一位則開了另一輛車來。

那位只是為了載同事回去的職員，據說興趣就是種樹，便自告奮勇拿著脇田家生鏽的鋸子和園藝剪刀，試圖讓水泥管般的石洞與立山連峰合而為一。

但是，剪到覺得差不多可以時停手，清掃剪下來的枝葉，一看成果，卻因為庭院裡的樹木太醜而說不出話來。

完完全全就是「狗啃的」，令整座庭院顯得太過小巧，特別淒涼。

「你要怎麼賠人家啊！又沒辦法復原。冬天馬上就要來了……」

那人茫然地看著院子裡的樹木，又被同事這麼責備，無言以對，埋頭喝茶，這時千春剛好回來。母親也坐在與佛壇相連的緣廊，一臉洩氣地看著那「前衛藝術」的洞。

千春坐在新車的駕駛座上，想起前天那三人的模樣，噗嗤笑了好一陣子才停下來。多虧這一笑，才抒解了些許緊張的心情。

發動引擎，打檔，倒車，來到田間道路上。差點撞到門口的柱子，趕緊打方向盤，卻又差點讓左前輪掉進水量豐沛的灌溉水渠。

從家裡開出來很快就是十字路口，在這裡右轉，在下一個十字路口減速停車。這裡既沒有紅綠燈，前後左右也沒有人，千春卻自言自語：

「暫停。」

然後再把小型車開向入善站。

「要隨時注意中央後視鏡和左右側後視鏡。」

千春這樣提醒自己，也想專心實踐，但注意力都集中在前方，沒注意到後面有來車。

被人按了喇叭，嚇一跳踩煞車，那輛大型轎車在千春的小型車旁停下來。

「要往中間一點，不然車輪會掉進水渠裡喔。」

坐在駕駛座上的年輕人一臉受不了地說。他是「田山土石」的員工，大千春五歲。

「我第一次一個人開車，會怕。」

「第一次？真的是亮晶晶的新車吔。」

「買來到現在只開了五百公尺。」

這位名叫若林六郎的二十五歲青年，將自己的車開到千春的小型車前，然後下了車，問道：

「你要去哪裡？」

「我想先開到入善站。」

「你可以在入善站和你家之間來回開。開一開慢慢就會習慣了。習慣以後，就可以開去車多的路。我在你前面開路，帶你到車站，你用同樣的速度跟著。看到我的煞車燈亮了，你就跟著踩煞車。我的方向燈亮了，你也照樣打燈。

知道了嗎？別一慌張就緊急煞車喔。」
「嗯。你別開太快喔。」
「我知道，不過開太慢也很危險。你學我開就是了。」
在公司裡被叫作小六的若林六郎說完回到自己車上，從窗戶探出頭，對千春笑了笑。
千春照小六說的跟著他的車走。
千春知道他為了讓自己練車而特地繞遠路，反正距離兩點還有一點時間，便繼續跟在小六的車後二十公尺左右處。
不知不覺間開進舊北陸街道，在朝日町農家夾道的地方左轉朝向入善站，快到入善町的老商店街時，難得有十幾輛車在等紅綠燈。
小六下車走過來，大聲說：
「千春，你忘了一件最先該做的事。」
「咦！什麼事？」
「你沒繫安全帶。」
「啊，我忘了。」

等綠燈的車子開始動了，小六跑回自己車上，邊跑邊說：

「你從入善站再開剛才的路回家。開個兩、三次就會習慣。」

然後轉到車站的反方向走了。

啊啊，就快到車站了。頭好痛，胸口好悶，呼吸困難。握著方向盤的雙手因為流汗好滑。如果非要開車不可，也許留在東京工作還比較輕鬆。

千春這樣想著，彎進筆直通往入善站的路，又因為紅燈停了車。結果，後面響起喇叭聲，應該已經朝北陸高速公路開走的小六下了車，敲敲千春的小型車窗戶。

「你的雙黃燈一直在閃。」

「咦？我什麼時候按到了啊？」

說完，千春想關掉雙黃燈，卻不知道是哪個按鈕。

小六指了正在閃的紅色按鈕，告訴她要按那裡。

「千春，你應該在車子前後左右貼滿新手駕駛的貼紙。」

說完話本來要走卻沒離開，看了千春一會兒。

綠燈亮了，千春本想往車站開，但注意到小六一直看她，便回看問他有什麼事。

「千春的眼睛好黑啊。又黑又亮。好漂亮的眼睛。」

說完，小六邊走回自己的車，邊舉手向後面耐心等候的農家小卡車致意，說聲不好意思，迴轉開走了。

車站前有兩輛計程車在候客，千春怕妨礙他們就把車停在車站西邊，在那裡等佑樹。

佑樹應該已經到入善，八成正在車站北邊的高橋同學家借玩電動。

千春這麼想，熄了火，解開安全帶。然後，把臉湊近後視鏡看自己的眼睛。

小時候，入善町種西瓜的爺爺曾對千春說過同樣的話。

當時正好是巨無霸西瓜收成之際，這種西瓜以前叫作黑部西瓜，把足足有五十公分長的橢圓形大西瓜滾到手推車那裡很好玩，邊幫忙邊玩之際，老爺爺對她說：

「好大的黑眼珠啊。就好像把用久了的黑棋子放進眼睛裡一樣。上好的那智黑做的那種。」

後來千春才知道，那智黑是三重縣熊野地方出產的漆黑石頭，以最高檔的棋子品質廣為人知，也才明白原來那位爺爺是在稱讚她。但即使如此，至今對千春而言仍屬不愉快的回憶。

因為她以為自己的眼睛像石頭一樣。

千春到了東京後，才知道這雙太黑的眼睛，有時會讓自己看起來像個好勝又固執的女生。

應同部門的女同事之邀，頭一次參加所謂的「聚餐」，千春跟不上大家談得興高采烈的話題，正專心聽著、努力想理解時，被人不屑地說：

「這時候只要笑就好了。眼睛別瞪那麼大，搞得那麼認真。」

說這句話的是早千春一年的前輩，名叫渡瀨友美，上班時幾乎看不出臉上有妝，但一到下班時間，在女子更衣室便以驚人的速度變換髮型，黏上長長的假睫毛，塗上濃濃的眼影，變得判若兩人。

然後她又穿上洋娃娃般有荷葉邊的衣服，小跑步離開公司大樓。

完成換髮型、黏睫毛、上眼影所需的時間僅僅十二、三分鐘，動作之快，在千春眼中根本是變魔術。

千春進公司一個月便和這位渡瀨友美變得很要好，互稱「友美」和「千春」，到了假日，她偶爾會帶千春去原宿和澀谷玩。

可是，千春實在無法融入友美的那群朋友。千春知道無論她們再怎麼建議，她們身上穿的衣服、戴的首飾就是不適合自己，混在那一群人裡，自己明顯就很「突兀」，讓她渾身不自在。

友美和她那群朋友十分照顧來自富山農家的千春，常會發簡訊問她好不好、會不會寂寞。

不過自己還是無法融入，辭掉工作回富山。但到最後，千春發現，她們其實深深藏起與外表完全相反、太過纖細的內心。

大家都把錢花在服飾上，荷包空得嚇人，大概連東京到入善町的交通費都出不起，但千春還是問她們要不要來玩個一、兩天呢。

千春一邊想，一邊把湊在後視鏡前的臉往駕駛座的靠背移動時，看到佑樹穿著牛仔褲和一雙國中生之間正流行的健走鞋，從站前的馬路那邊走來。

甲本正晃和雪子夫婦倆來滑川這邊旅行才過了一個月，佑樹就明顯抽高，讓千春吃了一驚。這一個月他們通過兩、三次電話，但沒見過面。

「越來越有男人樣了呢。個子也突然長高了？」

佑樹雙手壓住引擎蓋，開玩笑地上下晃動小型車，千春這樣對他說。
「嗯，我終於也正式進入青春期了。雖然比平均來得晚。變得很壯、很有男人味了吧？」
「才剛開始吧？變壯是以後的事。」
「人家青春期男生平均十一歲半、女生十歲就開始了。我已經十四歲半，太晚了。我媽說我是大器晚成型。」
佑樹的聲音也變粗了些。佑樹坐進副駕駛座，繫上安全帶，笑著說：
「拜託千萬別說要走高速公路到富山市喔。」
「等我開熟了，陪我開到黑部交流道吧？」
千春的話還沒說完，佑樹就解開安全帶作勢要下車。
千春抓住佑樹毛衣的後背，說她繞著路從家裡開來，有公司前輩開車當嚮導練習過，覺得已經熟練多了。
「那只是你覺得吧？我絕對不要坐千春開的車上高速公路。」
佑樹嘴上雖然這麼說，還是坐回前座繫好安全帶。然後，從牛仔褲裡拿出自己畫的地圖。

以入善站為中心的那張原子筆手繪地圖上，以不同顏色的馬克筆各畫了幾條線。佑樹說，藍色是最先要走的路線，黃色是下個階段，都完成了再走紅色的路線。

「你幫我安排的計畫？」

「不是為了千春喔，是為我的人身安全著想。這份計畫打從一開始就沒把高速公路算在裡面。也就是，不在既定計畫內。」

「佑樹什麼都要計畫，而且喜歡把事情條列出來或做成圖表。」

「因為，不寫的話就會走到岔路去啊。」

「我才不會呢。我根本沒那個餘力。不過才出家門就差點開進路邊的水渠就是了。」

「我不是說那種岔路。如果不按照訂好的計畫念書，就會被其他事情搞到分心，不能照原訂計畫執行。」

「哦，你是說讀書啊……。所以佑樹是認真的囉。真的打算實踐從京都大學畢業到哈佛去念研究所的企畫案。咦？還是史丹佛？無論去哪家，都要先決定好將來要做什麼才能進行啊。」

「我要做機器。我已經決定了。我跟大個子姨丈這樣講，他就說好，他知道了，要幫我重訂企畫案。」

「佑樹喜歡念書嘛。」

「嗯，還滿喜歡的。不過，我理科很拿手，國文卻不行。英文算普普吧。」

「要去美國留學的人英文卻普普，這樣不行吧？」

「京都的補習班有個老師是升學英文的專家，說背單字就對了。國中要背七千字，到高三總共要有一萬五千個字彙。大個子姨丈寄了單字本給我。至於數學練習題，大個子姨丈最在行了。」

千春心想，他應該能做到。有幽默感，心靈純淨，從小就很能理解大人的玩笑。充滿少年氣息，活潑開朗，感受性強。

佑樹這位少年最厲害的地方就是討人喜歡。從嬰兒時期便如此。

佑樹出生前，他父親就因病驟逝。

海步子阿姨打算和那個人結婚，在京都和他住在一起。他驟逝當下，海步子阿姨沒發現自己懷孕了，所以那個人也不知道海步子阿姨的肚子裡有佑樹這個小生命。

那個人，生前是總公司位於京都的一家精密機械的工程師。據說小時候就失去雙親，也沒有手足。

這些是千春聽父母說的，但到了高中時，她就對人人絕口不提佑樹的父親，也沒有任何一張他的照片這些事感到奇怪。

但，那些不過是小小的疑點，與佑樹的相處，這個無論做什麼都令人想對他投注感情的小男孩，讓她拋開那些細微的懷疑。

「走吧。先從這條藍線開始喔。」

說完佑樹讓千春看了地圖，然後折起來放在自己腿上。

「不看地圖，我不知道要走哪一條路。」

「看反而危險吧？千春看前面就好。」

「也要經常注意後面和左右後視鏡。」

「嗯，沒人規定死神一定是從前面來。」

「別說死神什麼的啦。」

千春這樣說，發動了引擎。

「從車站前那條路直走。直直走就對了。」

佑樹說。

在前往朝日町的路轉彎，來到蜿蜒的路上，佑樹喊停車。

「我好渴。我們去喝湧泉吧。變更計畫。」

他這麼一說，千春也發現自己好渴。

「要去喝哪裡的湧泉？」

「防波堤那邊是不是有一個？」

佑樹指著一戶大民宅，要千春開進那裡的車庫，再倒車掉頭。

「我討厭倒車。」

「這樣怎麼學得會開車呢。」

讓車子又前又後地移了三次，總算掉了頭，然後開過入善站東邊的平交道，從化為一片枯野的田園地帶駛向海邊。

不久，前方出現防波堤，車子駛入寺廟與民家夾道的窄窄田間道路。

到了入善町的湧泉，就聽到清冽泉水的聲音。這個帶屋頂的湧泉取水場沒有人，千春先在防波堤旁的小路上費了好一番功夫才讓車子掉頭，然後下車用雙手捧水來喝。

「剛才轉換方向，我已經抓到訣竅了。」

「我倒是看不出來。」

佑樹這麼回應，然後笑彎腰。

他說，生地站前有一塊大石，有湧泉從那裡冒出來。有些專門找湧泉的人會去問生地站的中年站務員，黑部川的沖積扇哪裡可以喝到最美味的湧泉。

那位站務員就會臭著臉指站前的石頭，說這是第二冰的湧泉。

要是人家問「那，這裡的就是最好喝的囉？」他也不會回答，只是臉更臭地重複說這裡是第二冰的。

這下就不太有人敢再問哪裡可以喝到最冰的湧泉，自己人小聲討論說都特地來了，我們還是去裝最冰的水吧，然後就走了。

聽佑樹說了這些，千春也知道他說的是哪個站務員，一起笑彎了腰。

因為她知道，不會驕傲地開口說我們生地站前的大石湧出的湧泉最好喝，這才是富山人，也明白那位中年站務員的誠實和忸怩。

真的可以自誇富山的湧泉都一樣清涼甘甜嗎？想想實在沒自信。可是既不想說謊，也不想誇大。於是表情就不怎麼好看……。這就富山人嘛。

千春說了自己這番推測。

「我覺得生地站前的湧泉最美味。」

佑樹笑著說，又捧了湧泉喝。

附近田裡，來了一名看似年輕媳婦的農家女子，開始拔雜草。雖然看不見防波堤後面，但海浪聲平靜，天空變亮了些。

入善這個田園地帶的天氣預報就是不準。即使預報說今天整日都是好天氣，也會突然烏雲蔽日，颳大風下大雨。

富山灣與三千公尺以上、高山連綿的北阿爾卑斯群峰，兩者相距大約六十公里。

從海面上升的暖空氣與來自山裡的冷空氣，無論當時的天氣如何都經常碰撞、混合，因此容易產生急遽的變化。

高中時，千春有一天突然厭惡起如此劇烈變化的天氣。

明明從小便熟悉富山這獨特的氣候，千春卻覺得自己毫無女人味、土氣又笨手笨腳的天性，一定都是這善變的天氣所造成。

獲知這份在東京的工作職務時，儘管內心有些不安，仍單獨去西新宿的小野建設機械租賃面試，就是因為她厭煩了明明天晴卻突然下起冰冷的雨，五月到十月中不時因焚風而異常悶熱，她想要逃離這樣的生活。

但是，一旦開始東京的生活，千春便立刻明白自己生長的故鄉是個多麼美麗的地方。

有人說東京沒有天空。也有人說都會是石頭堆起來的墳場，根本不是人住的地方。

真的一點也沒錯。空氣好髒，高樓大廈好像快把我的心壓扁，沒有片刻間斷過的噪音，五顏六色、令人頭暈目眩的光逼人而來。這裡沒有健康的明暗。厚雲讓白頭的立山連峰和向西綿延的北阿爾卑斯群峰忽明忽暗，為黑部川流域的廣大田園帶來上天的恩賜，連田園裡的一隻小蟲子也雨露均沾。

以前我不知道這有多麼可貴。

加完班搭十一點的地鐵回到自己的公寓時，千春都會在心裡描繪著從愛本橋眺望黑部川的清流。

坐在湧泉旁的木頭長椅上，千春向佑樹說起當時自己心中浮現的入善町各地美景。

「有好多事，不離開都不知道。」

聽了她的話，佑樹說，我們等一下就會經過舟見到愛本橋，地圖上早就用藍色馬克筆畫好線。

或許是沿海比較溫暖，田裡一排排稻頭四周長出的新芽還是綠的。

從割過稻的稻頭長出來的芽，父親和祖父都稱之為「孫稻」，千春國中的時候，附近喜歡寫俳句的老人教她那念作「穭」[1]。

繼續生長就會成為「穭穗」，有的也會開花、結果，但富山一到十月氣溫就會下降，「穭穗」會直接乾枯成為稻穀。

千春不知道為什麼割過稻之後長出的新芽叫作「穭」，她以為純粹是俳句用語。她自己認定是太陽和雲交疊形成陰影時，這不當令的稻苗有時候會很像羊的形狀。

可是，她從來就不覺得這些稻苗看起來像羊。

現在也是直走。接著在下個十字路口左轉。然後右轉。

依照佑樹的指示朝山邊開著車，他們經過在家西北方的縣道，再次進入田間道路，來到舟見的村落附近。
這一帶就像自家庭院，千春放心了些，轉向舊北陸街道。
「如何？我方向盤打得很順了吧？」
有一輛宅配的大型卡車從民宅與商家夾道的舟見村落那邊開過來，千春邊減速邊這樣問佑樹。
「嗯，有順一點點。」
佑樹邊說邊望著舊北陸街道中央設置的整排融雪裝置。正幫忙注意與大型卡車會車的間距。
順利與大型卡車會車，進入村落不久，佑樹便要她在老雜貨店山本商店那裡停車。
佑樹進了山本商店，從賣蔬菜、水果、零食、調味料、飲料的店裡買了一盒零食，是裹了牛奶巧克力的杏仁。
接下來，沿路一直走就會到愛本橋。開了十分鐘，便看到紅色的弧形。
「夜晚，跟我爸在愛本橋上吃過這個杏仁巧克力。」
佑樹說。

「誰？」

「我媽啊。說他們在舟見的山本商店買了杏仁巧克力，兩個人一起在愛本橋上吃。還說那邊晚上會有難得一見的月亮。我爸說要是滿月就好了，又說，不，想都沒想到會在這裡遇到半月，然後我爸在橋的欄杆那裡坐下來，一直看月亮、星星和四周的樹看了好久，提到梵谷的《星夜》這幅畫。」

「那是什麼時候的事？」

「我出生前。」

「那當然呀。佑樹的爸爸在你出生前就去世了嘛。」

這些事千春頭一次聽說，心裡想著佑樹難得提起父親，一邊把車停在橋前方，偏離馬路稍微靠山一點的地方。

「在那更久更久之前，我爸和媽彼此還不認識的時候，我爸爸因為工作來到黑部，在這座愛本橋上看過《星夜》。」

佑樹這麼說，下了車，走到橋的正中央。千春跟著佑樹的路線走。

「梵谷的《星夜》是什麼樣的畫？」

千春走到佑樹旁邊，這麼問。佑樹只說：

「那棵絲柏不知道在哪裡。這裡沒有絲柏，應該是很像的樹吧。可能因為是晚上，所以樣子看起來很像。」

他一直細看四周的風景。表情彷彿忘了千春就在身旁。

千春心想，所以佑樹的父親曾經來到富山，和海步子阿姨一起從入善町走到愛本橋嗎？

「我媽媽有一本梵谷的畫冊。裡面有《星夜》。下次再給你看。一直看著，會覺得頭快暈了。」

這樣說完，佑樹打開杏仁巧克力的盒子，把巧克力分成兩半，其中一半遞給千春。

佑樹願意陪我開車，會不會是因為他想來愛本橋？佑樹小學四年級之前等於是在入善町長大，是不是也曾經走路或是騎腳踏車到愛本橋這裡來玩呢？

不，千春記得從某一時期開始，就禁止兒童在愛本橋和周邊玩耍。

原因是，為了讓黑部川沖積扇的田地公平分配水源的設施裡，儲存了大量的水，若小孩不慎掉落會淹死。雖然架了柵欄加以防止，還是會有天不怕地不怕的孩子靈活地爬過去。

脇田家到愛本橋騎腳踏車要三十分鐘，走路要一個小時以上。對一名十歲的孩子來說太遠了。

千春這麼想，問佑樹這是不是他第一次站在愛本橋中央。

佑樹說對，範夫哥哥曾經載他經過這座橋兩、三次，但每次都只是過橋而已，說完咬了一口杏仁巧克力。

「佑樹是什麼時候聽說爸爸媽媽在這座橋上賞月的？」

「上國中的時候。」

「哦，沒多久之前。」

千春曾聽說，哥哥範夫國中到高二那段期間，每到夏天就會騎腳踏車到愛本橋，爬過欄杆跳進黑部川玩。

那應該是騙人的吧？現在這樣從愛本橋的欄杆看正下方的黑部川，又深又急，好嚇人，實在不像能跳進去游泳的地方。好像會冷得讓人心臟停止跳動。範夫哥哥一定騙人。

千春說了自己的想法。

「聽說是真的從這裡跳下去游泳。不止範夫哥哥，清田家的阿晉、岩田家的阿武、津田家的洋一大哥，大家都會這樣玩。」

「他們全都出了名的會吹牛。」

千春的話讓佑樹笑了，問她要不要改變計畫到他滑川的家。

「想不想看梵谷的《星夜》？」

「嗯，很想，可是滑川好遠啊。雖然走高速公路一下就到了。」

「回程的時候你自己開就好啦。去程從舊北陸街道慢慢開過去。」

「我還沒辦法一個人開高速公路回去啦。」

既然如此，梵谷的《星夜》就改天再看，但不知為何，無論如何都想現在看到的心情驅動著她。

「那，我從舊街道慢慢開，你讓我看梵谷的畫冊？」

佑樹對千春的話點點頭，準備從愛本橋面海的欄杆離開，卻又看了田園地帶好一會兒，說：

「我媽媽很擔心千春喔。」

「擔心我什麼？」

千春問，讓杏仁巧克力在舌頭上化開。

「她說你回富山以後話就變少，雖然說你本來就不是那種嘰哩呱啦的女生，可是就一個二十歲的女孩子來說，一切都太樸素了，好像比之前更不開朗，她很擔心。」

千春倒不覺得自己變得不開朗，便認為一定是服裝打扮讓海步子阿姨這樣認為。

佑樹走向停車的地方，一邊說：

「我媽媽說，她怕你是覺得自己在東京才待一年半就逃回入善，以為自己落敗了，失去自信。」

「嗯，我在新宿的轉運站坐上客運時，覺得自己無論什麼都做不成，很沒用，可是回到入善在家過兩三天就好了。現在熟悉了新工作，知道採砂公司能夠保護黑部川和沖積扇，能參與這麼重要的任務，我覺得很高興。」

千春坐上駕駛座繫好安全帶，發動引擎卻沒開車，她繼續說。

岩石從黑部川的源流被水推著向下游移動。其他河川距海很遠，水流也不如黑部川湍急，河裡的岩石會慢慢磨損，尖銳的大石塊也會變小、變圓，到了河口附近自然成為小石頭。

但富山縣內主要河川的石頭卻不會。

因為隨著陡峭的急流而來，在自然磨損之前便抵達河口。

所以，從這座愛本橋到黑部大橋再過去的河底，會有直徑達一公尺的大石堆積。

現在水壩完備，大石的數量比以前少，但若不定期採砂取石，黑部川的水位升高，大雨時便會超出安全水位。

經行政專家研判，若砂石再繼續堆積會有危險，採砂公司便取走河底的大石以減低水位，利用機器將採來的石頭粉碎成各種大小之後，主要販售給水泥業者。

只有水泥無法構成混凝土，拌入小圓石和沙礫可增加混凝土的強度。

鐵軌旁也要鋪一定大小的石頭，這是維護鐵路安全最重要的緩衝材料。

清除河底的砂石不但可預防河川氾濫，還能建屋鋪路，製造鐵路安全運行不可或缺的石頭，因此採砂公司是必須的重要產業。

的確，從河川運走大石，再以機器粉碎的過程乍看是粗活，很多人也很排斥，認為此舉破壞河岸美景。

作業現場總是塵沙飛揚，噪音震耳欲聾，作業員說話都很大聲，言語也很粗魯。但是，若作業員被捲入連堅硬的岩石都能擊碎的機器，或運送碎成一定大小石塊的輸送帶，不要說受傷，只怕性命不保。

土木公司的砂石車司機將砂石堆上車斗時，也必須注意怪手的動作，否則不知何時會出什麼事，所以彼此說起話來才像在對罵。

趕交貨時，急得等不及裝滿車斗，也會和操作怪手的作業員吵架。

但是，採砂公司的員工也好，砂石車的司機也好，大家都是很好相處的人，儘管說話很粗俗，但一下工就會互開玩笑，偶爾也會一起去喝一杯。

我剛進入田山土石工作也很怕前輩和來往的業者，每次他們跟我說話時我都覺得自己好像在挨罵，後來慢慢知道他們就是這樣，也慢慢看得見他們的優點了。

最令人高興的是，我在東京小野建設機械租賃這家公司學到的電腦操作技能，大大提高了田山土石的事務處理能力。

田山土石的辦公室之前就有電腦，用來輸入訂單、收付金額和每個月的班表等等，但用電腦的人幾乎沒有專業知識。他們連電腦術語都不知道，都是自學的，所以假如電腦的能力有一百分，頂多只用到二十分。

我到小野建設機械租賃上班，他們最先教我的就是電話禮儀，種類眾多的建設機械名稱，以及電腦的相關專業知識和用法。

白天，由能力不輸系統工程師的前輩上課嚴加指導，晚上公司出錢，送我去上電腦應用管理進階課程，總共半年。

我總算學會以電腦處理前公司每天繁煩的業務，對我來說，以電腦來進行田山土石的所有業務，不是什麼辛苦的事。

電腦也能做這種事？咦？連這個也會？原來我們這麼多年來都白放著不會用啊……。

社長、總務部長和會計負責人都這麼表示，非常高興地說有關電腦的就交給脇田千春。

這都要感謝小野建設機械租賃。所以，如果說我心裡有什麼放不下的，就是公司花錢、花時間讓我這個才剛高中畢業的女生去學高難度的電腦操作技能，我卻沒有任何回報就辭職，覺得很對不起他們。

千春向佑樹說了這些，倒了車，又開回入善站附近。

緩緩駛向滑川時，佑樹說：

「千春，你再多用心打扮一下嘛？每次見面都是七分褲和這件顏色像田裡的土色毛衣。你會擦口紅嗎？是不是都只有擦護唇膏？髮型也是，好像貼在頭上的毛線帽。」

「不好意思，像田裡的土。我今天第一次開車實在緊張得要命，就沒擦口紅了。」

千春沒好氣地說，但又想，就算嘴巴有點壞還是不會惹怒對方，正是夏目佑樹這名少年最神奇的地方。

「你生氣了？對不起啦。」

千春沒有轉頭看一臉擔心地望著她側臉的佑樹。

「我沒生氣啊，因為你說的沒錯。像田裡的土一般的二十歲少女，感覺好悲哀喔。」

千春半開玩笑地說，沒有轉頭看佑樹，因為窄窄的舊街道那頭來了一輛中型拖車。

「二十歲的少女……。少女是什麼意思？不是指年輕女孩嗎？」

「對呀。你是說二十歲就不是少女了嗎？」

佑樹似乎還是認為千春在生氣，又小聲說對不起，然後誇她從入善站開車到這裡的技術確實變好了。

千春認為他是照顧自己的情緒，說：

「真的？好高興喔。我現在也不怕跟其他車子會車了呢。」

穿過入善漁港民宅聚集之處，過了下黑部橋，行駛在生地站靠海那邊的路，從右手邊都是高大防波堤的地方經過黑部市，就可以看到位於魚津港西邊那個遊樂園的大摩天輪。

「我國中畢業以後，要去大個子姨丈的高中。」

佑樹說。

「你要去上京都的高中？」

「嗯，大個子姨丈的高中在京都是數一數二的升學學校。所以我高中以後，要去住大個子姨丈和雪子阿姨那裡。已經說好了。前提是要考上，不過姨丈說照我現在的成績八成沒問題。」

「你要去京都了啊？」

千春不希望佑樹去遠方才這麼說，但自己也發現這句語氣聽起來好寂寞，便把車子開到大摩天輪附近，停在不會影響其他車輛通行的地方。

「那不就只剩一年半了？」

「嗯。所以現在得拚命用功準備考試。不過，入學考的數學是大個子姨丈出題的。請他告訴我哪邊一定要會，應該不算洩題吧？」

「富山的高中不行嗎？」

「也不會啊。不過，我也想跟一群從早到晚都努力用功的人在一起。大個子姨丈的企畫書，一開始就寫明要我進他們高中就讀。」

「佑樹真的很喜歡念書呢。」

千春把車開回舊北陸街道，返回魚津。可以看見從魚津港到富山地方鐵道「魚津站」這段老街，此時的市容只能以冷清蕭條來形容。

穿過有一半店家都沒開的商店街，鑽過高架來到JR魚津站，千春在市公所附近看得到某家飯店的地方停了車。

四年前，她十六歲時，受海步子阿姨之託，在JR魚津站接一位名叫園田真佐子的女子和她表弟園田清一郎，帶他們到走路五、六分鐘的飯店。

他們兩人遠從京都而來，想乘船觀賞夜間放出藍色的光捕撈螢烏賊的活動。魚津港雖然沒有捕螢烏賊的觀光船，但與其和許多不認識的觀光客一起搭船，不如兩個人搭小型船去看，所以海步子阿姨拜託熟識的漁夫開船出海。

那位看來三十多歲的女子本名是園田真佐子，但在京都是名叫文彌的藝伎，園田清一郎十八歲，是文彌舅舅的次男。

千春穿著長度蓋過臀部的白色禦寒大衣，在魚津站接待兩人走到海步子阿姨安排的飯店，只是這樣而已，但從見面到告別那短短四十分鐘，至今卻仍深深烙在千春的記憶中。

「千春突然迴轉走了不在計畫裡的路，嚇死我了。」

佑樹說。

「我曾經帶海步子阿姨的朋友到這家飯店。」

千春說，然後說起四年前的三月底的事。

——海步子阿姨三點打電話來，說有兩位客人從京都來，問我能不能去JR的魚津站接他們到飯店。

是園田真佐子小姐和她表弟清一郎。清一郎今年考上了東京的大學，真佐子打電話問他想要什麼禮物，結果他說想去正值螢烏賊產季的魚津。

一個人去沒意思，所以他問表姊願不願意一起同行。

問他為什麼想看捕撈螢烏賊，他卻沒有正面回答。

一聽到富山縣的魚津，馬上就浮現海步的臉。海步是滑川人。一看地圖，魚津就在滑川旁邊，也許她對參觀捕撈螢烏賊很清楚，應該也知道魚津哪一家日式旅館最好。

大後天就是表弟的大學入學典禮，所以只能明天去魚津，後天晚上回來。自己也知道强人所難，但還是拜託置屋的老闆娘，好不容易給了她兩天假。能不能請海步幫幫忙……。

海步子阿姨雖然可以把「Cut Salon Bob」的工作交給別人，但當天已安排出差的工作，要前往高岡市為某個名門世家的新娘打理婚禮和喜宴的髮型。兩位助手也必須同行。

魚津的飯店和一流的餐廳我都有名單。現在預約的話，對方應該也能幫忙安排。

可是，他們倆難得來魚津，卻只告訴他們飯店和餐廳的名稱、地點就放牛吃草，我心裡著實過不去。我不想對京都宮川町的「文彌姐兒」如此草率。

千春，拜託你，能不能代替我去接他們，幫他們帶路……？

海步子阿姨這樣開口，我就答應了。因為我覺得那位名叫文彌的藝伎對海步子阿姨是非常重要的人。

第二天，我從入善站到魚津站，走到另一邊的月台，等待前往直江津方向、各站皆停的電車。時不時會飄下小雪，風大得雪花橫著飛。

我從沒有親眼看過京都的藝伎，只有偶爾在電視的旅遊節目或新聞報導祇園甲部公演時看過，以為藝伎就一定戴著日本髮髻的假髮，化著濃得看不出原本長相的化妝，穿著袖子拖地的華麗和服，三者缺一不可。

從那班電車下車的乘客有五、六個人，所以我一眼就看出誰是園田真佐子小姐和清一郎先生。

我當然也知道她不會以我心中三者齊備的模樣來魚津，但當她從後面的車廂下車，走來對我說：

「你是脇田千春小姐嗎？」

當下我一陣茫然，只答了「對」，連初次見面的招呼都忘了，就在他們五公尺前方開始走。

文彌小姐的美與純淨，十六歲的我擁有的字彙不足以形容，簡直是瞬間照亮了烏雲壓頂的魚津站那冷清的月台。

如果是現在，我能夠以「優美」或「典雅」，或是其他幾個詞來形容文彌小姐的存在感、美麗和高雅迷人的魅力，但那時我滿腦子只想著怎麼會有這麼漂亮的人。

高中剛畢業的清一郎先生走出收票口就對我說：

「謝謝你特地來接我們。」

我這才發現必須說些合乎禮儀的寒暄，轉身朝他們走回一兩步。

可是，從我嘴裡吐出來的卻只有一句話。

「我是脇田千春。」

實在太丟臉，於是我又領先走了起來。一想到文彌小姐和清一郎先生一定認為我是個連招呼都說不好的鄉下小姑娘，我的腳步自然就變快。

結果，文彌小姐問我是不是趕時間。

「沒有，因為今天風又大又冷……」

我這樣回答，放慢走路的速度。然後，又再一次看了文彌小姐。一頭美麗的長髮直達腰際。她塗了淡淡的口紅，工整的細眉抹上了自然不做作的眉彩。妝淡得幾乎等於沒有化。細細高高的鼻樑，尖尖的鼻頭，偶爾會閃現嬌蠻女高中生般的風情，那也是文彌這位藝伎的魅力之一。

衣領綴了貂毛的長風衣的衣擺被强風吹起時，會露出亮褐色喀什米爾毛料裙，上面有不大不小的淺綠色千鳥格紋。

衣服一定是上下成套的吧。以後我也想穿這麼高雅的衣服，然後搭配這身風衣。

我這麼想著，邊向他們介紹說魚津站往山那邊過去一點，是餐廳、小酒館林立的鬧區，但海那邊只有新住宅區和大工廠，再過去就是魚津港。以前港邊有好幾家日式旅館，但客人被車站附近的飯店搶走，幾乎都歇業，富山地方鐵道的電鐵魚津站那邊的鬧區也有很多店因為同樣的原因都倒閉了。

雖然只是把報紙上看到的內容直接轉述而已，但多虧說了這些，我總算能正常說話。

文彌小姐和清一郎乍看不像表姊弟。絕大多數的人應該都覺得他們是年紀相差很多的姊弟吧。

他們兩人就是長得這麼像。

「你在那麼冷的地方等我們，身體一定受了涼。進飯店之前，我們去喝杯熱咖啡吧？」

文彌小姐說，然後指指車站前的咖啡店。她對我露出笑容，說她很愛喝咖啡，到了這個時間總是會自己煮來喝。

我對文彌小姐說，我一直以為京都的藝伎講話都會加上特別的語尾，邊打開咖啡店的門，邊想起範夫哥哥曾裝內行說過，魚津就那家店的咖啡最好喝。

「那是京都花街的話。」

文彌小姐加上特別的語尾這麼說，又對我微微一笑。車站前來來去去的男男女女，人人都在看文彌小姐。其中甚至有人停下腳步，頻頻注目。

進了咖啡店我就先去廁所，然後又走到門外打電話給飯店，說三、四十分鐘之後會到。我回到座位時，文彌小姐和清一郎先生正小聲談論自己的家人和親戚。

佳子的丈夫總有一天會因為喝酒誤事，最好叫你爸爸警告他一下。

長谷部舅舅人是很好，不過要小心他太太。親戚家有多少錢她都知道。你媽媽心又軟，你要跟她說，千萬別一個不小心就被他太太的花言巧語打動……。

我想，文彌小姐是想透過清一郎先生，告訴家人最好和哪些親戚保持距離。多半是想趁著在咖啡店把這些麻煩事解決吧。

講了十分鐘之後，文彌小姐向我道歉。

「對不起呀，我找你來喝咖啡，卻一直聊我們自己的事。」

那時候，我正好想著清一郎先生一出收票口就向我道謝的那些有禮的話。

——謝謝你特地來接我們——

他彬彬有禮地對我這麼說。

一位才高中剛畢業的青年，對初見面的十六歲小姑娘說這種話，我身邊有這樣的人嗎？一個都沒有。因為大家都是只看山、看河、看海、看田長大的。我不是故意要學老歌的歌詞，但我也要去大都會，在銀座種巨無霸西瓜。

正想著這些，文彌小姐突然與我攀談時，我又慌了，說：

「海步子阿姨說她已經拜託餐廳的老闆，端出螢烏賊料理要適可而止。有餐廳因為客人特地來看捕撈螢烏賊，晚餐就只準備螢烏賊，一次吃到怕，以後再也不想看到螢烏賊。結果餐廳老闆罵說，我們才不是那種沒水準的店，給我搞清楚，在電話裡吵起來。不過，海步子阿姨和那家店的老闆雖然不住在同一個町，卻是從國中就認識的老朋友。她還笑著說，我可是那家老闆的初戀。」

文彌小姐笑著說：

「很像海步會做的事。」

我們在魚津站前的咖啡店待了三十分鐘才去飯店。

在大廳裡，文彌小姐和清一郎先生又客客氣氣地跟我道了謝，我才回到魚津站。——

對話告一段落，千春又指著飯店對佑樹說：

「就是這裡。」

「就這樣？」

佑樹一副失望的表情問。

「嗯，就這樣。」

想了一會兒，從口袋裡拿出自己的手機，看了螢幕上顯示的時間。

「你就只是想說文彌小姐有多漂亮？」

佑樹問。

千春心想，這孩子直覺也很準，回答：

「因為，就只有這樣啊。」

然後迴轉車子，開向滑川的佑樹家。

有兩件事千春沒有對佑樹說。

一是文彌小姐曾兩、三次問起佑樹，還有就是從那天起，園田清一郎的身影便一直在自己心中佔有一席之地。

——文彌小姐說，她曾在佑樹一歲半左右，在東山區整排都是豪宅的路上巧遇過他。

又說，想見見十歲的佑樹，問：

「男孩子大多都像媽媽，佑樹也是嗎？」

千春回答不太像海步子阿姨，一定是像爸爸。只是我沒見過佑樹的爸爸，聽說也沒有留下照片，所以不知道佑樹爸爸長什麼樣子。

文彌小姐只說：

「這樣啊……」

又想說什麼，但就沒再作聲。

千春告訴她，現在佑樹白天託給我位於入善町的家，海步子阿姨早上去工作之前把他從滑川帶來，晚上工作結束之後再來接他。今年的新學期，佑樹就會轉到滑川的小學，不待在我家了。

「那麼，佑樹小弟等於一直跟千春的家人住在一起喔。海步的努力很令人佩服，但佑樹小弟也很會忍耐。因為媽媽不在，小朋友都會很寂寞。」

文彌小姐說。

「海步子阿姨來接他的時候，就算睡著了，他也會立刻爬起來，跑過去用力抱緊媽媽。」

於是，文彌小姐若有所思地喝了咖啡，說：

「佑樹小弟的爸爸……」

但又止住不說了。

千春等著她把話說完，不過文彌改變話題，說她一直以為富山是大雪地帶，所以帶了走雪路也不會打滑的靴子來，看樣子派不上用場。

千春對文彌說，佑樹剛剛還跟我在家一起看電視，早知道就帶他來。只要從家裡騎腳踏車到入善站，搭車一下就到魚津站，不然我打電話問他要不要來見文彌小姐好了？

聽千春這麼說，文彌報以微笑，說他大概不記得一歲半時只見過一面的女人，怎麼可能想見我呢。而且還要特地搭電車才見得到，對佑樹小弟來說太麻煩了。她以此婉拒，從手提包裡拿出事先準備好的紅包袋。繪有小小櫻花的紅包袋裡有一張一萬圓元新鈔。

「請轉交給佑樹小弟，說是我送他的轉學禮物。」

千春收下紅包回家，但佑樹不知跑到哪裡去玩，沒有親自交給他本人。後來，海步子結束高岡的工作沒回富山市的店裡，而在傍晚六點到入善町的脇田家接佑樹，千春把錢交給了海步子。——

明明沒有什麼理由對佑樹隱瞞這些，為什麼就只有這一段我故意沒提呢？開著自己的新車走在前往滑川的舊街道上，千春對於自己心中某處竟然不太平靜感到不可思議。

——「佑樹小弟的爸爸」——

也許是因為說了這句話之後，文彌小姐的表情起了細微變化，至今仍莫名不自然地刻在我心頭。

千春想到這裡，問佑樹：

「你什麼時候有手機的？」

「今天正好是第十天。」

「哦，海步子阿姨終於准了啊。」

「嗯。不過，這個有上網限制，不能隨便上網，通話時間也有限制，規定只能用一定的時間。媽媽說是手機公司的人這樣建議她。可是我才不信呢，一定是媽媽拜託人家設定的。」

「因為，要是你逛了什麼色情網站，收到天價帳單的話還得了。電話也是，講上一、兩個鐘頭的電話費很驚人。」

「男生跟男生怎麼可能電話講兩個鐘頭？」

「哦，那跟女生呢？」

「我又沒那種對象。」

「真的嗎？」

「真的啦。我們學校的女生不是像小黃瓜就是像山藥。」

「是嗎……。那就全都是像我這種的囉。小黃瓜和山藥，跟田裡的土差不多嘛。」

「還在生氣喔？那不是說千春，是說你身上那件毛衣啦。」

「不管說的是哪個，我都有點受傷。」

來到滑川漁港附近，心想再十分鐘就到佑樹家。

「千春真的變厲害了。我可以安心坐在副駕駛座。和一開始在入善站相比，大躍進喔。」

佑樹這麼說，然後把盒子裡剩下的杏仁巧克力放進嘴裡。

「你是為了討我歡心才誇我的吧。好吧，我再也不會穿這件毛衣了。從明天起，我全身都穿粉紅色。」

聽千春這麼說，佑樹問：

「咦！你有粉紅色的鞋子？」

然後笑著向三個剛好經過的同學揮手。

「鞋子是沒有，不過我有粉紅色的毛線帽。」

「好土喔。不如買幾本你這個年紀的女生會看的流行雜誌嘛？有人說過女人都是靠化妝打扮，我媽媽說真的是這樣。」

真是吐不出象牙的小鬼，千春邊想邊經過漁港，開過以前宿場町的小路，倒車進海步子阿姨租的空地。

「剛才的倒車入庫有八十五分。」

說完，佑樹下了車往家裡跑，開了大門的鎖。

千春想著自己國二時會不會說「大躍進」這種話，一邊拿起放在後座的側背包，明知海步子阿姨不在還是說聲「你好」，跟在佑樹後面進了走廊，直接爬上樓梯。

在佑樹面海的房間裡，那張靠牆的書桌上，參考書堆得比甲本夫婦十月來時還多。

這孩子開始認真埋頭苦讀了。依照大個子姨丈所訂的企畫，朝著京都大學和哈佛或史丹佛前進。

千春這麼想，望著佑樹那張溫柔的臉，眼睛微微下垂、笑起來更垂，和小時候一模一樣。

壁櫃下方被當成書架，佑樹從那裡取出一本厚厚的畫冊，翻到貼著標籤的那一頁。

僅以「梵谷」為題的畫冊，高約四十公分，寬約三十公分，又大又重。

佑樹為了通風打開海那邊的窗戶，又按下暖桌的開關。

雖然也有瓦斯暖爐，但到了需要暖氣的季節，佑樹就會搬出暖桌。他說瓦斯暖爐會讓他頭昏想睡。

千春站在書桌前看著《星夜》。

佑樹在愛本橋上說「一直看會覺得好像頭快暈了」，的確沒錯。但是，我卻從這幅激情的畫中感到無比的寂寞。頭一次看了畫覺得這麼寂寞。

以畫筆將激情潑灑在畫布上，星、月、雲、巨大的絲柏全都要捲起漩渦似的，明明這麼有魄力，卻又這麼寂寞……。

我沒有在晚上去過愛本橋。小時候，爸爸好像開車帶我去過，但已完全沒有記憶。

夜晚站在愛本橋上，真的能看見和這一模一樣的情景嗎？如果偶爾會有那樣的夜晚，無論如何都想親眼看看……。

千春沉浸在只能以感動形容的心緒中，如此想著。

「下次我們找一個絕對不會下雨的晚上去愛本橋吧。不過，那裡的天氣預報都不準。」

聽了千春的話，佑樹說：

「真的嗎？那我搭電車到入善站。千春，你願意開那輛小型車來車站接我嗎？」

他一邊關上窗，把腳伸進暖桌。

「嗯，到晚上看天氣可以我就打電話給你。沒下雪的冬天晚上比較有可能。因為冬天的天空比夏天的乾淨。」

「一定喔！別忘了！」

佑樹往前靠，這麼說。

千春問了佑樹的手機號碼，輸入手機。

「可是，你晚上要念書吧？」

「那天晚上會休息。」

「大個子姨丈幫你訂的企畫，得拿出全力念書，不然不可能達成。想著『只玩今天一晚就好』會慢慢玩成習慣，一轉眼考大學的日子就到了。我們家範夫哥哥就是這樣。」

「嗯，大個子姨丈也這麼說。」

佑樹離開暖桌準備下樓，但在樓梯中途停下來問：

「千春，文彌小姐去年死了，你知道嗎？」

千春大吃一驚，反問：

「死了？怎麼會？」

「我媽媽說是癌症。」

文彌小姐去年就過世了？海步子阿姨為什麼沒有告訴我？是忘了我十六歲時曾去JR魚津站接她、帶她到飯店嗎？還是因為每天忙得不可開交，忘了告訴我呢？

不，應該是覺得四年前僅僅接觸過四十分鐘的人，千春不會記得吧，才認為沒有特地說的必要？

千春左思右想的同時，當年的悸動又重回心頭——在細雪飛舞的魚津站月台上，第一眼看到文彌時的美麗，當她走向站前時，强風翻起風衣，露出品味高雅的喀什米爾毛料裙……。

文彌就是那麼美，令十六歲的自己為一名年過三十的女子一瞬間的風情怦然心動。

聽見樓下廚房傳來聲響，千春知道佑樹正在幫自己泡茶。

男生不用做這些，我來吧。千春這麼想，正要離開暖桌時，忽然對佑樹為何直到家裡才說起文彌小姐的死訊而起了疑心。

他不是忘了。佑樹是猶豫著要不要告訴我。這是為什麼呢……。

佑樹端著托盤，將茶壺、茶杯拿上樓來時，千春問：

「我在魚津跟你提起文彌小姐時，你怎麼沒告訴我她去年就過世了？」

佑樹將茶壺的茶倒進茶杯，沒作聲，顯得有些為難。不是想說謊的樣子，而是思索該如何說明，正在將自己的想法組織成語言的神色。千春看得出來。佑樹表情豐富，而自己像姊姊一樣從小帶著他長大才能解讀。

「正在講自己喜歡的人的回憶時，聽到『啊，那個人死了喔』，會很不開心、很難過吧？」

佑樹說。

「所以你隔了一段時間才說？」

「也許吧。唔——，我也不知道。我只是覺得，晚點再告訴你文彌小姐去年就過世比較好。」

千春決定讓文彌小姐的話題就此打住，於是喝了熱茶，但一想到我也有事情瞞著佑樹，便說出文彌小姐見過兩歲的佑樹，又說代替佑樹收下一萬圓，轉交給海步子阿姨。

「一萬塊的事我知道啊。錢我一直存著，後來拿去買小徑車了。」

「小徑車？」

「就是我的腳踏車啊。那輛輪胎很小的。」

「就是你在富山市腳踏車行買的，騎回來那輛？」

「嗯。我搭電車去車行，然後繞了點路跑到岩瀨濱，騎舊北陸街道回來。」

佑樹重拾笑容說。

千春從肩背包裡拿出錢包，把她答應的兩千圓放在佑樹面前。

「跟你開玩笑的啦，不用錢。」

「可是，要不是有佑樹在旁邊陪我，我頂多只敢在家附近的田間道路來回開。才不會異想天開還跑到滑川呢。」
千春把兩千圓塞進佑樹手裡，但他堅決不收。
「我媽應該開始擔心了，我要回去了。」
千春把兩張千圓鈔收回錢包裡，向佑樹道了謝，回到自己的小型車上。
佑樹跟著她一起來到空地，跟她說可以試試走高速公路回去。
「我還沒有那個勇氣啦。」
「沒關係啦。只要遵守速限，保持車距，靠左開，不會有事的。」
「說得簡單⋯⋯。你又不會開車。」
千春這樣說，發動了車，本來想回舊北陸街道，但來到往滑川站的路時，決定走高速公路，便在路口右轉。
「千春，鼓起勇氣。勇氣一直都在你心中等著出場。」
這樣激勵自己後，千春從滑川交流道開上北陸高速公路。這段高速公路，她在駕訓班教練的指導下開過好幾次，但一個人開還是第一次。
「看中央後視鏡。也要看左右後視鏡。靠左、靠左。」
一路這樣出聲說著，平安無事下了入善交流道。

「啊啊，好累！」

千春喘了口大氣，從通往山邊的縣道切換方向盤轉入回家的田間道路，為了放鬆因緊張而僵硬的身心，將車子停下來。

打開駕駛座的窗戶，望著已經可說是乾冷的田園裡張開了葉子的「穭穗」，大大吸了一口外面的空氣。

千春覺得今年的初雪和降雪可能會比往年早，往遠處的屋敷林一看，田裡停了寫著「田山土石」的推土機和怪手。

哦，對呀。星期四起就在挖廣瀨家的田。今天是星期日停工，所以三台重機才會停在田中央。但願挖到岩石前不會挖到水。

千春這麼想，又深呼吸了幾次。

黑部川流域有九家採砂公司。由國交省管轄的黑部川是一級河川，每三年評定一次每年可採的砂石量。

最近更新的量是每年六千七百立方公尺。每家公司只有分配到一千五百輛十噸卡車的量。

這些工作約三個月就能完成，公司無法只靠此維生，剩下的九個月便去找尋地底可能有石頭的田，往下挖十公尺左右，採取其中的岩石再碎成幾種大小來賣。

雖說有九個月的時間，但從開始準備插秧到割完稻這段期間都不能挖，所以只能等農閒時期。

和地主談妥，總算展開作業之後，也可能挖個三、五公尺就有水冒出來，不得不放棄。

根據多年的經驗，可以預測在挖到大石之前會不會挖到水，但有時也會失準，所以要先做鑽探調查。

近年黑部川能夠採的砂石量大減，是因為沖刷下來的砂土和岩石量減少。公共工程減少導致需求銳減也是原因之一。

千春想起社長的說明，心裡祈禱廣瀨家的田裡能夠採到很多大石頭。

才想著再不回家的話會讓母親擔心，手機便發出簡訊的信號聲。

——還好嗎?什麼時候能回到家?——

看了母親的簡訊，千春回覆說已經回到入善町了，一邊喃喃地說：

「這不是學會用手機打簡訊了嗎。」

母親是在千春從東京回來時，要千春教她怎麼從手機收發簡訊。

千春才剛開車，簡訊聲又響了。千春停了車。這次是佑樹傳來的。

——現在在哪裡？依我的直覺，差不多過了黑部川吧？——

如果是照原路折回，現在的確差不多會在黑部川那邊，千春這麼想。

——我上了滑川交流道走高速公路回來囉。簡單得要命。現在在離家十分鐘的地方。今天謝啦。——

千春回覆了簡訊。然後，看著手機的液晶螢幕片刻。

好不容易對開車建立起一點自信，自己應該很高興才對，但心頭卻被寂寞與失落包圍。千春認為，應該是文彌小姐去年過世的緣故。

那種寂寞，與爺爺、奶奶、爸爸去世時感覺到的不一樣。

與失去血親的哀傷截然不同。包圍著她的寂寞卻比父親過世時更沉重，這是為什麼呢？

我和文彌小姐只有在四年前相處過三、四十分鐘而已。隔年的元旦收到她的賀年明信片，我也立刻回寄給她。

從此之後，我每年都會算好時間，讓賀年明信片能在元旦寄到，文彌小姐也會寄給我。今年是從東京寄出，也註明我換了地址。可是，文彌小姐沒有寄來。入善家那邊也沒有收到。

聽說京都的藝伎在年底、年初的時候活動很多，我以為她今年沒有時間寫賀年明信片給我，也沒太在意。原來文彌小姐過世了。我還在恭賀新喜的句子旁畫了一個太陽的笑臉，寄給一位逝者。

我真是個糊塗蟲，做什麼都慢半拍。這種人就叫鄉巴佬。

想著想著，千春開始討厭自己，甚至發起火來。與此同時，對於死亡這件事，感到有生以來從未感受過的恐懼。

佑樹又傳簡訊來了。

——大意乃重傷之源。——

回想自己的十四歲，千春很佩服佑樹知道這麼多詞彙。

沒有馬上說出文彌小姐的死訊，也是因為他擁有一般十四歲少年所沒有的細膩心思。

——正在講自己喜歡的人的回憶時，聽到『啊，那個人死了喔』，會很不開心、很難過吧？——

想起佑樹的話，看著從田裡稻頭冒出芽來拚命生長的「穭穗」，看了好久，千春才回家。

初雪雖來得比往年早，但沒有留下積雪就消失了，十二月上旬才有了頭一次積雪。

千春家算是山邊，雪比入善站附近的沿海多。

這天下午，田山土石準備將石頭碎成表定的尺寸，除了黑部川的堤防下堆成小山狀的砂礫，到處都覆著五、六公分的雪。這些砂和小石頭都是重要的道路基材。

從作業現場回到辦公室的社長田山秀滿一摘下安全帽，雙手就靠近石油暖爐烤火。

「下班了下班了。千春的車換了雪地胎了嗎？」

他問千春。

「有，前天換的。」

千春邊將訂單傳票上的數字輸入電腦邊回應，然後為了替社長泡熱茶，她走到用來當作休息室的廚房兼食堂。

「田山土石」的辦公室是細細長長的平房，辦公室旁是會客室兼會議室。

從辦公室到那裡只隔著一道門，但要去休息室就得走別的門，經過水泥鋪的通道。

通道上擺著窄窄的置物櫃，再進去是廁所。

碎石機和輸送帶的聲音都停了，千春判斷再過十分鐘大家都會收工回辦公室，便多燒了一些熱水。

「田山土石」的上班時間是上午八點到下午五點。

今天不會再有砂石車來裝砂礫，所以大家應該直接回去，不到食堂吃泡麵——千春正這麼想時，社長來了，說：

「回家的時候，幫忙載一下我爸吧。」

社長的父親將公司傳給兒子之後，每週有兩、三天會到公司，當當顧問或是給作業員種種建議，偶爾也會對私生活的問題幫忙出主意。

話雖如此，卻從不擅闖員工的私生活，只在員工主動找他商量時才插手。

年紀已經快八十，但膚色白、氣色紅潤，甚至顯得十分知性。

若是懷著一般先入為主的觀念，以為採砂公司的老闆多年從事破壞環境的粗活一定是粗人，看到他文雅的風貌肯定會大吃一驚。

但是，偶爾驚鴻一現的銳利眼神，證明他是年紀輕輕便成立這種「粗野」的採砂公司，在那個世界有過一番歷練的人。

千春邊想邊將熱水瓶裡的熱水倒進茶壺。

老社長田山滿男應該是去過碎石機那裡，只見他在置物櫃前換下作業服穿上便服，走進廚房。

「讓千春載回去啊？一定很刺激。」

田山滿男笑著說。

千春也為老社長泡了茶，然後換下制服，寶貝地拿起昨天收到、由甲本雪子寄來的羽絨衣。

那件絎縫薄款羽絨衣有光澤、明亮的深藍色，輕得讓人忘了手上拿著它。

宅配送來的箱子裡，有甲本雪子寫的一封短信，以及羽絨的使用說明書。

信上寫著，收到衣服不要收著不穿，就當作平常的衣服來穿。

羽絨的說明書上寫，羽毛來自冰島霍特這個地方的雁鴨，是全世界最珍貴的羽絨，還附帶說用這種羽絨做的被子一條高達兩百萬圓。

千春大吃一驚，一條被子要兩百萬，那這件羽絨衣要多少錢？在腦海裡比較了一下所使用的羽毛數量，粗估只怕不下二十萬，從此她便一直不知所措，為什麼甲本雪子要送自己這麼貴重的東西。

千春等著替在寒冷的碎石機那裡工作的六名員工泡了茶之後再回家。

「沒關係，你回去吧。已經五點半了。」

社長這樣說，她便與老社長一起離開辦公室，走到自己停車的地方。

「廣瀨家的田採到很多石子嗎？」

上車發動引擎後，千春問老社長，一面把羽絨衣放到後座。

「嗯，大豐收。採到很多，要回填可是大工程啊。」

老社長說。

挖過田必須恢復原狀。取走地底下沉睡的大石，便要補上等量的土，把挖起來的土填回去。否則，整片田就會發生所謂的地盤下陷，地表比別的田地來得低。

「明天就要開始回填。」

千春從黑部川堤防旁泥濘的土路開上有融雪裝置的柏油路，將老社長送到舟見村落附近的田山家，再開回家。

母親好像除過雪了，大門到玄關這一段都沒有雪。一打開家門，就聞到咖哩的味道。

「雪叫卓哉除就好了啊。」

千春不想讓羽絨衣沾上咖哩味，跟母親邊說邊回自己二樓的房間，用衣架把羽絨衣掛在門框上。

打開石油暖爐後下樓，邊走邊想自己和弟弟妹妹小時候不知道在這裡摔過多少次。

這又窄又陡的樓梯不是樓梯，根本就是梯子。母親與嫂嫂的爭執也起於脇田家這道樓梯。

等孩子會走了，趁著母親不注意爬到二樓，卻因為還走不好就摔下來。地上雖然鋪了地毯，如果只是頭上摔出個大包也就算了，可要是撞到要害就嚴重了。

嫂嫂言之有理，但她的說法以母親的角度形容就是「聽了就火」。

那道樓梯再怎麼改都無法降低坡度。家裡的格局就是這樣。是沒看顧好蹣跚學步的幼兒的大人不對。

當時母親的語氣很平靜，但嫂嫂「聽了就火」。

千春邊回想著母親和嫂嫂因為樓梯而發生頭一次爭執，邊問她：

「有什麼要幫忙的？」

「沒，什麼都沒。啊，有千春的信。」

母親說，朝電視機上指。

寄件人是園田清一郎，住址是京都市東山區。

應該是文彌小姐公寓的住址，千春拿著信到二樓，進了自己的房間，坐在石油暖爐旁。

——我是園田清一郎，四年前曾在魚津與表姊一同備受照顧。我們不慎遺漏通知脇田小姐，表姊園田真佐子已於去年四月十一日離世，得年三十九歲。

真佐子姊姊去世之後，我們寄了明信片給姊姊的朋友，但因為姊姊工作的關係交友廣闊，人數眾多，我與家母都無法分辨名片是在宮川町花街的宴席上只見過一次的人，或是應該要通知死訊的熟人。

我們請置屋的老闆娘看了真佐子姊姊公寓裡那厚厚一大疊名片和通訊錄，請她篩選需要通知的人後，才寄出明信片。

我自己今年從大學畢業，在罐頭食品公司上班，原在東京任職，但十月起奉命轉調大阪分店，於是便住進真佐子姊姊一直沒有找到買家的公寓。——

千春讀著讀著，心臟的悸動漸漸平靜下來，便拿著信移到床上。

——不知真佐子姊姊死訊的朋友們，今年寄來的賀年明信片由公寓的管理員代收，全數寄到我們在奈良的老家。

由於家母健康出了問題，年底住院動手術，這幾張賀年明信片我一直都沒有機會看。

調任大阪後不久，我回去一趟奈良老家，那時，總算才看了這些不知真佐子姊姊死訊而寄來的明信片。

其中，便有脇田千春小姐。

真佐子姊姊從小個性較為豪邁奔放，常有出人意表之舉，但其實是個有條有理的人，當舞伎之後收到的賀年明信片和盛夏問候，她都依照年分裝袋保管，但數量龐大，家母和我實在沒有時間一張一張看。

我靈機一動，翻了這兩、三年的賀年明信片，發現在魚津見過的第二年起，真佐子姊姊每年都收到脇田千春小姐的賀年明信片。

今年的賀年明信片也是初一就寄到，我心想脇田小姐一定沒有從滑川的親戚那裡得知姊姊的死訊，所以雖然時隔許久，我還是寫了這封信。

那次從魚津到滑川的旅行，真佐子姊姊非常盡興，在病床上也數度提到「好想再去」。

脇田千春小姐的事也是，雖然只相處過三、四十分鐘，但姊姊一定印象深刻，曾說「不知道那女孩現在怎麼樣了，真想再見一面。想請她去吃魚津那家餐廳」。

其實，這封信本來是寄到今年的賀年明信片上所寫的東京住址，但被退回，我打電話到小野建設機械租賃公司解釋緣由，一位應該是您前上司的人告訴我，脇田小姐已辭職回富山。

富山東部就要進入下雪的季節了吧，請注意健康。——

園田清一郎的信是用電腦打字列印。最後有親筆簽名。

為了能在元旦寄到，去年的賀年明信片是在聖誕節前一天傍晚寄出。千春心裡好慶幸在上面也寫了自己服務的公司名稱，又將清一郎的信看了好幾遍。

不經意看到一張名片掉在石油暖爐那裡。是將信從信封裡拿出來時掉的。

撿起名片，千春望著園田清一郎這幾個字。上面印著「T食品株式會社大阪分社 販賣局第一販賣部」的字樣，以及公司的電話號碼和園田清一郎的手機號碼。

千春推測那應該不是私人手機號碼而是公司給的吧，一邊將名片收進書桌抽屜。

然後，出聲說了滑川。從魚津到滑川的旅行……。信上的確是這樣寫。

她又把信重看一次，確定那個地名，千春心想，所以隔天文彌小姐和清一郎先生到滑川去了。

可是，這件事她不曾聽海步子阿姨說過。

或許用不著事事都向當時高一的我說，也或許文彌小姐和清一郎先生並沒有向海步子阿姨說，上了計程車或電車就到滑川，在市區、海邊散散步就回去。

千春再次仰臥床上，重讀了信。

文彌小姐對我的什麼地方印象深刻呢？

——不知道那女孩現在怎麼樣了？真想再見一面。想請她去吃魚津那家餐廳。——

那是真心的嗎？

也許只是一個臨死之人因懷念之情隨口說說，但文彌小姐在那樣的狀況之下，仍想起脇田千春。想起一個只是去車站迎接、帶她去飯店的平凡無奇鄉下女孩……。

千春回想著文彌的容貌舉止，盯著天花板看了許久。

「你還不吃飯嗎？」

樓下傳來母親的聲音，又響起弟弟爬上樓梯打開自己房間的腳步聲，聽起來就像心情不太好。

「等一下再吃。」

千春在書桌前坐下。

拿出園田清一郎的名片，將信紙放在桌上，拿起原子筆。

她想起小野建設機械租賃的上司川邊部長曾經對部下說過：

「感謝信這個東西呢，一定要馬上寫、馬上寄。要是拖著不處理，日子一天天過去，感謝的心意也會一天天變淡，等寫好寄出去的時候，就會像沒了泡沫的啤酒。知道嗎，感謝信要馬上寫。」

但該怎麼寫呢？千春連一行都想不出來。

打開電腦，搜尋謝函的寫法，點進其中範例最多的網站時，千春認為應該先寫羽絨衣的謝函給甲本雪子阿姨才對。

於是，她查了「雁鴨羽絨」。

——雁鴨會飛到冰島西部的峽灣地區繁殖，雁鴨絨是牠們身上最柔軟的羽毛。這種羽毛非常珍貴，要價不斐，據說以前一公克的羽毛價值一公克的銀子。

雁鴨於五月中飛到冰島。飛到西部峽灣的約有二十萬隻。雁鴨於六月初產卵，牠們會拔下自己身上最柔軟的羽毛來築巢。這些軟毛中含有很多空氣，可以為生下的蛋以及孵出來的雛鳥禦寒。

經過四週孵化而出的雛鳥約一週後離巢。必須盡快離巢的原因是天敵非常多，例如：狐狸、烏鴉、海鷗等都是。因此，自古以來這個地方的人們便會巡邏守護，免得牠們受到天敵侵害。

待雛鳥順利離巢，成鳥也會離開，只剩下鳥巢。人們便採集這些巢上的羽毛來販賣。雁鴨得到人類的保護，人類則得到完成任務的羽毛作為報償，換取現金。對當地的人而言，雁鴨的羽毛是重要的收入來源。——

千春看了網站上的文章，看著雁鴨和牠們鳥巢的照片，很想查查以前一公克的銀值多少錢，但身體覺得懶懶的，這才發現自己餓了。

吃了咖哩飯再來寫謝函吧。雖然會被川邊部長罵……。

千春在心裡這麼說，下樓去廚房。

給甲本雪子的謝函一定要寫，但園田清一郎那邊直接打電話去道謝應該不算失禮吧。

千春很清楚自己動機不單純，其實是想以道謝為由，和園田清一郎說上幾句話。

翌日早晨，往公司的路上，千春將謝函投進郵筒，她前夜為了寫這封給甲本雪子的信寫到很晚。

深夜裡似乎又下了點雪，三週前的廣大枯野上積了七、八公分的雪。

千春喜歡無邊無際的金黃稻穗，也喜歡烏雲底下綿延至海的雪。直竄鼻腔深處的冷空氣充滿了雪的味道，讓人感受到自己的體温，尤其是血液的脈動。

每當雪季開始她都會這麼想，但後來也漸漸厭煩，對融雪的日子望眼欲穿，一心等待春天的到來。自己果然還是最喜歡感覺「春天就要來了」的季節。因為那時心中會想，啊啊，漫長的冬天就是為了此時此刻而存在。

千春思考著這些，走進田山土石的辦公室，先打開石油暖爐。再打開混泥土通道上的置物櫃，用衣架將羽絨衣掛好，換上制服，進廚房把熱水瓶裡前一天的熱水倒掉，煮新的水。

昨天已詳細了解羽絨的價值，知道這件衣服可以穿一輩子，且甲本雪子在信上叫她要當作一般便服來穿，千春決定照做，儘管有所猶豫，今天也依然穿來公司。

說是穿，僅僅只是拿在手裡，千春不曾穿起這件衣服。

廚房兼食堂旁鋪著五張榻榻米的地方擺了五個枕頭。那裡向來被當作員工的休息室，但他們的工作並不特別需要體力勞動。

然而，考量到員工有半數以上六十歲左右，還是留個區塊讓大家在午飯後或長時間工作後可以稍事歇息。

自從開始在田山土石上班，每天早上七點半千春便到公司。首先燒開水，擦拭辦公室的幾張辦公桌，掃地，然後再打掃會客室兼會議室、廚房兼食堂，這些事情做完正好需要三十分鐘。

「今年冬天的雪可能很多。」

社長邊走進公司邊說，身上已換好作業服。

千春精神抖擻地道早安，為社長泡了茶。

這也是小野建設機械租賃的川邊部長嚴格要求自己部下的做法。

要是有誰因為睡眠不足或宿醉，臭著一張臉以若有似無的聲音說「早」，就在自己的位子坐下，立刻就會聽到川邊部長的飆罵聲響起：

「要把今天早上當成自己人生的開始。人生開始第一天早上這樣打招呼，等於已經輸了。」

我大學又不是體育社團的——年輕員工雖然小聲這樣抱怨，還是很敬愛川邊部長。

因為川邊部長不但確實向上層反應第一線人員的意見，而且總是會為部下的失敗負起責任。

一察覺部下心事重重，或是工作上遇到瓶頸，川邊部長就主動找他們去吃中飯聊聊。

千春打掃完正在洗抹布時，覺得很想念川邊部長。

「富山的雪也變少了。過年竟然沒有下雪，以前的富山根本無法想像。每次提到這些，老人家一定會講起『三八豪雪』。一百個老人就有一百個會說『三八豪雪那時候如此如此這般這般』講起古來。」

千春也聽祖父母說過好幾次，昭和三十八年的豪雪對整個富山造成多慘重的災情。

「社長也記得三八豪雪那時候的事嗎？」

千春問。

「你以為我幾歲啊？」

社長苦笑著喝了熱茶。

「我四十五歲。是三八豪雪那年生的，怎麼可能記得呢？只會喝奶、拉屎撒尿、哭和睡。我當時的人生只有這四件事啊。」

千春笑了，打開電腦。

社長走進會客室兼會議室，拿了一個大紙袋和幾張文件出來，交代千春把這些送去給縣政府的清水先生。清水先生說他十點會外出，要我們在十點之前送到。

「要千春開車去我還是有點擔心，你搭電車吧。我會打電話給站前大路上的和田先生，請他讓你把車停在他們車庫。」

「我都走北陸高速公路去富山交流道兩次了，沒問題的。」

「真的嗎？可是才兩次啊。還是搭電車吧？否則在你回到公司之前，我會擔心得沒辦法做事。」

說完，社長從辦公室走到停了四台大型機具的地方。

千春與社長說話時，社員們紛紛抵達公司。在遲到前一刻衝進辦公室的小六，邊換穿作業服邊聽著千春和社長的交談，笑著說：

「後來你上了兩次高速公路啊？真可怕。根本是凶器在路上跑啊。」

千春很想開自己的小型車到富山市內去。

縣政府的事很快就能辦完。這樣的話，她就能逛逛販售許多各類雜誌的書店，買個兩、三本二十幾歲女生愛看的時尚雜誌，再找家咖啡店翻閱，選好衣服該怎麼穿搭，然後去海步子阿姨的髮廊討論她適合剪什麼髮型。

搭電車去太花時間，只夠買時尚雜誌。如果只是雜誌，入善町就買得到。

可是，社長叫她搭電車，她也只能照做。

千春這麼想，準備幫男性社員泡茶，但大家穿好作業服，就拿著安全帽去重型機具那邊。

哦，對了，今天要把挖完地的廣瀨家那六十畝田復原。不知道要花上幾天。補充的土壤已經運到廣瀨家的田裡了嗎……。

千春邊拿起決定要好好穿一輩子的羽絨衣，走到自己的小型車旁。社長正用手機和人通話，一邊向千春比了一個OK手勢。千春知道那是和田先生答應可以使用車庫的意思，便前往入善站。

富山市內沒有雪。

千春在縣政府辦完事，沿著松川走到總曲輪的商店街，在書店買了兩本時尚雜誌。

要走到海步子阿姨那裡太遠了，雜誌可以回家再看。

她不知該選哪一個，打電話到「Cut Salon Bob」，結果海步子阿姨說這就開車去接她。

在總曲輪的商店街外的十字路口等了十分鐘，海步子阿姨開著車出現了，她說：

「接下來一個鐘頭沒有預約的客人，正好。」

把放在副駕駛座的雜誌和小冊子等東西移到後座，好讓千春方便入座。

她們去了 Cut Salon Bob 一號店，千春立刻被安排坐進美容椅，海步子阿姨和一名看來比千春大兩、三歲的助手摸摸她的頭髮，站在她身後，要她的頭左右搖擺。

「交給我全權處理喔？」

海步子阿姨問，也邊徵求女助手的意見。

頭髮染一點栗子色吧。她的眼睛最有特色，所以髮尾剪掉三公分左右，整個打薄……。

助手這麼說，然後從牆邊的架上拿出有各種髮型的範本書。

「啊，就這個。這個最好。」

海步子阿姨指著助手最先出示的髮型，做了決定。

「很快洗一下，先剪，三、四十分鐘就會好。然後，下個星期六或星期天，只要再染燙就完成了。」

不等千春回答，海步子阿姨便要她移到洗頭的位子。

「我還在上班啊？」

千春邊說邊看由美麗的模特兒所示範的髮型。從額頭到耳際順下來的頭髮，整體往外側翹。燙髮是為了製造往外翹的捲度，一旦戴上毛線帽就毀了。如果在家裡自己洗頭，每次都要處理這個造型很麻煩。

千春這麼說，卻被海步子阿姨罵：造型算什麼，你好歹也花點心思打扮一下自己。

「不適合我啦。」

「適合。我們是專業的，是千春說讓我全權處理。乾脆，今天連染燙也一起完成。」

「這樣我回不了公司。」

「那，請半天假吧？很忙嗎？」

「那樣辦公室就沒人了。要是客戶打電話下單的話……」

「翹個半天班，不會怎樣吧。」
「這個髮型，真的適合我嗎？」
「適合適合，絕對適合。是『上街會有人來搭訕』的那種。」
海步子阿姨輕快地唱起歌來。
「好老的歌喔。」
助手和負責洗頭的同仁都笑了。
全部弄完已經超過一點。那段期間，千春打電話給社長，說好像感冒了，有點發燒，所以拜託社長下午讓她請假。
社長正在進行掘土後的填補作業，絲毫不以為意，他回：
「哦，好。保重啊。」
海步子阿姨正在做最後的吹整，好讓側面和後面的頭髮全部往外翹，一面笑著問大鏡子裡的千春：
「看吧？你不覺得很適合嗎？」
「顏色染得這麼淺？不是說染一點栗子色而已嗎？」
「是千春本來的髮色太黑了。黑得像羽毛濕掉的烏鴉。所以一開始如果不用淺一點的顏色，根本看不出有沒有染。現在這樣才剛好。肚子餓了吧？我們去吃飯。」

海步子阿姨從後面拍拍千春的肩，率先走到店外。三位預約的客人緊接著進來。

千春向店裡的人道了謝，拿起羽絨衣，跟著海步子阿姨出去。

面向大馬路的 Cut Salon Bob 數來隔壁第三家是蕎麥麵店。海步子阿姨在店前等著，說這裡的蕎麥麵定食很好吃。

「蕎麥麵還附高湯玉子燒、炸蝦天麩羅。限定中午才有喔。」

店裡還有很多客人，千春和海步子阿姨站在一起，等了一會兒位子。

邊等邊說了關於身上這件絎縫羽絨衣的事。

是甲本雪子送的。用的是全世界最好的羽絨，同樣材料的羽絨所製作的棉被一床要賣兩百萬圓日幣……。

「咦！兩百萬？那這件羽絨衣多少錢？」

海步子一臉驚訝地問。

一張四人座的桌子空了出來，她們入座後，千春說：

「我猜不出來。我不知道被子會用多少羽毛啊。」

點了蕎麥定食後，海步子阿姨笑著說：

「那次雪子姊要回京都時，給了佑樹一萬圓的零用錢。」

千春要付剪髮和染髮的錢，海步子阿姨卻堅決不收，說：

「等下一次之後再收。」

吃著蕎麥麵定食，千春也提了收到園田清一郎的信，說文彌小姐第二天去了滑川，問海步子阿姨有沒有跟她見面。

沒有，沒見到面。我八點前就得出門，文彌姐兒看完捕撈螢烏賊，清晨五點才回飯店，一定很睏，我實在不好意思跟她約八點在滑川見面。

海步子阿姨如此解釋的語氣和表情，有股說不上來的僵硬，千春便把話題轉移到自己的新髮型。

請海步子阿姨教她洗頭後要怎麼做才能維持頭髮往外翹的捲度，千春心想，或許她根本不知道文彌小姐第二天從魚津去到滑川。

文彌小姐也只是想，既然都來到魚津，不如也去一下滑川，只是這樣而已，沒有打算要見必須去富山市內上班的夏目海步子。

這樣一想，千春便決定不問海步子阿姨為何沒有告訴她文彌小姐的死訊。

「那位清一郎先生，在信裡有沒有提到文彌姐兒第二天何時去滑川？」

海步子阿姨問。

「沒寫吔。也沒寫是隔天去，是我自己認為第二天。」

聽千春這麼説，海步子阿姨問：

「文彌姐兒穿著什麼樣的衣服？梳什麼髮型？」

為何如今才想知道這些？千春心想，説了那天文彌小姐穿的衣服和髮型。

「藝伎雖然不必用自己的頭髮來梳髮髻，但在宴席外陪客人用餐時，還是必須梳適合和服的髮型，所以都留著長髮。」

海步子阿姨這麼説，看著自己的手指好久。

文彌小姐那樣的人，回到京都以後一定會打電話或寫信給海步子阿姨道謝，千春便問她有沒有提起去滑川的事。

「她有打電話來道謝，不過沒説她也去了滑川。」

海步子阿姨仍看著自己的手指，一臉若有所思地低聲説，然後回過神似地笑了。

「哦，我想起來了。她說她搭計程車從魚津到滑川去。嗯，有，她說過。我卻忘得一乾二淨。」

說完後，打量千春。

「真的很好看。千春，你自己去店內的廁所照鏡子看看。你會發現千春的可愛百分之百被强調出來。」

千春因為這句話要去廁所時，海步子阿姨的手機響了。

「好，我這就過去。」

回應之後，海步子阿姨向千春輕輕揮了揮手，付完兩人的帳就回店裡去。

廁所的鏡子很小，光線也只有Cut Salon Bob的三分之一左右，不像栗色反而像褐金色的頭髮，更接近千春本來想要的顏色，向外捲翹的頭髮也讓太膨的臉頰有變小的效果。

「啊，不錯嘛。」

千春低聲說，走出蕎麥麵店。剛才那位助手站在那裡，說要送她到富山站，一邊打開暫停路邊的車門。

「我騙我們社長說感冒發燒……。看到這頭髮，任誰都會覺得滿頭問號吧！一個早退回家躺在床上的人，怎麼會跑去髮廊。早知道應該編好一點的藉口啊……。」

來到看得見富山站的地方，千春對助手這麼說。

「你就說，你吃了感冒藥在家睡了兩、三個小時，燒就全退了，所以晚上才去髮廊。已經預約，不好意思臨時打電話取消。」

助手笑著這麼說。

「對喔，我就這麼說。你怎麼能一下子就想出這麼好的解釋呀！」

聽千春這麼說，助手回道，如果不能馬上想出這點程度的謊言，是當不了美髮師的。

從入善站開小型車回到家，千春對著待在廚房煮東西的母親露出笑容。

「咦？你怎麼回來了？」

瞥了千春一眼，視線又立即回到鍋子裡的母親這麼問。千春知道母親沒注意到她的髮型變化，便說她稱病早退，站在母親身邊說：

「喏，你看一下嘛。」

「哎呀呀！」

一臉訝異地望著千春後，母親總算發現了，放下長筷，又一迭連聲地「哎呀呀」。

「這是海步子阿姨建議的髮型。」

「去海步子店裡弄的？」

「因為有事去了一趟縣政府。」

「好耀眼哪。」

「有點太金了，不過阿姨說一開始要這樣才好。」

「我不是說髮色耀眼，是自己的女兒變得很耀眼的意思。」

「好看嗎？」

「感覺上街會有男人搭訕，當媽媽的會有點擔心就是了。」

「那首老歌我才剛聽過。海步子阿姨也唱了。」

千春衝上又暗又陡的樓梯，一進自己的房間便又去照鏡子。一顆心興奮不已，好像真的快發燒了。

側背包裡響起手機簡訊的信號聲。是佑樹發來的。

——恭喜變身成功。我要看照片。——

看了內容，想到才剛過三點，佑樹應該還在上課，千春便決定晚點再回。因為她聽佑樹說過，要是課堂上偷用手機被發現，會被老師沒收。

她忘了國中第六節是幾點下課，為了安全起見決定等到三點半，自己先用手機自拍了幾張。

右手伸到最長，第一張先裝酷。第二張換個地方，讓染好的頭髮看起來更接近金髮，裝出鬥雞眼。

在第二張照片附上一句：

——敢笑我就宰了你。——

三點半整發送出去。

然後，從面向立山連峰的窗戶，望著夜裡積了七、八公分的雪後仍一點都沒有消融的田園風光。

千春心想，我提起園田清一郎先生來信時，海步子阿姨的表情明顯變了，那是為什麼呢？

阿姨說的話也不自然。明明不知道文彌小姐去了滑川，後來卻又改口說忘了她在電話裡提過，一副急著圓謊的樣子。

就連我這麼遲鈍的女子都看得出阿姨在說謊。為什麼她一定得撒謊呢？

為什麼她想知道文彌小姐穿什麼樣的衣服、梳什麼樣的髮型呢……？

千春看著覆蓋在黑部川沖積扇上空厚厚的烏雲緩緩移動的樣子，聯想起了佑樹。

佑樹身上藏著太多祕密。大概從小學五年級左右，我開始覺得事情有點不對勁。

父親母親、祖父祖母，都極力避免提到佑樹的父親，只告訴我，那個人名叫今井直樹。

那他又是個什麼樣的人？也只得到含糊的回答。

在婚禮前一個月因病猝逝，連生什麼病都不知道。

忘了什麼時候，有一次，問海步子阿姨手邊有沒有佑樹父親的照片。因為她曾經說佑樹長得像爸爸，我只是單純地好奇他的長相，所以想看看照片。

海步子阿姨卻回答沒有機會拍照，所以一張照片都沒有留下。

明明絕大多數的人都至少有一台相機，真的會有這種事嗎？

可是，我到了國二，就開始認為還是別提起佑樹的父親比較好。因為我覺得那等於在欺負佑樹。

我好喜歡佑樹。他實在太可愛了，可愛得讓人忍不住想將他緊緊抱住。

當我在東京覺得心快要碎掉時，我都會想著佑樹的臉蛋、聲音，和他豐富的表情和動作的變化。

我回想以前讓佑樹坐在腳踏車後座，載著他，從入善的田園到入善漁港那段我們最愛的路，沉浸在那時的幸福裡，讓差點崩潰的心暫時獲得喘息。

我辭去小野建設機械租賃的工作，搭深夜長途客運回到富山站，轉電車去入善站時，心裡想著，假如今天是八月二日而不是九月二日的話，正在放暑假的佑樹一定會來入善站接我。

在車站等我的是母親。母親明明一直身心不適，卻搭公車來入善站，準備回程帶我一起坐計程車。

行李很重，能搭計程車回家真是太好了。

佑樹在隔天四點多來到入善的脇田家。一看到我，也不進屋，就拍拍放在玄關口的腳踏車後座，約我說：

「我們到港口去吧！來回都由我騎。我們走那條特別路線。」

我好高興，扭開水龍頭裝了兩瓶入善的湧泉，讓佑樹騎腳踏車載我。開始偏西的太陽正照耀著整個田園地帶。

無論是低著頭的稻穗、尚未低頭的稻穗，還是今年休耕改種黃豆的深綠色葉子，在轉變成橘紅色的陽光下，看起來好像什麼莊嚴的生物成群起舞。我甚至覺得他們在對我說話。

忽然間，蜻蜓像箭一般從東側飛過來，佑樹一看到便偏離我們兩個專屬的特別路線，追著蜻蜓喊：

「小偷蜻蜓！」

佑樹解釋，因為長相和體型很像拿著菜刀、包著頭巾，又會從家裡敞開的窗戶跑進來，所以叫作小偷蜻蜓。

「就是普通的鬼蜻蜓呀？」

「什麼普通，鬼蜻蜓現在已經是很寶貴的蜻蜓了。」

「你一直騎下去會騎到黑部川的堤防喔。回我們的特別路線吧！」

「蜻蜓一定要抓的！」

「人家拿著菜刀，窮追不捨很危險。要是沒追到掉進水渠怎麼辦？這邊水渠的水冷到會讓人心臟痲痺吔。」

佑樹聽了我的話，在田間道路上右轉，回到特別路線。從這裡開始，不用踩踏板，腳踏車也會以相當快的速度朝入善漁港前進。

我閉上眼睛，深呼吸好幾次，用力把甘甜新鮮、讓稻葉無盡生長的氧氣吸進體內。

入善漁港的碼頭上，準備回家的釣客和準備夜釣的人正在換班。

我對一位認得臉卻從未說過話的大叔說：

「您好！」

「哦，好久不見啊。很久沒看到你了。」

大叔回應道。大叔的塑膠桶裡有五條石鯛幼魚。

我和佑樹在碼頭坐下來，喝寶特瓶裡的水。

「千春精神很好。才沒有生病呢。」

佑樹說。

我老實對他說，東京對我而言是個非常痛苦的地方。到底是什麼部分讓我痛苦，我也不太會用言語形容，但光是跟佑樹說這一句，我就覺得輕鬆多了。

短短一年半就逃回來的罪惡感也煙消雲散……。

千春望著極光般從烏雲的缺口射下來的陽光，一一回憶著返回入善家的第二天，與佑樹一起騎腳踏車的種種。

再過兩週，沖積扇上那一大片田園的所有稻田就要開始收割。清冽的湧泉構成的綿密水路，裡面棲息著許多生物。

蜻蜓、蝴蝶、瓢蟲、長得很像螽斯的不知名的昆蟲、青蛙、泥鰍、水甲蟲、水黽。

即便灑農藥導致數量減少，但只要下定決心尋找，仍然可以發現牠們的蹤影。小動物們生存得非常堅韌。

牠們總是歡樂地歌唱，我以前卻沒有意識到。我明明生長在入善町的田園之中，卻直到今天才明白。

要不是佑樹約我騎腳踏車，我可能一輩子都不會發現。

看到小偷蜻蜓無可匹敵的面貌，直線飛行、直角轉彎那堅定不移的生活方式，還有佑樹喊出小偷蜻蜓的那一刻，霎時間，我明白了所有的生命從何而來。

入善漁港，釣客成群的碼頭，緊鄰的黑部川河口，在河口稍事休息的黑尾鷗和海鷗，眼前無邊無際的海洋。

這些全都在向我傾訴，高聲歡唱。個個都有心。而我，知道他們的心從何而來。

但是，我並沒有說出來。也沒有對佑樹說。因為我雖然發現了、知道了，卻想不出能夠正確形容的詞語。一直想不出，冬天就到了。直到現在也還是想不出來……。

千春呆呆地坐在椅子上，在心中描繪從田園到港邊的路。

然後，終於打開書桌的抽屜，拿起原子筆，準備寫信給園田清一郎。

明明已經打了草稿，卻重謄好幾次，最後一直猶豫著要不要寫自己的手機號碼，但想到園田清一郎一定有很棒的女友，便認定既然如此，寫上電話和電子郵件也沒關係。

心情是有點自暴自棄的，對一名擁有好女友的男性而言，像我這種跟人家根本沒得比的女生，再怎麼示好都沒有用，乾脆就寫吧。

「做人啊，臉皮就是要厚一點。」

這樣喃喃說著，把信放進信封時，佑樹回了簡訊。

——鬥雞眼讓我笑了，請留我一條小命。新髮型超適合你、超好看。這不是客氣話喔。——

千春放聲笑了。回覆道：

——謝謝。鬥雞眼那張要設成佑樹的手機桌面喔。——

立刻就收到佑樹的回覆：

——請讓我考慮一下。——

千春走到附近的郵筒，寄出給清一郎的信。

除夕前一天的早上十點，千春用包袱巾包了漆器食盒，開自己的小型車前往滑川。為的是將母親做的年菜送到夏目家。

本來猶豫要不要開高速公路，但看到田園地帶厚達七十公分的積雪，她認為最好還是小心為妙，選了入善站附近的縣道。

汽車的後車箱裡雖然有鐵鍊，但千春自己一個人不會裝。

祖母在世時，過年前三天就開始準備年菜，將三層食盒裝得滿滿。

千春本來不知道富山的年菜和其他地區有所不同，和小野建設機械租賃同部門工作的同事談到這個話題時，才知道「滷真子」和「蕪菁壽司」是北陸地區獨有的料理。

真子是煮熟的真鱈的卵巢，可以直接吃，或灑在昆布卷上吃。

蕪菁壽司則是祖母的拿手好菜，祖母傳給了母親，但因為做起來很費工，三年前起就改買市售現成的。

其他還有黑豆、醋章魚、雁月、帶子昆布、伊達卷、糖漬柚子、漬燒鰤魚、香魚甘露煮……。

其中，東京和關西的人也不知道雁月。那是魚板的一種，據說是模擬雁負月而飛的樣子而稱為雁月。這個自家做不出來，所以家家戶戶都從店裡買。

在脇田家，現在只有母親和千春會吃這些富山的傳統年菜，所以食盒裡的品項也減少了。弟弟妹妹在元旦的早上只吃個意思意思，晚上就要求吃燒肉。

要是過了正月初五還剩下很多，幾乎就得全部丟掉。

所以，今年就只有黑豆、滷真子、昆布卷、漬燒鰤魚、蕪菁壽司這五樣。

就連這五樣年菜，自己和母親兩人如果不努力吃也消化不完——千春邊想邊過了下黑部橋。入善町還在下雪，等她到入善漁港一帶就停了。

大概不是停了，而是這邊沒有下吧。可是，家家戶戶的屋頂和門柱上都有四十公分左右的積雪，田裡的雪看起來更多。

千春邊想邊看著鏟雪的人呼出白色氣息。馬路中央的融雪裝置冒出小小噴水狀的湧泉，四周形成淡淡的霧氣。

千春懷著騰雲駕霧的心情經過黑部市進入魚津市。

手機響了。正好開到神社前，路面變得比較寬，千春便開了雙黃燈停車。

畫面顯示的電話號碼她不認得。不知道來電者的通話她通常不會接，不過如果是惡作劇或推銷電話掛斷就好，還是接了。

一名年輕男子的聲音說：

「我是園田，園田清一郎。謝謝你前幾天的來信。」

一聽到這幾句話，千春覺得脖子到臉頰都發熱了。心臟的聲音直衝腦門。

「哪裡，我才要謝謝你的信。」

千春說。對自己聲音變調得誇張感到丟臉。

「你在上班嗎？如果是的話我晚上再打。」

「沒有。我們只上到二十六日。放假放到初四。」

「跟我們公司一樣。我們也是初五開工。」

園田清一郎這麼說，停頓一下，又說明年四月十一日就是園田真佐子的三週年忌，預定在奈良吉野附近的老家舉行簡單的法會，如果那時能請得到休假，想去一趟懷念的魚津和滑川，問千春那時期是不是還很冷、還在下雪？

「已經沒有雪了。應該進入櫻花開的時期。」

千春這樣回答，一邊想著魚津的櫻花是四月何時盛開。

「千春小姐建議什麼時候去富山最好？我其實不用特別配合忌日，我想在最好的時期去，把我對真佐子姊姊的感謝牢牢記在心裡。」

「我喜歡夏天。要我推薦的話，是稻子開始抽穗的黑部川沖積扇一帶的田園風光。」

說完，又想到明明是緬懷文彌小姐之旅，自己怎麼建議他夏天到入善町。

園田清一郎想去的明明就是魚津和滑川。

於是她又趕緊補充，如果是想看捕撈螢烏賊，可以請海步子阿姨拜託她認識的漁夫。

「不了，我不想再搭小漁船出海了。」

園田清一郎含著笑意的聲音說。

那天半夜三點他們從魚津港出發。回到港口是四點半左右，但自己沒看到捕撈螢烏賊。

「你沒看到？」

千春心裡納悶，這麼問。

「漁船離港之後，才兩、三分鐘我就開始暈船。暈得以為我快死了，根本沒有心情看他們捕撈螢烏賊，一直到回港都躺在小小的駕駛艙裡。真佐子姊姊說既然都來了，至少看一眼一大群螢烏賊聚在一起發光的樣子，想拖我從駕駛艙出去，可是我實在無能為力……。所以，我只有在漁船快靠港時，看到從網子裡溢出來掉進港裡的五、六隻發光的螢烏賊而已。」

「文彌小姐呢？」

「她好得很呢。像孩子一樣歡呼，在甲板上跑來跑去到處看。然後回飯店之後根本沒睡，又到滑川。早上七點半就搭計程車出發。」

「早上七點半？」

「是啊，她說她想在八點之前趕到目的地。」

「去滑川的哪裡呢？」

「舊北陸街道，以前是宿場町的地方。不過，我們只在那裡待了十五分鐘，請計程車等著，再載我們去滑川站。到富山站我就和真佐子姊姊分頭走，因為我得回東京參加大學的開學典禮。真佐子姊姊則是搭特急雷鳥號回京都。」

千春猜文彌小姐是去看佑樹。她算好海步子阿姨出門去店裡的時間，才從魚津的飯店上計程車。

四年前的三月底，佑樹正要從入善町轉學到滑川的小學，但新學期還沒開始。就算是藝伎，也會知道小學的學期何時開始才對……。

即使是學校放假的日子，佑樹也會和母親同時起床，兩人一起吃早餐，到隔著巷子的那塊空地，揮手向母親說「路上小心」。

那是海步子阿姨和佑樹的約定之一。

如果文彌小姐知道這件事，想見他們母子倆，應該會事先打電話給海步子阿姨，以免錯過。

可是，海步子阿姨卻對我裝作忘了文彌小姐來過滑川，但我一眼就看穿。

文彌小姐會不會瞞著海步子阿姨，躲起來偷看佑樹……？

千春的腦袋忙著運轉，這麼想。

「走在廣大田園中結實的稻穗裡……。比坐船出海好多了。」

清一郎低聲這麼說，又說等決定好日期再打電話聯絡。

將手機收進側背包後，千春仍然沒有發動停在神社前的車，而是望著從融雪裝置流出來的小小噴泉。

要是園田清一郎和女友一起走出電車，我也不要感到失望。

但，要是園田清一郎一個人來呢？十六歲的我和現在二十歲的我，內在幾乎都一樣。

想說話，也無法視場合說出合宜的話。因為字彙太少了。加上頭腦也不機伶，只會說「是」、「不是」，園田清一郎一定會覺得跟我說話很累，想早點獨處。

「我要增加我的字彙。這樣至少需要半年。還是請他八月再來吧。」

千春在內心說，發動了車子。

佑樹正寫著補習班發的英文試題，一邊在筆記本上重複拼寫不認識的單字來背。

千春不敢打擾他念書，將包在包袱巾裡的食盒，直接放在屋裡溫度最低的洗手台旁的洗衣機上，從樓梯口喊：

「那我走囉。幫我跟海步子阿姨說一聲。」

「咦？你要回去啦？還有事要辦嗎？」

佑樹拿著鉛筆從二樓現身。

「我是沒什麼事，可是你在念書啊？」

「我再十分鐘就念完了。結束之後要做菜，幫我一下嘛。」

「做菜？佑樹嗎？」

「嗯，我的獨創料理。千春，你先幫我把洋蔥和紅蘿蔔切成薄片。」

說完，佑樹又回書桌。

廚房裡，只見一個洋蔥和兩條紅蘿蔔放在砧板上，超市的兩盒雞絞肉原封不動地擺在旁邊。還有標示著「蒸黃豆」的五小包太空包。

千春打開廚房用的小小瓦斯暖爐，又去了樓梯口。

「薄片要多薄？」

「兩、三公釐。紅蘿蔔不用削皮。」

千春照做，然後就著瓦斯暖爐烤手，等佑樹過來。

從二樓下來的佑樹拿出一個又大又厚的鍋子，在裡面倒橄欖油，開了瓦斯爐的火，炒起洋蔥和紅蘿蔔薄片。

「這是你自己想的？」

「嗯。媽媽工作完回到家都很累，有時候完全沒有食欲。我想說豆類料理應該比較吃得下，試做之後，媽媽很喜歡，說晚上只要吃這個就夠了。所以我想多做一點，可以分裝在密閉容器裡冷凍起來。」

邊說邊炒完，佑樹在鍋裡加了兩片月桂葉和五顆丁香，加了水。

這時候再加入雞絞肉，拿五、六把免洗筷攪拌。鍋裡的東西會變濁，但等到快滾時再攪拌馬上就會變清。接著放蒸黃豆進去滾一下就完成了。

這樣說明之後，佑樹翻起冰箱。

「啊，忘了薑。」

夏目家的冰箱裡什麼東西放在哪裡千春都知道，很快就幫他找到。

佑樹加了三塊切成五公釐左右的薑塊。

「不是從頭到尾都我自己想的，是看料理節目得到的靈感。節目裡是西班牙菜，用的是鷹嘴豆，可是黃豆比較便宜，也容易買到不是嗎？」

看他拿六把免洗筷不斷攪拌即將沸騰的熱湯與雞絞肉，湯果然變清了。

「好厲害喔。」

千春說。

去了浮渣，轉成小火之後，佑樹才加入五包蒸黃豆，蓋上鍋蓋。

「啊，忘了調味。」

佑樹趕緊掀鍋蓋，加點鹽和胡椒調味，把湯盛在小碟子裡反覆試了好幾次味道。

「嗯，覺得有點淡才是剛好。」

說完，佑樹就到有電視的起居室，打開瓦斯暖爐。

千春仍站在廚房，問他四年前的早上，有沒有在這附近看到一位頭髮很長、很漂亮的女人。

「四年前？是不是千春上次跟我說的文彌小姐？」

「嗯，就是她……」

「我是沒看到，不過附近的人好像看到了。說她躲在伊藤家和池澤家之間的那條小路看我和媽媽。是一位長頭髮的大美人。」

佑樹有點不高興地說。

不知道是討厭左鄰右舍雖無惡意卻彷彿隨時監視別人家的利眼，還是不願別人提到這件事，千春看不出佑樹臉上這也可以解讀為生氣的表情到底是什麼意思，後悔自己問了這個問題。

佑樹一定沒有向他媽媽提起附近有人看見的事。否則，海步子阿姨不可能不知道文彌小姐來過滑川她們家附近。

千春這麼想，決定從此絕口不提文彌小姐。

「應該可以了吧。」

說著，佑樹回到廚房，用馬克杯裝了豆子湯給她。

千春吹了好幾口氣讓湯降溫，用湯匙喝湯。成品非常成功，除了好吃無可形容。

「因為用的是雞絞肉，味道才能這麼柔和。裡面加了很多黃豆，光吃這碗湯就可以飽了……。佑樹，這個真的好好吃。」

聽千春這麼說，佑樹開心地笑了，看著牆上掛的鐘。

「中飯時間到了，我也來吃吧。」

說著也盛了自己的份。

千春和佑樹並肩坐在沙發上，拿著同樣圖案的馬克杯，拿著湯匙喝湯，吃了洋蔥、紅蘿蔔和黃豆。

「想增加字彙的話，該怎麼做？」

千春問。

「大個子姨丈說，看書就對了。」

「什麼書？小說？」

「小說也可以，總之就是看對自己來說有點難度的。訣竅是遇到無聊或燒腦的地方就跳過去。」

「佑樹現在在看什麼小說？」

「柯南·道爾的《福爾摩斯》系列。雨果的《悲慘世界》。森鷗外的《高瀬舟》。中島敦的《弟子》。還有……」

千春把空了的馬克杯放在茶几上，一臉驚訝地問：

「你都看這麼難的書？」

「我也看漫畫，也打電動啊。不過，我想大個子姨丈說要看的，都是考大學時會有幫助的書。」

說完，佑樹上了二樓，拿了一本文庫本下來。說是大個子姨丈送他的中島敦著作的小說。

佑樹打開夾著書籤的地方，說從這裡開始看。中島敦這個名字，千春也有印象。曾經出現在高中的國文課裡，但沒讀過他的作品。

「漢字比平假名還多。」

「可是旁邊有注音，看得懂。」

千春心想，今天防波堤後方的海浪聲好響亮，從夾著書籤的第九章讀起《弟子》這部小說。

——衛靈公意志極爲薄弱。其愚魯雖不至不辨賢與不才，但終究好悅耳諛詞甚於逆耳忠言。後宮左右衛國國政。

夫人南子夙有淫奔之名。尚爲宋國公主時，便與其異母兄，著名的美男子公子朝私通。嫁爲衛侯夫人後，更將公子朝接到衛國任命爲大夫，繼續私通。

南子夫人頗有才情，亦插口政事，凡夫人之言，靈公無有不允。凡欲上達靈公者，先籠絡南子是爲慣例。——

千春讀到這裡就覺得眉頭微痛，把文庫本放在腿上。

「我不行了。眼睛好痠。這麼難的小說，我沒辦法。」

「是不是腦子缺少活力啊？」

說著，佑樹為千春說明第九章的概要。

——孔子與其弟子應靈公之邀，留在衛國。南子夫人看孔子比自己受到尊敬覺得很沒意思。丈夫靈公也對孔子十分禮遇。

南子心生嫉妒，自己坐著金壁輝煌的馬車走在隊伍最前方，讓孔子坐牛車跟在後面。孔子什麼都沒說，照南子的意思做。——

佑樹說到這裡，拿起千春腿上的文庫本，要她看第九章最後一行。

——翌日，孔子一行人離開衛國。孔子嘆道：「吾未見好德如好色者也。」

——

看完，千春沒有闔上文庫本，看著佑樹的臉。

「我能明白孔子最後那句話的意思。」

千春說。

「你懂？我不太了解那句話。教我！我覺得好像懂，可是又不懂。」

「唔，我不太會說明啦，所以就說我字彙不夠。」

說著，千春擔心起佑樹來。

國二就看大人也覺得難的書，這樣好嗎？每天就只有念書，不會侵蝕佑樹的心嗎？

但一面擔心，同時也對佑樹這名少年一心一意的努力產生強烈的尊敬。

我也想用功，也想對什麼事一心一意地努力——這樣的念頭逐漸膨脹。

結果，祖母曾說過的一席話甦醒了。祖母不避嫌誇獎千春手巧的那些話，與幫她改變髮型時海步子阿姨運用剪刀的俐落手法串起來。

海步子阿姨十九歲那年才去京都的美容學校學藝。我明年四月滿二十一歲。雖然晚了兩年，但才兩年。

美容學校畢業以後，去技術高超的美髮師身邊學習、接受訓練的話，也許可以像海步子阿姨一樣，不到三十歲就獨當一面。

我能堅持到底嗎？不過，我非常想。我想成為一名手藝高超的美髮師。我想像佑樹一樣，置身於努力之中。然後，希望那份努力可以回饋於我的生活。

可是，我只有一點點存款，父親死後領到的保險理賠，也已經決定撥給弟弟妹妹使用。母親無論如何都想讓弟弟上大學。

成績好的哥哥當初放棄上大學，是因為他必須專心準備考大學之際，父親罹癌住院了。

千春壓抑不了突如其來的激動情緒，努力叫自己冷靜。如果因一時的憧憬走上美髮師之路卻半途而廢，會讓母親很為難。我的薪水雖少，對現在的脇田家仍是重要的經濟來源，剛買的新車也有貸款要付。

千春思來想去，覺得還是不可能，準備放棄。

她的失望似乎表現在肢體上，佑樹端詳起她的臉。

「怎麼突然垂頭喪氣的，怎麼了？」

千春把自己內心驀地冒出來的念頭一五一十告訴佑樹。

「咦！你是認真的？」

佑樹問完從沙發上站起來，又問了一次：

「是認真的吧？」

就跑上樓了。

五分鐘後，他拿著自己的手機下樓，默默遞給千春。手機已撥通電話。

「千春，你現在馬上到我店裡來。」

手機傳出海步子阿姨的聲音。

千春心想，怎麼回事？怎麼進行得這麼快？簡直像海步子阿姨和佑樹早就等著我自己開口說出想當美髮師似的。

（待續）

1——在日文中音同「羊」。

主要參考資料——

《平家物語 上》新潮日本古典集成／新潮社

《山月記・李陵 他九篇》中島敦／岩波文庫

地圖——林依亭

文藝系 017

從田園騎往港邊的自行車・上（田園発 港行き自転車・上）

作者　宮本輝
譯者　劉姿君
特約編輯　黃冠寧
美術設計　POULENC
內頁排版　高嫻霖

發行人　林依俐
出版 / 青空文化有限公司
106424台北市大安區敦化南路二段105號10樓
電話：02-2370-5750
service@sky-highpress.com

總經銷 / 大和圖書有限公司
電話：02-8990-2588
印刷 / 前進彩藝有限公司
2023（民112）年10月初版一刷
定價　600元
ISBN　978-626-97585-0-0

國家圖書館出版品預行編目（CIP）資料

從田園騎往港邊的自行車 / 宮本輝著；
劉姿君譯.-- 初版 -- 臺北市：青空文化，
民112.10　；13x18.6公分. --（文藝系；17-18）
譯自：田園発 港行き自転車
ISBN 978-626-97585-0-0(上冊：平裝). --
ISBN 978-626-97585-1-7(下冊：平裝). --
ISBN 978-626-97585-2-4(全套：平裝)
861.57　　112011098